소마

소마

초판 1쇄 발행 2021년 12월 24일
초판 6쇄 발행 2022년 1월 14일

지은이 채사장
펴낸이 권미경
마케팅 심지훈, 강소연, 김재영
디자인 [★]규
펴낸곳 ㈜웨일북
출판등록 2015년 10월 12일 제2015-000316호
주소 서울시 서초구 강남대로95길 9-10, 웨일빌딩 201호
전화 02-322-7187 **팩스** 02-337-8187
메일 sea@whalebook.co.kr **인스타그램** instagram.com/whalebooks

ISBN 979-11-92097-06-0 03810

소중한 원고를 보내주세요.
좋은 저자에게서 좋은 책이 나온다는 믿음으로, 항상 진심을 다해 구하겠습니다.

숨

채사장 장편소설

whale books

차
례

1
부

1

 아버지는 밤새 신을 태웠다. 신의 개념까지 떨쳐낼 때 비로소 신에 닿을 수 있다고, 아직 타지 않은 신의 팔과 다리를 불쏘시개로 밀어 넣으며 아버지는 말했다. 목재로 된 살껍질과 뼈와 근육이 마지막 숨을 쥐어짜듯 미세하게 뒤틀리며 검게 그을렸다. 새벽의 숲에서 서늘한 바람이 불어오자 검댕이는 재가 되어 휘날렸다. 소마는 공중으로 날아오르는 재를 눈으로 따랐다. 멀리 어슴푸레 밝아오는 진청색 하늘을 배경으로 그것들은 가볍게 날아올랐다. 그때 어린 소마의 내면에서 처음으로 작은 빛이 반짝하고 사라졌다. 서늘한 긴장감이 등줄기를 타고 정수리로 빠져나갔다. 소년은 이 순간을 정확히 인지했다. 그것이 무엇인지 아직은 설명할 수 없었지만 아마도 어른들에게 들었던 자유나 해방이나 깊은 이해나 혹은 그런 비슷한 무엇일 거라고 소마는 생각했다.

게걸스레 신의 육체를 탐하던 불꽃이 소복하게 재만을 남기고 떠난 건 동이 틀 무렵이었다. 어둠에 짓눌렸던 숲의 얼굴에 질감이 드러나고 언덕 아래로 펼쳐진 평원이 깨어나고 있었다. 멀리 저수지 수면에 머물던 물안개가 점차 옅어졌다. 그 위로 새들이 소용돌이에 휘둘리는 낙엽처럼 모였다 흩어졌다를 반복했다. 절벽 가장자리에 서서 이 모습을 지켜보던 소마는 마을을 향해 고개를 돌렸다. 마을은 동쪽으로 이어진 길을 따라 비탈에 자리 잡고 있었다. 평소와 달리 집집마다 굴뚝에서 아침 연기가 피어오르지 않는 것이 이상하다 느껴졌다. 그때 아버지가 지난밤의 흔적을 흙으로 덮으며 말했다.

"어머니에게 활과 화살을 달라 하여라."

소마는 고개를 끄덕이고는 아랫길로 뛰어 내려갔다.

마을의 지형은 머릿속에 훤했다. 내달리는 다리에 속도가 붙을수록 기분이 고조된 소마는 마음속에서 방향 없는 자신감이 솟아올라 스스로 내기를 걸었다.

'팔을 굽혔다 펴는 것과 같은 빠르기로 활과 화살을 아버지께 가져다드리리라. 이것은 내가 가장 잘할 수 있는 일이 아니던가. 마을에서 가장 빠른 자가 되리라. 흙으로 재를 모두 덮기도 전에 내가 돌아온 걸 본 아버지가 깜짝 놀라시며 이제는 늑대처럼 빨라졌다고, 이제는 어른이 다 되었다고 어머니에게 친구들에게 마을 사람들에게 제사장님에게 자랑스럽게 말씀하시리라. 내가 정말 그렇게 할 수 있는지 없는지 내기를 걸어보아야겠다.'

기분이 좋아진 소마는 팔을 더 크게 휘젓고 할 수 있는 만큼 더 크게 보폭을 벌리며 골목과 골목을 돌아 지름길로 내달렸다. 거칠어지는 숨소리와 타다타닥 쉼 없이 발에 감기는 마찰음에 마음을 빼앗기며, 소마는 오늘따라 마을이 고요하다는 것을, 몇몇 집에서 담을 넘어 작게 흐느끼는 소리가 들려온다는 것을 조금도 눈치채지 못했다.

소마의 집은 마을 중앙의 사원이었다. 사원의 뒤편에 객사처럼 붙은 낡은 흙집에서 소마가 태어나기 전부터 아버지와 어머니가 살았다.

"이 집은 신의 자궁이란다."

품에 안겨 젖가슴을 만지는 소마를 바라보며 어머니가 부드럽게 말씀하신 것은 사원으로 연결된 뒷문 때문이었다.

"사원은 우주이고 동시에 너의 내면이란다. 밤의 시간 동안 우리 소마는 여기서 잠을 자고, 아침이 찾아오면 언제나처럼 저 뒷문을 열고 나가 신의 아이로 다시 태어난단다."

어머니의 감미로운 목소리와 따뜻한 눈빛에 부끄러워지면 소마는 품에 얼굴을 묻었다. 엄마의 살 냄새와 감촉과 온도를 느끼며 잠이 들었다. 깊은 잠 속에서 아이는 자아의 내면에서 열리는 광활한 우주를 보았다. 우주의 중앙에 앉은 신을 보았고, 신의 내면에서 태어나는 자아를 보았으며, 다시 자아의 내면에서 열리는 광활한 우주를 보았다. 무한하게 이어지는 자아의 둥근 고리를 그렇게 충만하게 체험했던 것이다.

뒷문을 열고 사원으로 나갈 수 없는 날도 있었다. 어머니는 그 이유를 설명해주었다.

"어른들이 지금 신과 만나고 있기 때문이란다. 소마가 소마 안의 신을 만나야 하는 것처럼, 어른들도 가끔은 곡괭이와 물레를 내려놓고 자기 안의 신을 만나야만 하니까."

"그럼 아버지도 지금 신을 만나고 계신가요?"

어머니는 고개를 끄덕였다.

"아버지는 다른 방식으로 자기 안의 신을 만나신단다. 다른 어른들이 안심하고 신을 만날 수 있도록 신전을 보호하면서 아버지는 자기 안의 신을 만나시지."

그제서야 소마는 이해할 수 있었다. 언젠가 뒷문을 열고 문틈으로 몰래 엿보았던 장면을. 지그시 눈을 감은 채 제단을 향해 가부좌를 틀고 있던 마을 어른들의 모습과, 그들의 등 뒤로 신전의 입구에 늠름하게 서 있던 아버지의 모습. 구릿빛의 넓은 가슴과, 가슴을 가로질러 허리까지 이어지는 가죽띠와, 가죽띠에 매달린 칼집과, 칼집을 받치고 있는 단단한 허벅지.

어른들이 빠져나가는 부산스런 소리가 충분히 잦아들고 나서야 소마는 뒷문을 열고 나갈 수 있었다. 눈앞에 드러난 텅 빈 신전은 언제나 어둡고 신비했다. 천장 중앙에 작게 뚫린 구멍에서 새어 들어온 빛이 길게 여운을 남기며 부유하는 먼지를 반짝이게 했다. 빛이 직접 닿지 않는 공간의 사물들은 산란된 빛에 은은하게 모습을 드러냈다. 신전의 바닥은 둥근 모양이었는데 양털 직물로 빈틈없이 메워져 있었다. 소마는 커다란 원을 그리며 둘레를 빙글빙글 뛰어다녔다. 신전이라는 공간이 무엇을 의미하는지 아직은 이해할 수 없는 나이였음에도 소마가 이곳이 무언가 중요하고 특별한 곳임을 의심하지 않았던 것은 바닥의 양털 직물 때문이었다. 다른 곳에서는 느낄 수 없는, 맨발에 눌리는 부드러운 감촉은 소년을 편안하게 했다.

다만 모든 공간이 편했던 것은 아니었다. 신전 입구의 맞은편, 제단 앞을 지날 때면 어쩐지 마음이 좁아들고 위축되었다. 그 앞에서는 고개를 숙인 채 바닥만을 주시하거나, 아니면 아예 제단이 없는 것처럼 태연하게 행동했다. 하지만 그럴수록, 제단은 없다고 스스로 생각하려 애쓸수록 소마는 자꾸만 제단 위를 힐끔 보고 싶은 복잡한 심경이 되었다. 그러다 자신도 모르게 제단 앞에 멈춰 그 위를 올려다보면 팔다리가 경직되고 시선은 고정되어 회피하고 싶어도 회피할 수가 없게 되는 것이었다. 소마가 그때마다 매번 확인하게 되는 것은 제단 위에 가부좌를 틀고 앉은, 나무로 조각된 다섯 명의 신이었다. 과장된 이목구비와 깊고 선명하게 패인 주름, 복잡한 손동작과 기묘하게 구부러진 몸짓, 푸른색과 붉은색의 도료로 채색되어 타오르는 것만 같은 피부, 평온한 듯 노한 듯 주저함 없이 꿰뚫어 보는 시선이 소마의 마음을 강하게 움켜쥐었던 것이다.

그때 겨드랑이 사이로 들어온 커다란 손이 소마를 익숙하게 들어 올렸다. 아버지의 팔에 안기자 소마는 안심했다.

"왜 저렇게 무서운 얼굴을 하고 있나요?"

"보이는 것이 전부는 아니란다."

아버지는 아들을 달래며, 각각의 신은 하나의 상징이고, 그 상징을 몸소 드러내고 있다고 대답해주었다. 그리고 이때에, 이다음 순간에, 무르익은 과실과도 같은 아버지의 지혜는 그의 입에서 자라나와 아이의 귀를 통과하여 순결한 영혼의 대지에 심어졌다. 아버지는 말했다.

"중앙에 앉은 신을 보아라. 모든 것을 꿰뚫는 저 강렬한 눈을 보아라. 가장 위대한 신 아비키야는 보는 자를 상징한다. 그의 왼쪽에 앉은 신을 보아라. 모든 것을 경청하는 저 거대한 귀를 보아라. 가장 자비로운 신 바바즈냐는 듣는 자를 상징한다. 이제 아비키야의 오른쪽에 앉은 신을 보아라. 모든 존재에 의미를 부여하는 저 선명한 입을 보아라. 가장 지혜로운 신 시트라파다는 말하는 자를 상징한다. 이제 소마야, 고개를 끝까지 돌려 가장 왼쪽에 앉은 신을 보아라. 모든 생명력을 흠향하는 저 커다란 코를 보아라. 모든 살아 있는 것에 활기를 불어넣는 신 그란나는 호흡하는 자를 상징한다. 마지막으로 다시 고개를 끝까지 돌려 가장 오른쪽에 앉은 신을 보아라. 어떤 칠도 되어 있지 않은 저 벌거벗은 피부를 보아라. 세상 모든 촉감과 온도와 기분을 저항 없이 받아들이는 신 드류티는 느끼는 자를 상징한다."

소마는 아버지의 팔에 편안히 안긴 채, 왼쪽에서 오른쪽으로, 오른쪽에서 왼쪽으로, 신들의 얼굴을 하나하나 유심히 살펴보았다. 그러자 그들의 특색 있는 얼굴이 선명히 드러났다. 무질서에서 비롯되었던 혼돈은 머리에서 사라지고, 무지에서 자라났던 두려움은 가슴에서 잦아들었다. 내면의 수면은 잔잔해졌다.

하지만 수면은 이내 진동하기 시작했다. 수심 깊은 곳에서부터 기포가 올라와 잔물결을 만들듯 소마의 심연에서는 영특한 질문이 솟아올라 마음을 흔들었다. 소마가 물었다.

"하지만 아버지, 이것은 잘 맞지 않습니다. 어머니와 아버지가 저에게 주신 두 조각의 보석은 서로 들어맞지 않습니다. 어머니는 말씀하셨습니다. 신은 소마의 마음 안에 있고, 신의 마음 안에 소마가 있다고. 하지만 아버지는 말씀하십니다. 여기 눈앞에 위대한 다섯 신이 있다고. 저는 고민됩니다. 어떤 분의 말씀이 옳은지, 어떤 보석을 간직하고 어떤 보석을 버려야 하는지, 선택은 어렵고 마음은 어지러워졌습니다."

아버지의 얼굴에 기쁨이 어렸다. 아들의 얼굴을 바라보며 오래전 소마가 태어나던 날 제사장님으로부터 내려받은 신탁을 떠올렸다. 젊어서는 세상을 호령하고 늙어서는 깨달음에 이르리라. 어머니의 외삼촌인 제사장님은 대립하는 모든 것이 이 아이의 삶 안에서 모순 없이 뒤섞일 것이라며, 물과 같고 바람과 같고 허공과도 같다는 의미에서 아이의 이름을 소마라고 부르라 말씀하셨다. 아버지는 어느새 훌쩍 커버린 아들의 얼굴을 뿌듯하게 바라보았다. 그리고 고민에 휩싸인 귀여운 이마에 자신의 이마를 기대었다. 아이가 자기 안의 대립과 모순을 이겨내고 자기 삶의 승리자가 되게 하리라. 그때까지, 소마가 자기 스스로 운명에 맞설 수 있을 때까지 소마를 지킬 수 있게 허락해달라고 아버지는 깊게 기도했다.

이제는 아이의 물음에 지혜로운 혜안을 제시할 차례였다. 아버지가 답을 주었다.

"우리 소마는 참으로 신중하고 사려 깊구나. 하지만 고민할 것 없다. 두 개의 보석 중 하나를 선택할 필요는 없다. 보석의 아귀는 빈틈없이 맞아떨어진다. 그것은 하나의 보석이지, 두 개의 보석이 아니다. 눈을 들어 신들을 보아라. 아비키야, 바바즈냐, 시트라파다, 그란냐, 드류티. 다섯 신들이 서로 다른 모습으로 앉아 있다. 하지만 이들이 서로 다른 모습으로 보이는 것은 그저 눈으로 보고 있기 때문이다. 이제 눈을 감고 신들을 보아라. 마음으로 신들이 심연에서 하나의 점으로 수렴하고 있음을 보아라. 보이는 것, 들리는 것, 입에서 떠난 것, 들숨과 날숨, 따뜻함과 차가움을 보지 말고, 보는 자, 듣는 자, 말하는 자, 호흡하는 자, 느끼는 자를 보아라. 다섯 감각의 주인, 체험의 주체, 중심에 앉은 주인공, 단일자를 보아라. 이제 차분히 대답해보자. 그 주인, 주체, 주인공, 단일자는 지금 어디에 있느냐?"

소마는 눈을 감은 채로 아버지가 가리키는 방향을 향해 성실히 나아갔다. 하지만 아직 어린 소마는 똑바로 걸어갈 수 없었다. 길은 어지러이 이어지고 방향은 선명하지 않았다. 아이의 인상이 찌푸려졌다. 그 모습을 본 아버지는 아들의 가슴에 손을 올렸다. 그리고 말했다.

"다섯 감각의 주인, 소마야, 그는 네 안에 있단다. 우리는 그를 그저 신이라고 부른단다."

천천히 눈을 뜬 소마가 물었다.

"모든 사람이 이 보석을 알고 있나요?"

아버지는 대답했다.

"아주 오래 전부터 지혜는 이어졌고 입에서 나와 귀를 통과했고 마음과 마음을 거쳐 우리에게 심어졌단다. 마을의 어른들은 모두 알고 있지. 다만 세상 모든 사람이 알고 있는 것은 아니란다. 지혜가 없는 이들도 있어. 그들은 쉽게 무지에 빠지고, 무지는 공포로 변하고, 공포는 폭력을 낳지. 그래서 가끔은 지혜를 지키기 위해서 아픔을 견뎌야 할 때도 있단다."

소마가 다시 물었다.

"그럼 지혜가 없는 사람들은 신을 믿지 않나요?"

"아니, 그들은 자기 안의 신이 아니라 자기 밖의 신에게 복종한단다. 그들이 모르는 건 신이 아니라, 신의 개념까지 떨쳐낼 때 비로소 신에 닿을 수 있다는 지혜란다."

숨이 턱까지 찼다. 골목 저 끝에 신전의 하얀색 회벽이 나타났다. 회벽을 돌아 집에 도착했을 때 어머니는 문 앞에 서 있었다. 그녀의 손에 들려 있는 활과 화살을 보고도 소마는 어머니가 왜 밖에 나와 계신지를 궁금해하지 않았다. 그보다는 그저 잘되었다고만 생각했다. 다급하게 활과 화살통을 받아 등 뒤로 둘러멨다. 그때 어머니가 아들의 손목을 잡았다. 소마가 고개를 돌려 어머니를 보았을 때, 그녀는 팔을 벌려 안으려 했다. 소마는 가볍게 손목을 비틀어 어머니의 손에서 빠져나왔다.

"안 돼요. 지금 내기를 했어요. 금방 다녀올게요."

입에서 빠져나온 말이 어머니의 귀에 닿지 않았음을 소마는 알 수 있었다. 그녀는 금방이라도 울음을 터뜨릴 것만 같은 얼굴을 하고 있었다. 이상하다는 생각을 했지만 쏘아진 화살의 관성처럼 오던 길을 따라 다시 뛰기 시작했다. 멀리 아버지가 기다리고 있는 언덕이 눈에 들어오고 나서야 그때까지 신경 쓰이게 따라붙던 어머니의 얼굴은 마음에서 사라졌다. 아이는 다시 기분이 좋아졌다.

늑대처럼 빠르지 않았느냐는 말에 아버지는 그렇다고 답해주었다. 이제는 어른이 다 되지 않았느냐는 말에 아버지는 그렇다고 답해주었다.

"소마야. 그래. 이제는 어른이 다 되었구나. 그럼 아버지와 내기를 하나 해보자."

소마는 어떤 내기도 자신 있다고 목소리를 높였다.

"이건 아마도 소마에게 힘든 도전이 될 거다."

아버지의 말에 소마는 어떤 내기냐며 목소리를 줄였다. 아버지는 활과 화살을 들고 일어섰다. 몇 걸음을 옮겨 벼랑 위에 섰다. 시선은 아래로 펼쳐진 평원의 끝, 지평선을 향했다. 활대를 잡은 왼손 엄지 위에 화살을 걸치고 활깃을 시위에 걸었다. 아버지의 팔뚝에 힘이 들어가며 부풀어 오르는 동시에 활대의 나뭇결이 한계까지 뒤틀리는 소리가 났다. 소마는 그 광경을 지켜보고 있었다. 이제 막 떠오른 태양이 아버지의 등 뒤에 걸려 마치 온몸에서 빛을 내뿜는 것만 같았다. 이때 빛나는 실루엣에서 목소리가 들렸다.

"화살을 끝까지 주시하거라."

말이 끝나는 동시에 쏘아진 화살은 시위의 긴장을 풀어내는 둔탁하고 청명한 진동만을 남기며 순식간에 눈앞에서 사라졌다. 소마는 반사적으로 화살의 궤적을 눈으로 따랐다. 화살은 하늘 위에 놀랍도록 거대한 포물선을 그리며 평원을 가로질렀다. 화살이 저수지를 넘어갈 때 소마는 아침 햇살에 수면이 보석처럼 빛나는 것을 보았다. 그때, 그 순간에, 찰나의 시간 동안 소마의 마음에는 그리움의 감정이 맹렬히 솟아올랐다. 솟아오른 감정은 소마를 가득 채우고 넘쳐흐를 것만 같아 소년은 벅차올랐다. 하지만 이유를 알 수는 없었다. 너무나 짧은 시간 동안의 감정이었고, 동시에 그것이 어떤 감정인지를 이해하기엔 감정의 주인이 아직 어렸기 때문이다. 다만 선명했다. 그것은 마치 타향 생활에 지친 여행자가 고향으로 향하는 아련함과 같았고, 죽음을 앞둔 늙은이가 마지막 순간에 자기 삶의 의무를 깨닫게 되는 후회와도 같았다. 찰나의 시간 동안 넘쳐흐른 이 감정은 언어로 다듬어지지 못한 채 핏방울처럼 농축되어 소마 내면의 대지에 뿌려졌다.

그래서였을까, 낙하를 시작한 화살은 중간 어딘가에서 소마의 시야를 벗어났다. 지금 어떤 일이 벌어지고 있는지 의아한 얼굴로 아버지를 바라보았다. 아버지는 아들에게 다가와 한쪽 무릎을 꿇고는 시선을 맞춘 뒤 입을 열었다.

"아버지의 말을 명심하거라. 소마는 늑대처럼 빠르다. 소마는 어른이 되었다. 아버지는 소마가 그것을 증명해주기를 바란다. 소마가 늑대 같은 빠르기와 어른 같은 담대함으로 방금 쏘아 올린 화살을 찾아온다면, 아버지는 소마가 진짜 어른이 되었다고 신 앞에 당당히 선언할 것이다.”

아버지의 진지한 눈빛과 단호한 말투에 아이는 어린 마음에도 이것이 떼를 쓰거나 거절할 수 없는 숙제임을 강하게 느꼈다. 그러자 무릎이 떨려오기 시작하고 예쁜 두 눈에 눈물이 맺힐 것만 같았다. 다급하게 말했다.

“하지만 아버지, 저는 화살을 놓쳤습니다. 저는 화살이 어디에 떨어졌는지 보지 못했습니다.”

걱정과 서러움이 눈시울을 뜨겁게 만들었다. 간신히 눈물이 떨어지는 것을 붙잡고 있었다. 아버지가 말했다.

“잘 다듬어진 화살은 궤적 위에서 방향을 틀지 않는다. 올곧은 여행자는 자신의 여정 중에 길을 바꾸지 않는다. 소마는 잘 다듬어진 화살이고 올곧은 여행자다. 언젠가 삶의 여정 어딘가에서 길을 잃을 때도 있을 게다. 하지만 소마는 다시 본래 자신의 길을 찾게 될 거다. 걱정의 시간도 후회의 시간도 너무 길어질 필요는 없다. 아버지의 말을 명심하거라.”

2

평원의 날씨는 변덕이 심했다. 지평선 경계에 머물던 구름이 어느새 설산처럼 자라나 서쪽 하늘 높이 솟아올랐다. 구름이 내뿜는 바람 속에 서늘함이 묻어 있었다. 서늘함 속에는 진한 흙냄새가 담겨 있었다. 맨발로 대지를 밟으며 자라난 아이라면 누구라도 이런 감각의 단서가 무엇을 의미하는지 알고 있었다.

'비가 오겠다.'

소마는 걱정스러워졌다. 고개를 돌려 마을 쪽을 바라보았다. 한참을 걸어왔다고 생각했는데 아직도 언덕 중턱으로 황톳빛 마을 지붕의 윤곽이 흐릿하게 시야에 들어왔다. 찰랑거리던 서운함이 금방이라도 눈물과 함께 쏟아질 것만 같았다.

'아버지는 정말 내가 화살을 찾아올 수 있으리라고 믿으신 걸까. 아버지는 정말 내가 어른이 되었음을 스스로 증명해내기를

바라신 걸까.'

팁을 낼 수 없는 생각들이 어지러이 머릿속을 휘저었지만 고민을 오래 끌 수는 없었다. 비가 오기 전에 다녀와야 한다. 다급함은 머리보다도 다리가 먼저 아는 듯했다. 성큼성큼 걸음을 내디뎠다. 끝없이 펼쳐진 초원을, 야생화 지대를, 흙과 자갈의 벌판을, 관목 숲을 가로질렀다.

관목 숲을 빠져나왔을 때 소마가 놀란 것은 배 속이 텅 빈 가젤의 사체 때문이었다. 죽은 지 오래된 것도 아니고 그렇다고 얼마 안 된 것도 아닌, 아직 무성히 털이 붙은 머리 껍데기에는 파리가 시커멓게 내려앉아 있었다. 벌렁이는 가슴을 추스르며 멀리 돌았다. 가젤은 피했지만 다른 것이 따라붙었다. 뭔가 있을지도 모른다는 생각이 그때부터 집요하게 뒤를 밟았던 것이다.

'늑대일지 모른다. 오래전 평원을 떠났다던 늑대가 돌아온 것일지 모른다.'

소마는 뒤를, 뒤를 돌아보았다. 먹구름에 뒤덮인 잿빛 하늘을 배경으로 바람에 휘둘리는 수풀이 신경 쓰였다. 그 사이로 몸을 숨긴 늑대의 시선을 본 것만 같았다. 허겁지겁 내달렸다. 하지만 금방 숨이 가빠왔다. 반나절을 걸은 호흡은 자꾸 쉬어 가자며 무겁게 매달렸다. 다리에 힘이 풀려 주저앉았다. 평원을 가르는 바람이 다시 세차게 불어오자 허리까지 자란 수풀들이 비명을 지르듯 진저리를 쳤다. 소마는 뒤를 돌아보았다. 이번에는 분명 무엇인가를 보았다. 언뜻언뜻 수풀 사이로 검은 두 눈과 중앙의 검은 코를 보았다. 상상이 만들어낸 공포와는 확연히 다른 실체의 중압감이 심장을 짓눌렀다. 소마는 작고 비쩍 마른 몸뚱이를 웅크리고는 두 팔로 머리를 감싸쥐었다. 도망쳐야 한다는 생각이 어지러이 머릿속을 맴돌았지만 팔다리가 도저히 움직이지 않았다. 할 수 있는 것이 아무것도 없다는 무력감이 심장에서 자라나와 어깨를 바들바들 떨리게 했다. 약속을 지키지 않은 아이들을 삼나무 숲을 지키는 검은 눈의 짐승이 데려가 잡아먹었다던 제사장님의 이야기가 떠올랐다. 약속을 지키겠다고, 아버지와의 약속을 꼭 지키겠다고 소마는 어느새 근처까지 다가온 기척을 느끼며 빌고 또 빌었다. 그때 머리를 감싼 팔목에 체온이 있는 무엇인가가 닿았다. 소마는 순간 기절할 만큼 소스라쳤지만 곧이어 뭔가 이상하다는 생각이 들었다. 친근하게 낑낑대는 소리에 고개를 들었다. 검은 눈에 검은 코, 연갈색 털에 턱과 배만 하얀, 비쩍 마른 새끼 들개였다. 소마는 웅크린 상태에서 손을 뻗어 그것을 품으로 끌어당겼다. 따뜻한 온기와 빠르게 뛰는 작은 심장 고동에 긴장이 풀리며 안심이 되었다. 숨을 몰아쉬었다.

"엄마를 잃은 거야? 아니면 너도 무언가를 찾고 있는 거야?"

작은 머리를 연신 쓰다듬으며 물었다. 들개는 아무 대답도 없었다. 눈 주위에 번진 눈물을 손등으로 비비며 소마는 일어섰다. 그리고 다시 걷기 시작했다. 뒤를 돌아보았을 때, 들개는 땅에

엉덩이를 붙인 채 앞발로 몸을 끌며 따라오고 있었다. 소마가 말했다.

"너는 들개여서 안 돼."

그러고는 다시 성큼성큼 걸어갔다. 하지만 이내 뒤를 돌아보았다. 들개가 친근한 얼굴로 뒤처지지 않으려 안간힘을 쓰고 있었다. 말린 뒷다리 아래에 핏물이 말라붙어 있었다. 소마는 들개에게 다가가 그것을 들쳐 업었다. 가볍고 따뜻한 온기가 등으로 전해졌다. 그 후로는 뒤를 돌아보지 않았다.

저수지를 지날 때가 되어서는 날이 어두웠다. 흐려서인지 아니면 해가 넘어가서인지 알 수 없었다. 소마는 급했지만 동시에 그다지 급할 것도 없다고 생각했다. 왼편으로 길게 이어지는 저수지를 바라보았다. 잿빛의 하늘보다 수면이 더 어두웠다. 윤기나는 검은 물결이 바람에 밀려 커다란 호를 그리며 멀리 퍼져갔다. 너희도 저수지를 아비키야의 눈이라 부르느냐고 소마가 물었다. 들개는 얌전하게 업힌 채 대답이 없었다.

저수지라는 이름이 무색하게 이곳을 이용하는 이는 없었다. 물을 끌어와 농사짓는 모습을 보았다는 이도 마을에는 없었다. 그럼에도 마을 사람들이 이곳을 저수지라 불렀던 것은 이야기가 남아 있어서였다. 아주 오래 전, 이제는 그 누구의 기억에도 남아 있지 않은 때에, 평원은 가물고 척박했다. 늑대의 무리만이

번성하던 이곳에 사람들이 정착할 수 있었던 건 저수지 덕분이었다. 사람들은 물을 끌어와 메마른 대지를 적시고 보리와 밀을 심었다. 경작지가 늘어날수록 늑대의 영역은 줄어갔다. 결국 마지막 겨울바람이 평원을 훑고 떠난 어느 이른 봄에 늑대들은 자취를 감췄다. 평원은 적막해졌다. 사람들은 잘된 일이라고 말했지만 그것은 잘된 일이 아니었다. 이 모든 과정을 처음부터 지켜본 존재가 있었다. 그건 저수지였다. 사람들을 불러 모았던 저수지는 그들이 만들어낸 결과에 대해 대가를 요구했다. 깊은 수심은 해마다 아이들을 집어삼켰고 물을 마신 자들은 뱃병을 앓다가 말라 죽었다. 사람들은 수확한 곡식과 잘 기른 가축을 잡아 제물로 바쳤지만 노여움은 풀리지 않았다. 사람의 고기까지 제물대 위에 올려졌으나 그것마저도 저수지는 받아주지 않았다. 결국 제사장은 사람들을 부려 저수지 남쪽 비탈에 동굴을 파게 하고는 그 안으로 들어가 기도와 단식을 이어갔다. 오랜 정성 끝에 밖으로 나왔을 때는 그에게 해답이 들려 있었다. 이유를 묻는 사람들에게 제사장은 이렇게 말했다.

"그것은 저수지가 너무도 오래되었기 때문이다. 오래된 물건은 잠에서 깨어나는 법이다. 그릇도, 쟁기도, 울타리도, 흙집도, 삼나무도 그 무엇이든 오래된 물건은 깊은 잠에서 깨어나 의식을 갖게 된다. 저수지는 태초부터 있었다. 영원에 가까운 기나긴 밤을 보낸 어느 날, 충분한 시간이 흐른 어느 때에, 저수지는 잠에서 깨어났다. 깨어나 거대한 하나의 눈동자가 되어 눈을 떴다. 그것은 대지의 눈이자 세상의 눈이었다. 모든 보는 자들의 주인, 아비키야가 눈을 뜬 것이다."

이때부터 사람들은 신성한 저수지를 함부로 사용하지 않았다. 마시는 것도 씻는 것도 금해졌다. 그러자 선물이 주어졌다. 뱃병은 사라지고 삼켜지는 아이들도 없었다. 그리고 비가 내리기 시작했다. 사람들은 언덕 너머 북쪽 대지에 새로운 경작지를 만들 수 있었다. 경작지가 내려다보이는 언덕의 중턱에 마을을 세우고 정착했다. 이후로 저수지는 저수지라는 이름과 아비키야의 눈이라는 전설만을 남긴 채 사람들의 삶에서 완전히 떠나갔다. 더 이상 어떤 관여도 하지 않았다. 보리를 주지도, 밀을 주지도 않았고 노하지도, 선물을 주지도 않았다. 사람들이 새로운 문제에 직면하게 된 것에도 무관심했다. 사람들이 직면한 문제는 북쪽의 대지에서 전에 없던 늑대의 무리와 대면했다는 것이었다. 이 새로운 늑대는 네 발로 걷지 않았고, 늑대의 모습을 하지 않았으며, 늑대처럼 울부짖지도 않았다. 하지만 늑대처럼 잔혹했다. 소마가 태어난 이후에는 단 한 번도 찾아오지 않았지만, 언젠가 그들이 돌아오리라는 것을 마을 사람들은 알고 있었다.

빗줄기가 굵어졌다. 좁은 어깨로 따갑게 받아내며 주변을 기웃거렸다. 이쯤인가, 더 가야 하나. 소마는 서러워졌다. 멀찍이 내려놓은 들개를 바라보았다. 들개는 몸을 말아 추위를 견디며 소마를 주시하고 있었다.

"너는 들개여서 안 돼."

이렇게 말한 소마는 시선을 피하고는 다시 풀숲 사이를 이리 저리 뒤적였다. 스며들지 못한 빗물이 대지 위로 흐르다가 군데 군데 고이기 시작했다. 발등까지 물이 차오르자 무얼 어떻게 해 야 할지 몰라 소마는 그 자리에 서서 주위를 둘러보았다. 눈 안 으로 흘러내리는 빗물 때문에 평원은 더 어둡게 느껴졌다. 다시 들개를 바라보며 말했다.

"안 돼. 네가 늑대였다면 괜찮았을지 몰라. 아버지는 늑대를 잡아 왔으니 화살 같은 건 아무래도 괜찮다고, 어머니에게 마을 사람들에게 우리 소마가 맨손으로 늑대를 잡아 왔다고, 이제는 어른이 다 되었다고, 화살 같은 건 정말로 상관없다고, 아마도 그렇게 따뜻하게 맞아주셨을 거야."

소마의 눈시울에 방향 없는 원망이 차올랐다. 들개는 여윈 몸 을 바들바들 떨면서도 소마가 눈을 맞추자 비에 젖은 꼬리를 저 어댔다. 그 모습을 지켜보던 소마는 차박차박 빗물을 차며 다가 가 들개를 도로 들쳐 업었다. 그러고는 오던 길로 돌아갔다.

두어 발 앞도 분간되지 않을 만큼 칠흑 같은 어둠이 이어졌지 만 소마는 저수지 앞에 이르렀음을 알 수 있었다. 소리 때문이었 다. 대지 위로 떨어지는 빗방울과는 달리 저수지에 떨어지는 빗방울은 물속으로 깊게 빨려 들어가서는 청명하고 깊은 소리로 씻겨 수면 밖으로 던져졌다. 소마는 쏟아지는 청명한 소리를 얼굴로 받으며 저수지의 비탈에 한참을 서 있었다. 그것은 건너편 비탈에서 반짝하고 사라진 빛을 분명히 보았기 때문이었다.

"누군가 도와줄 이가 있는 건지도 몰라."

다시 한번 반짝임이 나타나길 기다리며 소마는 등에 업힌 들개를 위로했다. 하지만 불빛은 다시 나타나지 않았다. 소마는 직접 찾아나서기로 했다.

오랜 시간을 헤맨 후에, 소마와 들개는 불빛 대신 동굴의 입구를 찾을 수 있었다. 안은 너무도 어두워 동굴의 입구는 마치 주름 없는 검은 막으로 덮어놓은 것만 같았다.

"누가 있나요?"

안쪽을 향해 소리쳤다. 웅웅대는 울림으로 질문이 되돌아올 뿐, 아무 대답도 들리지 않았다. 망설여졌다. 발을 들이기가 내키지 않았다. 그래도 비를 맞고 있는 것보다 나빠질 건 없겠다는 생각에 어렵게 한 발을 내디뎠다. 발끝으로 바닥을 더듬으며 천천히 들어섰다. 서너 걸음 정도 들어가 비가 들이치지 않는 곳에 들개를 내려놓았다. 들개는 몸을 흔들어 빗물을 털어냈다. 소마는 그 곁에 앉아 무릎을 두 팔로 감싸 안았다. 빗물이 피부에 닿지 않는 것만으로도 한기가 가시는 듯했다. 눈이 어둠에 익숙해지자 줄곧 시선을 떼지 않는 귀여운 두 눈과 코가 구분되었다.

"네가 있어서 다행이야. 늑대는 아니지만, 내가 지켜줄게."

소마는 들개를 끌어당겨 안았다. 추위와 두려움에 떨리던 몸이 점차 편안해졌다. 그러자 조금씩 용기가 나는 것도 같았다. 고개를 돌려 동굴 안쪽을 바라보았다. 어둠이 너무도 깊어 눈을 뜬 것이나 감은 것이나 다를 게 없었다. 반대로 고개를 돌렸다. 동굴의 검은 경계 안쪽으로 빗줄기가 거세게 쏟아지고 있었다. 어떻게 이 비를 뚫고 왔나 싶었다. 한동안 빗줄기를 보고, 빗소리를 들었다. 어느 순간 소마는 지금의 상황이 비현실적으로 느껴졌다. 그것은 이상하고도 편안한 느낌이었다. 두 세계가 마치 분리된 듯한 느낌. 변화하는 현실의 세계와 변하지 않는 초월의 세계가 분리되고, 자신은 시간이 흐르지 않고 공간이 존재하지 않는 무의 세계에 던져진 기분이었다. 이런 낯선 기분이 싫지 않아 소마는 살며시 눈을 감았다. 그리고 그저 그 상태 위에 머물렀다. 기억과 인상과 단어가 어지러이 먼지처럼 일어나 머릿속을 떠다녔다. 하지만 그것들을 흩어버리려 애쓰지 않았다. 그것들에 마음 빼앗기지도 않았다. 그저 머물렀다. 머무름을 방해하는 것은 그의 외부에도 내면에도 없었다. 소마는 경계에 머물렀다. 그러자 내면의 깊은 심연 저 끝에서부터 평온함 한 방울이 올라왔다. 그것은 점차 다가와 소마의 수면을 흔들었다. 흔들림은 잔물결이 되어 주름을 만들며 시간과 공간으로 퍼져나갔다.

깊은 어둠 속에서 소마는 홀로 미소 지었다. 그리고 생각했다.

'어머니와 아버지는 잠이 드셨을까.'

천천히 쓰러졌다. 아이는 들개의 온기를 느끼며 깊은 잠에 빠져들었다.

3

'그것은 늑대가 아니다. 그것은 늑대가 아니다.'

누군가 귀에 대고 속삭이는 소리에 소마는 눈을 떴다. 잠기운에도 여기가 동굴임을 알 수 있었으나 달라진 점은 내부가 밝아졌다는 것이었다. 불규칙한 바위 그림자가 벽면에서 춤을 추고 있었다. 아이는 몸이 무겁다고 느꼈다. 뻣뻣한 고개를 돌려 빛이 비치는 방향을 바라보았다. 그것은 동굴의 깊은 안쪽에서 새어 나오고 있었다. 몸을 일으켜 빛을 향해 걸어갔다. 구부러진 통로를 돌았을 때 안으로 넓은 공간이 나타났다. 바닥은 마을의 사원만큼 넓었고 천장도 그만큼 높았다. 중앙에는 푸른색의 거대한 무언가가 자리 잡고 있었는데, 소마는 그것이 도대체 무엇인지 감도 잡히지 않았다. 표면이 매끄러운 통나무 줄기를 이리저리 유연하게 꼬아놓은 듯한 모습이었다. 그것이 무언가 비현실적으로 보였던 것은 그림자가 없기 때문이었다. 위에도 아래에도 표면에도 그림자는 머물지 않았다. 그래서 이것은 원근감을 상실하여 멀리 있는 것인지 가까이 있는 것인지 구분되지 않았다. 소마는 눈을 떼지 않고 천천히 둘레를 돌았다. 그것의 정면이 점차 눈에 들어왔을 때 소마의 심장은 멎는 것만 같았다. 얽히고설킨 원통 사이로 거대한 파란 얼굴이 소마를 주시하고 있었던 것이다. 거리낌 없이 내려다보는 눈과 깊은 주름과 과장된 이목구비. 이제야 소마는 알 수 있었다. 그것은 팔과 다리를 이리저리 꼬고 있는 거대한 존재였다. 그때 그것의 목소리가 소마의 귀 안쪽에서 울려왔다.

'부끄럽다. 부끄럽다. 그것은 늑대가 아니다.'

놀랍도록 또렷한 목소리에도 소마가 그 말의 의미를 순간적으로 이해하지 못한 것은 거대한 존재의 입이 따로 움직이고 있어서였다. 그의 입과 말은 서로 다른 방향으로 나아갔기에 소마는 당혹감에 안절부절못했다. 그때 목소리가 다시 들려왔다.

'부끄럽다. 부끄럽다. 화살이 없다.'

이번에는 목소리가 무엇을 말하는지 정확히 알 수 있었다. 거대한 존재의 눈에서 비웃음과 경멸을 분명하게 읽을 수 있었기 때문이었다. 소마는 부끄러워졌다. 거대한 존재가 말했다.

'비루하고 작은 자여, 어른이 되지 못한 채 영원히 아이로 남을 자여, 약속은 깨어졌고 실망은 대지를 뒤덮는다. 네가 만나는

세상의 모든 이가 네 얼굴에서 부끄러움을 읽으리라.'

소마의 가슴은 고동치고 눈에는 눈물이 차올랐다. 소마가 소리쳤다.

'아니야! 화살을 찾을 거야! 화살을 찾을 때까지 집으로 돌아가지 않을 거야!'

'부끄럽다. 부끄럽다. 화살이 없다.'

소마의 외침은 그의 귀에 닿지 않는 듯했고, 반대로 그의 목소리는 예리한 칼날이 되어 아이의 가슴을 휘저었다. 거대한 존재가 말했다.

'미천하고 보잘것없는 자여, 등을 구부리고 울음을 터뜨리는 벌레 같은 자여, 내가 선물을 주겠다. 내가 화살을 주겠다.'

화살이라는 선명한 단어에 분노와 억울함은 순식간에 녹아내리고 어린 소마의 얼굴에는 화색이 돌았다.

'네가 화살을 가지고 있는 거야? 제발 내 화살을 돌려줘.'

그날 새벽, 비는 폭우로 변했다. 높은 지대의 흙이 낮은 지대로 쓸려나갔고 북쪽 사라수 숲의 어린 나무 몇 그루가 뿌리를 드러내다가 결국 쓰러졌다. 배 속이 텅 빈 가젤의 사체는 새로 생겨난 물길에 휩쓸려 떠내려갔다. 살아 있는 날짐승과 들짐승은 자기만의 보금자리로 몸을 피했다. 피하지 못한 것들은 맨몸으로 폭우를 견디었다. 비는 분명한 의지를 가진 것만 같았다. 평원을 파괴한 뒤에 무에서부터 다시 시작하고자 하는 듯했다. 대지에 기대어 숨을 쉬는 존재들에게 그날 새벽은 오랜만에 찾아온 가혹한 시간이었다. 폭우가 절정에 이르던 시간, 소마 내면의 폭우도 점차 거세지고 있었다.

거대한 존재가 입을 열었다.

'나에게 세 가지를 바쳐라. 작고 작은 자여, 너의 작고 보잘것없는 것들을 바쳐라. 그러면 선물을 주겠다. 화살을 주겠다. 그러면 너는 커다란 자가 되리라. 세상을 호령하게 되리라. 세상이 너에게 머리 조아리게 되리라.'

소마는 이미 화살을 받은 것처럼 들떴다. 하지만 이내 걱정되었다. 소마가 말했다.

'나는 무엇이든 내어줄 준비가 되었어. 그렇지만 네가 보는 것처럼 나는 아무것도 가진 것이 없어. 줄 수 있는 것이 아무것도 없어.'

거대한 존재가 말했다.

'보잘것없는 자여. 너의 보잘것없는 것들 중에 나는 가장 보잘것없는 것들만을 요구할 것이다. 하지만 명심하라. 네가 그 보잘것없는 것들도 손에 쥐고 내어놓지 않는다면 너는 보잘것없는 자로 남을 것이다. 나는 화살을 주지 않을 것이다. 그러면 너는 어른이 되지 못하리라. 작고 작은 자로 남으리라. 세상이 너의

얼굴에서 부끄러움을 보리라.'

소마는 걱정과 불안에 휩싸였다. 무엇을 어떻게 해야 할지 울고 싶은 심정이었다. 그저 이 순간이 빠르게 지나가고 화살을 얻기만을 바랄 뿐이었다. 초조하게 물었다.

'무얼 주면 되는데?'

거대한 존재가 답했다.

'첫째, 나에게 경배하라.'

소마는 우물쭈물했다. 경배가 무엇인지 알 수 없었기에 자기에게 있는 것인지 없는 것인지 알 수가 없었다. 소마가 기어들어가는 목소리로 말했다.

'주고 싶은데 그게 나에게 있는지 모르겠어.'

거대한 존재가 답을 주었다.

'네가 얼마나 비루하고 비참한지 직접 몸으로 보여라. 무릎을 꿇고 가장 낮은 땅까지 이마를 낮추고 공손하게 예의를 갖추라.'

소마는 알아들을 수 있는 것들을 모두 했다. 무릎을 꿇고 이마를 땅에 대었다. 하지만 이것이 무엇을 의미하는지 알 수 없었다. 아버지도 마을의 어른들도 그 누구도 이런 행동을 하는 것을 본 적이 없었던 것이다. 소마가 살짝 고개를 들고 물었다.

'이렇게 하면 되는 거야?'

거대한 존재는 대답하는 대신 말했다.

'둘째.'

소마는 무언가를 해냈다는 안도감이 들었다. 이런 거라면 열 번이라도 스무 번이라도 줄 수 있겠다고 생각했다. 거대한 존재가 말을 이었다.

'나에게 복종하라.'

이 말은 어렴풋하게 이해할 수 있었다. 소마가 답했다.

'하지만 아버지는 지혜가 없는 사람들이나 자기 밖의 존재에게 복종하는 것이라고 말씀하셨어. 우리처럼 지혜가 있는 사람들은 그렇게 하지 않는다고. 게다가 내가 준다고 해도 복종이란 걸 어떻게 줘야 할지도 모르겠는걸.'

거대한 존재가 대답했다.

'네가 얼마나 작고 미천한지 직접 말로 선언하라. 입을 열고 이렇게 말하라. 내 모든 것을 당신께 바칩니다. 내 뜻대로가 아니라 당신 뜻대로 행하겠습니다. 그저 이렇게 말하라.'

소마는 이렇게 말만 하는 것이 전부라면 그건 매우 쉬운 일이고 열 번이라도 스무 번이라도 할 수 있겠다고 생각했다. 소마는 기분이 좋아졌다. 큰 소리로 말했다.

'내 모든 것을 당신께 바칩니다. 내 뜻대로가 아니라 당신 뜻대로 행하겠습니다.'

거대한 존재가 말했다.

'마지막 세 번째. 나에게 제물을 바쳐라.'

제물은 소마가 분명하게 아는 단어였다. 중요한 행사가 있을 때마다 마을에서는 신에게 양의 고기를 제물로 바쳤다. 그건 흔치 않은 구경거리였다. 어른들은 건강하고 상처 없는 양을 신중하게 고른 뒤, 사지를 묶어 배가 드러나도록 고정했다. 이때 놀라 몸부림치는 것을 진정시키기 위해 가슴과 배를 부드럽게 쓰다듬어주는데, 그러면 예리하게 벼린 작은 칼로 검지 길이만큼 배를 갈라도 양은 크게 당황하지 않았다. 다음 차례는 경험이 많은 마을 어른이 그 안으로 손을 집어넣어 생명의 선이라 부르는 그 무언가를 뜯어내는 것이었다. 소마는 무엇을 뜯는 것인지 도저히 알 수 없었지만 그것이 매우 중요한 것임은 알 수 있었다. 그 순간 양의 사지가 경직되면서 짧고 강렬한 고통을 느끼는 것처럼 보였고 이내 숨이 끊어졌기 때문이다. 이후에는 대지 위에 피를 쏟지 않도록 정성스레 발골의 과정이 이어졌다. 가죽을 벗기고 뜨끈한 내장을 들어내고 선홍빛 살과 근육을 도려냈다. 그것은 소마에게 나쁜 기억이 아니었다. 제물을 바치는 행사 때면 마을 사람들은 언제나 들떠 있었다. 위대한 다섯 신의 제물대 위에 머리와 심장과 몇 점의 고기가 올라가고 나면 나머지는 인간의 몫이었다. 사람들은 살과 기름과 내장과 야채를 큰 솥에 넣고 오래 끓여 함께 나누어 먹었다. 입김을 불어 식힌 진한 수프를 소마에게 먹이며 어머니는 양의 건강함이 소마에게 흘러 들어간다고 말했다. 제물이라는 단어는 그래서 부정적이지 않았다. 그것은 소마에게 들뜸이나 풍요로움 또는 공동체의 따뜻함과 이어져 있었다.

　소마는 안타까웠다. 그에게는 제물로 바칠 양이 없었다.
　'내가 가졌다면 아낌없이 줄 테지만 나에게는 양이 없는걸.'
　거대한 존재가 입을 열었다.
　'네가 가진 부끄러운 것, 보잘것없는 것, 늑대가 아닌 것을 바쳐라.'
　현란한 광채로 번뜩이는 그의 커다란 동공이 맷돌처럼 거침없이 움직이더니 소마의 발아래에 시선을 고정했다. 그의 시선을 따라 소마는 자신의 발아래를 내려다보았다. 그곳에는 들개가 몸을 둥글게 말고 잠들어 있었다. 체온을 나누었던 부드럽고 따뜻한 배가 호흡과 함께 오르락내리락하는 모습이 눈에 들어왔다. 소마가 말했다.
　'다른 것을 줄게. 동이 트면 아버지께 가서 내가 말씀드릴게. 양이 필요하다고, 꼭 필요하다고, 무슨 일이든 할 테니 내어달라고. 내가 꼭 가져다줄게.'
　거대한 존재가 다시 눈동자를 크게 돌려 소마에게 고정했다.
　'부끄럽다. 부끄럽다.'
　그의 목소리가 귀 안에서 점점 선명해지더니 이후에는 머릿속을 가득 채울 정도로 쩌렁쩌렁 울렸다. 소마는 손으로 귀를 막았으나 소리는 외부가 아니라 내면에서 울려왔던 까닭에 피할 수가 없었다.

'부끄럽다. 부끄럽다. 화살이 없다. 부끄럽다. 부끄럽다. 그것은 늑대가 아니다.'

목소리는 점점 날카로워졌다.

'미천한 자여, 어리석은 자여, 이미 죽음의 신이 늑대가 아닌 것의 뒷다리를 핥았다. 그것은 부패의 냄새가 진동하고 죽음은 발밑까지 도달했다. 죽음의 신이 곧 떨어질 열매를 기다리며 그 아래에서 입을 벌리고 있다. 그의 입으로 들어가는 존재의 주인은 그이지, 네가 아니다. 그것은 어차피 죽음에 이를 것이다. 죽음에 이르기 전에 나에게 바쳐라. 내가 그 보잘것없는 것을 취할 것이다.'

머릿속을 가득 채운 목소리에 소마는 탈진할 지경이었다. 소년은 피로했고 마음은 연약해졌다. 들개를 줘버리자. 이 고단함을 끝내자. 소마는 힘없이 허리를 구부려 들개를 들어 안았다. 그러자 거대한 존재의 검은 입이 벌어졌다. 그림자 없는 비현실적인 얼굴이 점점 소마에게 다가왔다. 아이는 품속의 들개를 보았다. 아무런 저항도 하지 못하는 부드럽고 하얀 배가 오르락내리락하는 모습을 지켜보았다.

그 순간 소마는 통증을 느꼈다. 가슴 안쪽이 쥐어짜는 것처럼 아파왔다. 여린 내면의 대지를 찢고 무언가 머리를 들어 올리려 하고 있었다. 깊은 통증이 길게 이어지더니 마침내 내뱉어졌다.

기어이 표면의 빈틈을 비집고 고개를 내민 그것은 미안함과 안쓰러움이었다. 소마는 이 순간의 의미를 알지 못했다. 자신의 내면에 숨어 있던 연민이라는 감정이 처음으로 발아된 순간임을 알아채지 못했다. 이 감정이 무엇인지 모르는 까닭에 그저 통증이라는 실체로 이것을 겪을 뿐이었다. 통증은 소마를 한 걸음 뒤로 물러나게 했다. 거대한 존재의 입은 더 크게 벌어졌고 더 가까이 다가왔다. 이제는 손만 뻗으면 그 안으로 들개를 던질 수 있을 만큼 가까웠다. 소마가 한 걸음 더 뒤로 물러났다. 그러자 벌려진 입 그대로 거대한 존재의 목소리가 소마의 내면을 뒤흔들며 울려왔다.

'그것을 바쳐라. 그러면 선물을 주겠다. 그러면 화살을 주겠다. 너는 어른이 되고 커다란 자가 되고 세상을 호령하리라.'

소마는 다시 한 걸음 더 물러났다. 소마의 등이 벽에 닿았다. 그러자 거대한 존재의 푸른 피부가 불속에 던져진 도끼처럼 붉게 달아오르기 시작하더니 온몸이 화염에 휩싸였다. 그의 눈과 입은 더 커지고 얼굴은 분노로 일그러졌다. 소마의 머릿속에서는 윙윙거리는 소리와 함께 그의 목소리가 가득 찼다.

'명심하라. 네가 그것을 내어놓지 않는다면 화살을 주지 않으리라. 너는 어른이 되지 못하리라. 작고 작은 자로 남으리라. 너는 노예가 되고 걸식하는 자가 되고 썩은 나뭇잎처럼 뒹굴다가 이름 모를 자들에게 짓밟히리라. 너는 세상으로부터 버림받으

리라. 너의 아비에게 버림받은 것처럼.'

소마는 숨을 쉴 수 없었다. 거대한 존재의 손이 소마의 폐부 안쪽에서 자라나 안에서 숨통을 조여왔다. 하지만 죽음의 공포 속에서도 소마는 견딜 수 없었다. 받아들일 수 없었다. 소마의 눈시울이 붉어졌다. 나오지 않는 목소리를 짜내어 절규했다.

'아버지는 나를 버리지 않았어! 나도 사랑하는 이를 버리지 않을 거야!'

그 말과 동시에 순간적으로 고통이 사라졌다. 머릿속을 채웠던 목소리도, 숨통을 조이던 압박도 감쪽같이 잦아들었다. 발밑에는 들개가 편안하게 잠들어 있었다. 거대한 존재는 원래의 푸른 피부로 돌아와 있었다. 그뿐 아니라 꼬였던 팔다리를 풀고 편안하게 가부좌를 틀고 있었다. 그의 몸에서 뿜어 나오는 빛이 동굴 안을 고르게 비췄다. 그가 평온해진 목소리로 말했다.

'어차피 너는 제물을 바칠 것이다. 오늘 너는 거절했으나 내일 너는 그것을 내어놓으리. 그때에 나는 그것을 슬프게 받으리라.'

소마는 그 말을 이해할 수 없었다. 거대한 존재가 말을 이었다.

'너는 아직 작고 약하다. 견뎌낼 수 없으리라. 이겨낼 수 없으리라. 그래서 내가 선물을 주겠다. 선물은 하나의 문장이다. 이 문장은 하나의 길이며, 하나의 피난처다. 주의해서 들으라. 선물은 이것이다. 마을에 가지 말라.'

눈을 떴다. 동굴 밖으로 보이는 하늘이 파랗고 투명했다. 새들이 지저귀는 소리가 간간이 들려왔다. 소마는 무거운 몸을 반쯤 일으켰다. 그 상태로 정신이 돌아오길 잠시 기다렸다. 밤새 식은 땀을 흘리며 잤던 기억이 났다. 그리고 뭔가 꿈을 꾸었다는 생각이 들었다. 하지만 아무리 생각을 더듬어보아도 복잡하고 혼란스러운 느낌과 파편적인 인상뿐이었다. 애써 떠올리면 생각이 날 것도 같았지만 굳이 그럴 필요를 느끼지 못했다. 소마는 주위를 둘러보았다. 밝아진 동굴 안은 어젯밤에 상상했던 것처럼 무서운 공간이 아니었다. 어른 두세 명이 누우면 가득 찰 정도로 협소하고 아늑했다.

 '운 좋게 이런 곳을 찾았구나.'

 자리를 털고 일어났다. 동굴 밖으로 걸어 나갔다. 탁 트인 저수지가 눈에 들어왔다. 밤새 내린 비로 수위는 한껏 높아졌고 아침 햇살에 반사되어 눈부시게 반짝이고 있었다. 어젯밤을 견딘 새들이 청명한 아침 공기를 가르며 수면 위로 모였다 흩어졌다를 반복했다. 들개가 보이지 않는 것은 그다지 신경 쓰이지 않았다. 아마도 아침 일찍 어미를 찾아 떠났으리라. 소마는 기지개를 켠 뒤, 크게 숨을 들이쉬었다. 그러고는 저수지로 뛰어들었다. 머리부터 발끝까지 몸을 휘감는 차갑고 부드러운 감촉이 정신을 번쩍 들게 했다. 천천히 헤엄쳐 저수지의 중앙으로 나아갔다. 온몸에 말라붙은 어젯밤의 땀과 흙먼지를 씻어내었다.

해가 기울 무렵이 되어서야 마을 근처에 이를 수 있었다. 소마
는 기진맥진했다. 어제부터 입에 넣은 것이라곤 덜 익은 보리수
열매 몇 알과 씹다 뱉은 메귀리가 전부였다. 화살을 찾지 못했다
는 민망함과 어쩐지 돌아가서는 안 될 것만 같은 꺼림칙함이 내
내 마음을 잡아끌었음에도 소마가 걸음을 멈추지 못한 건 순전
히 육체 때문이었다. 작고 비쩍 마른 몸뚱이가 만들어내는 피로
와 허기짐은 정신의 멱살을 잡아 흔들 정도로 강했기에 쉽게 몸
의 주인을 굴복시켰다. 소마가 간절히 원하는 건 그저 어머니의
품이었다. 품에 안겨 부드러운 목소리로 위로받고, 힘들었다며
괜스레 떼를 좀 써보고, 따뜻한 돌봄을 받을 수만 있다면. 어른이
되는 것을 조금 뒤로 미룬다 해도 아쉬울 건 없다고 생각했다.

하지만 멀리 언덕 중턱으로 마을의 지붕이 눈에 들어올 즈음

이 되자 소마는 주저했다. 멈춰 서서 한참을 바라보다가 결국 쪼그리고 앉았다. 등을 둥글게 말아 구부리고는 턱을 무릎에 걸친 채 손장난을 하며 시간을 보냈다. 반쯤 묻힌 돌멩이를 뒤집어 보고, 나뭇가지로 개미집을 훑었다. 근처에 떨어진 잎사귀를 주워서 잘게 자르고, 의미 없는 선들을 흙바닥에 끄적였다. 한동안 그렇게 앉아 시간을 허비하고 있었던 것은 심경이 복잡했기 때문이었다. 아이는 불길한 기분에 사로잡혔다. 그 불길함은 마을로 돌아가는 것이 현명한 선택이 아님을 강하게 주장하고 있었다.

'마을에 가지 말라.'

소마는 혼란스러운 기억의 파편 속에서 선명한 문장을 길어올렸다. 이 문장이 어디에서 온 것인지 그 처음은 도저히 떠오르지 않았다. 하지만 겨우내 묻혀 있던 볍씨가 봄볕에 싹을 내밀듯 이것은 소마의 마음 어딘가에 암시처럼 숨겨져 있다가 외부의 자극과 함께 강렬히 깨어났다. 암시를 깨운 건 마을의 지붕이었다. 수없이 보아온 황토색의 익숙한 지붕 대신 검게 그을리고 무너진 낯선 형태가 눈에 들어오자 어린 마음속에서 불안이 자라났던 것이다.

쪼그렸던 다리가 저려올 때가 되어서야 아이는 하릴없이 무릎을 펴고 일어섰다. 무거운 마음으로 고개를 돌려 언덕 중턱에 늘어선 낯선 지붕을 다시 주시했다. 그래도 마을로 돌아가는 수밖에 다른 방법은 없지 않겠나. 흙먼지를 뒤집어쓴 손바닥을 옷자락에 대충 문질러 털었다. 그러고는 마을로 이어지는 언덕길을 터벅터벅 올라갔다.

마을은 불타 있었다. 이런 광경을 본 적이 없었기에 이것이 무엇을 의미하는지 소년은 알 수 없었고 그래서 놀라지도 무서워하지도 않았다. 대신 엄마를 부르며 잔해 사이를 뛰어다녔다. 지난밤의 거센 비바람이 마을을 씻고 지나갔기에, 검게 그을린 기둥이나 무너진 돌담이 실제로 무슨 일이 있었는지와는 무관하게 유난히 깨끗하고 말끔해 보였다. 골목 사이사이 고인 웅덩이를 피해 신전으로 내달렸다. 달리며 소마는 보지 않으려 했다. 어지러이 나뒹구는 불탄 집기들과 깨진 도기들, 널브러진 옷가지들, 새카맣게 부서진 서까래, 무너진 흙벽, 그 아래로 비져나온 사람의 다리. 소마는 보았지만 보지 않을 거라 다짐했다. 어머니와 아버지를 만나면 그때 보면 된다. 아버지의 믿음직한 목소리로 설명을 듣고, 그 설명으로 이해하고, 이해한 눈으로 이것이 무슨 상황인지를 그때 안전하게 보면 된다. 그래서 아이는 하나의 목적지만을 생각하며 필사적으로 내달렸다. 이제 곧 골목 끝에 신전이 나타날 것이다. 신전 뒤로 흙집이 나타날 것이고, 그곳에 어머니와 아버지가 소마가 돌아오기를 애타게 기다리고 계실 것이다. 아이는 확신하고 확신했다.

하지만 모습을 드러낸 신전은 처참했다. 회벽은 무너지지 않았으나 새카맣게 타버렸고, 나무로 된 지붕은 완전히 전소되어 안으로 무너져 내렸다. 소마는 그 안을 들여다볼 정신이 없었다. 다급하게 회벽을 돌았다. 뒤편으로 흙집이 눈에 들어오자 소마는 긴장이 풀렸다. 눈물로 범벅이 된 얼굴에 미소가 지어졌다. 집은 무사했다. 사원을 집어삼킨 불길은 소마의 집까지 옮겨붙지는 않았던 것이다. 당연히 의심하지 않았다. 어머니와 아버지가 기다리고 계시리라는 걸 자신은 한 번도 의심해보지 않았다고 소마는 되뇌며 문을 열었다. 집은 비어 있었다. 가구와 집기류가 모두 익히 알던 그대로 자리를 지키고 있었다. 식탁 위에 나무 바구니도, 한쪽 벽면에 늘어선 구운 항아리들도, 세 식구가 함께 자는 나무 침대와 이불도 모두 그대로였다.

'두 분이 잠시 집을 비우셨나 보다. 아마도 어머니와 아버지는 다른 어른들과 함께 마을에 생긴 문제를 해결하러 외출하셨나 보다.'

집이 이렇게 그대로인 걸 보면 알 수 있다고, 아마 근처 어딘가에서 돌아올 준비를 하고 계시리라고 소마는 눈물을 비벼대며 생각했다. 아무것도 하지 않고 자리에 얌전히 앉아서 기다리기로 했다. 문을 열고 들어오신 부모님이 의젓하게 앉아 있는 모습을 보시고는 우리 소마가 돌아왔느냐고, 다친 곳은 없느냐고, 많이 놀라지 않았느냐고 안아주실 수 있도록, 아이는 최대한 바르게 앉아서 아무 문제도 일으키지 않고 가만히 기다리기로 다짐했다.

하지만 소마가 사원으로 연결된 뒷문을 열어보기까지는 그리 오래 걸리지 않았다. 금세 안절부절 앉았다 일어났다를 반복하다가 뒷문에 시선을 빼앗겼다. 뒷문 너머 사원이 어떤 상태일지 걱정과 초조함이 엄습했다.

'양털 바닥은 어떻게 되었을까. 햇살에 반짝이며 부유하던 먼지들은 어떻게 되었을까.'

뒷문에 귀를 대어 보았다. 평소라면 문을 열고 나가도 아무 문제가 없을 만큼 고요하고 적막했다. 잠시 숨까지 멈추고는 더 세심하게 집중했다.

'이 정도로 조용하다면 괜찮을 거다.'

생각이 거기까지 미치자 살며시 뒷문을 밀었다. 그러자 문은 뒤로 천천히 고꾸라지더니 바닥에 부딪히며 산산이 부서졌다. 눈앞에는 천장이 뻥 뚫리고 새카매진 사원이 모습을 드러냈다. 맵고 싸한 역한 냄새가 한꺼번에 코를 찔렀다. 검게 타서 무너진 지붕의 잔해가 바닥에 쌓여 있고, 그 사이사이로 이게 무엇인가 싶은 수많은 검은 물체들이 비져나와 있었다. 소마는 처음에 이것이 불에 탄 짐승인가 싶었다. 열기에 껍질이 녹아내렸고 시커멓게 재와 범벅이 되어 구분이 가지 않았지만 사람만 한 몸뚱이에 사지가 붙어 있는 게 눈에 들어왔기 때문이었다. 발을 디딜 수 있는 곳으로 걸음을 옮겨 잔해 사이로 들어갔다. 이 짐승들이 무엇인지 확인하기 위해 얼굴을 가까이 들이밀었다. 한참을 들여다보던 소마는 어느 순간 이것이 사람임을 알게 되었다. 검게 녹아내린 코와 입 사이로 가지런한 치아를 보았던 것이다. 순간 아이는 경끼를 일으키며 뒤로 몸을 젖히다가 불에 탄 사체들의 팔과 다리에 걸려 자빠질 뻔했다. 소마는 당황했다. 손과 발로 잡을 수 있는 무엇이든 잡아채며 잔해를 빠져나오기 위해 허우적거렸다.

목청껏 엄마를 부르며 마을을 헤매었다. 멈추지 않는 눈물을 재로 범벅이 된 손으로 연신 비벼 닦으며 엄마는 당연히 저기 있을 리가 없고 지금 어딘가에 숨어서 소마를 지켜보고 있을 거라고, 소마는 이제 못 찾겠으니 그만 나오라고 소리치며 한참을 맴돌았다. 어머니를 발견한 건 지평선 너머로 해가 기울 무렵이었다. 숲이 만들어내는 긴 그림자와 대지에서 스며 나오는 땅거미에 마을은 어둠에 잠겨갔다. 어머니는 사원에서 멀지 않은 곳에 있었다. 숲과 마을의 경계, 외진 흙길 위에 그녀는 누워 있었다. 옷가지는 풀어 헤쳐졌고 목에는 끌고 다닌 듯한 밧줄이 단단히 매어져 있었다. 소마는 한참을 흔들었다. 금방 어두워질 거라고, 여기 있기엔 너무 무섭다고, 그만 집으로 돌아가자고, 나뭇가지가 바람에 나부끼는 소리에도 흠칫 놀라 주위를 두리번거리며 엄마를 잡아끌었다.

주위가 온전히 어두워지고 이제 보이는 것이라곤 검푸른 하늘에 드리운 숲의 실루엣뿐일 때쯤이 되어서 소마는 엄마 옆에 누웠다. 몸을 바짝 붙이고 그녀의 풀어진 상의 사이로 얼굴을 들이밀어 젖꼭지를 물었다. 밤보다도 더 깊은 어둠 속에서 아이는 잠이 들고 꿈을 꾸었다. 몇 번의 꿈을 거치며 아이는 기분이 좋아졌다. 우주의 지평선에서 수만 가지 빛깔로 반짝이는 별과 행성들이 떠오르고 지는 것을 지켜보았다. 시야를 가릴 만큼 거대한 것부터 눈에 보이지 않을 만큼 작은 것까지 셀 수 없이 많은 천체들이 각각의 주기와 속도로 회전하고 있었다. 소마는 우주의 중심에 앉아 그 복잡한 운행이 만들어내는 아름다움을 영원의 시간 동안 주시했다. 각각의 천체들이 저마다 가진 규칙을 보았고, 규칙 안에서 통합되는 질서를 이해했으며, 질서가 만들어내는 조화의 희열을 느꼈다. 빛의 소용돌이가 한 가닥의 색의 띠로 꼬아져 소마의 귀로 흘러들었다. 귀로 흘러들어 고막을 뚫고 내면에 앉은 자에게 닿았다. 내면에 앉은 자는 색의 띠를 음미하며 조율된 우주를 직관했다. 그 순간 꿈을 꾸는 자는 알게 되었다. 보이는 것과 들리는 것이 다르지 않음을, 다양한 것과 단일한 것이 다르지 않음을, 부분과 전체가 다르지 않음을, 순간과 영원이 다르지 않음을. 소마는 고양되었다. 우주가 만들어내는 목소리에 집중했다. 우주의 목소리를 듣고, 우주의 목소리가 되었다. 자기 안의 목소리를 듣는 유일하고 무한한 존재가 되어,

영원의 시간 동안 그 안에 평온하게 머물렀다.

　밤새 코요테의 무리가 시체를 뜯었다. 어둠을 밟고 마을로 들어선 웅크린 짐승들이 밤보다도 새카만 시체들의 배를 파헤쳤다. 살이 탄 역한 내음과 부패한 피의 붉은 맛에 코요테들의 흥분은 고조되었고 송곳니와 눈동자는 광기에 희번덕거렸다. 무리에 끼지 못한 늙은 코요테 한 마리가 멀찍이 떨어져 마을의 경계를 어슬렁거리다 소마와 어머니를 발견하고는 다가왔다. 꼬리를 바짝 안으로 말아 아랫배에 붙이고는 이미 부패하기 시작한 살 냄새를 더듬었다. 그때 숲의 안쪽에서 보리수 열매가 떨어지는 소리가 꽤나 크게 울렸다. 늙은 코요테는 화들짝 놀라 급하게 자리를 떠났다.

　다음 날 정오가 되어서는 까마귀 떼가 마을로 내려왔다. 아침부터 하늘에 커다란 원을 그리며 모여들더니 경계할 것이 없다는 것을 충분히 확인하자 죽음의 사신처럼 날개를 펼치고 지난밤 코요테가 헤쳐놓은 몸통 위에 내려앉았다. 열린 갈비뼈 안으로 머리를 집어넣어 남은 지방과 고기의 찌꺼기를 샅샅이 쪼아 먹었다. 서너 마리의 까마귀가 소마와 어머니의 곁으로 날아왔다. 그중 가장 겁이 없는 한 녀석이 어머니의 몸 위로 올라탔다. 자줏빛 반점이 올라오고 배부터 부풀기 시작한 몸뚱이를 몇 번 쪼아댔다. 그때 어머니 옷자락에 얼굴을 묻은 소마가 경련처럼 움직였다. 까마귀는 아직 죽지 않았음을 알아채고는 몇 번의 날 갯짓과 함께 급하게 날아올랐다. 그것을 지켜보던 다른 녀석들도 더 쉬운 먹이를 찾아 자리를 피했다. 이때 소마의 몸은 몹시 뜨거웠다. 얼굴과 목이 붉게 달아올랐고 온몸은 식은땀에 젖었다. 헝크러진 머리카락은 그의 젖은 이마에 달라붙어 있었다. 소마는 열병을 앓았다. 약해질 대로 약해진 그의 몸이 할 수 있는 건 그저 열을 내며 버티는 것이었다. 육체가 자기를 통제하지 못할 정도가 되자 소마의 정신은 미끄러져 자기 내면으로 빠르게 추락했다.

소마가 까르륵 웃은 것은 길고 매끈한 손이 부드럽게 배를 간질였기 때문이었다. 손이 한 번 더 배를 간질이자 아이는 몸을 비비 꼬며 웃어댔다. 따뜻하고 포근한 품에 안긴 채로 눈을 떠 올려다보았다. 소마를 안은 존재의 목은 너무나도 길어 머리는 보이지도 않을 만큼 한참이나 위에 있는데, 그나마 머리 뒤에서 뿜어 나오는 빛이 눈부셨기에 얼굴과 표정을 알아볼 수 없었다. 하지만 소마는 궁금하지 않았다. 서로가 너무도 잘 아는 사이임을 조금도 의심하지 않았다. 익숙함과 친근함의 감정이 마음을 충만하게 했다. 다시 까르륵 웃었다. 소마는 알고 있었다. 자신이 해야 할 말이 있으며 그가 이 말을 듣기 위해 기다리고 있다는 것을. 하지만 그 말이 정확히 무엇인지는 입 밖으로 내뱉기 전까지 자신도 알 수 없다고 생각했다. 그리고 동시에 그것이 무슨 말이 되었든 귀찮고 관심 없다고 느꼈다. 아이는 시간을 끌었다. 몸을 돌려 품 안으로 파고들었다. 그가 기다리고 있음이 느껴졌다. 소마는 모른 척했다.

충분한 시간이 흘렀을 때, 충분히 외면하고 거부하고 저항한 후에 소마는 이것이 자신이 해야 하는 말이 아님을 알면서도 떼를 쓰며 말했다.

'싫어요. 어머니와 함께 있을 거예요. 지쳤어요.'

그러고는 입을 꾹 다물었다. 소마를 품에 안은 존재는 다시 기다렸다. 시간은 허상과 같아 영원은 순간으로 수렴하고, 순간 안에 영원이 농축되었다. 농축된 시간 한 방울이 존재의 입에서 뱉어져 나왔다. 길고 긴 공간을 낙하하여 그것이 소마의 입 속으로 떨어졌다. 혀를 타고 식도로 미끄러져 위장으로 흘러갔다. 그것은 온몸으로 퍼져나갔다. 넘치도록 충분한 시간 동안 소마의 마음은 누그러지고 피로와 두려움은 먼 옛날의 이야기처럼 아득해졌다. 그러자 소마가 입을 열었다.

'하지만 저는 작고 약해요. 견뎌낼 수 없을 거예요. 이겨낼 수 없을 거예요.'

소마를 품에 안은 존재의 얼굴은 보이지 않았지만 괜찮다는 미소를 보내고 있음을 분명히 알 수 있었다. 그가 애정을 담아 고개를 끄덕였다. 소마는 그의 고개가 끄덕이는 순간을 마음에 담았다. 이윽고 스르륵 눈이 감겼다.

다시 밤이 내려앉았다. 코요테와 까마귀는 떠났다. 숲에 사는 짐승들도 마을을 찾지 않았다. 길고 긴 밤이 적막 속에서 어떻게 흘러갔는지를 지켜본 존재는 아무도 없었다. 새벽이 되어 하늘에 희미하게 푸른 빛깔이 돌기 시작했을 때는 대지 위에 안개가 짙게 내렸다. 몇 명의 말을 탄 자들이 마을로 이어지는 길을 따라 찾아왔다. 그들의 말발굽 소리만이 새벽의 정적을 깨웠다. 그시간에 소마의 육체는 저물어가고 있었다. 그의 정신은 점점 더 미끄러지며 끊어질 듯 끊어질 듯 간신히 오감과 가늘게 이어져 있었다. 근처에 이른 발소리도 소마에게는 머나먼 이방에서 울려오는 종소리처럼 아련하게 닿을 뿐이었다. 그때 익숙하지 않은 커다란 손이 겨드랑이 사이로 들어와 소마를 들어 올렸다. 아이는 낯선 팔에 안겨졌다. 힘을 낸다면 눈을 뜰 수 있을 거라고 느꼈지만 눈을 뜨지 않기로 했다. 눈을 뜨는 순간 확인하게 될 것이다. 아버지가 아닌 다른 이의 팔에 안겨 있음을. 그래서 눈을 뜨지 않기로 했다. 그저 아버지가 드디어 나를 구하러 와주셨다고 믿으며 소마는 그렇게 잠시나마 안심하기로 했다.

2부

5

하나뿐인 내 동생 한나. 너의 슬픈 소식을 전장에서 듣는다. 참으로 비통하고 하늘이 무너진다. 지난밤 너의 남편을 서둘러 너에게로 보냈다. 본국에 몇 가지 사항을 보고하고 물자를 정리하고 갈 것이기에 아마도 이 편지가 먼저 도착할 것이다. 한나. 나는 신실한 너와 네 남편 엘가나에게 왜 이런 고난이 주어졌는가를 생각한다. 주님께 왜 아이를 허락하지 않으셨느냐고 물었다. 물론 우리는 이미 답을 알고 있다. 죄 때문이다. 한나. 모든 것이 죄 때문이다. 지난 여섯 달 동안 네가 경외와 두려움을 잊지는 않았는가, 머릿속에 음란과 방종을 담지는 않았는가, 일말의 더럽고 부정한 것은 없었는가 속죄하고 속죄해야 한다. 여기 상황이 정리되는 대로 나도 너에게 속히 갈 것이다. 그때까지 회개하고 깨끗해져라.

-누구보다 너를 사랑하는 바가렐라

한나는 접혔던 그대로 편지를 조심스레 접었다. 그녀의 가는 손이 미세하게 떨렸다. 침대에서 일어나려 하자 하녀 모라가 지금은 일어서면 안 된다며 그녀를 말렸다. 한나는 대답 대신 자신을 부축해달라 하고는 걸음을 뗐다. 그렇지 않아도 비쩍 마른 그녀의 몸은 두 번에 걸친 하혈과 거식증 증세로 볼품없이 시들어 있었다. 백골이 걷는다고 해도 이보다는 나을 듯했다. 한나는 불을 붙인 촛대를 쥐고 홀로 어두운 계단을 힘겹게 내려갔다. 지하 기도실로 들어가서는 문을 걸어 잠갔다. 단상 위에 촛대를 올리자 흔들리던 그림자가 점차 잠잠해졌다. 한나는 옷을 벗었다. 앙상하고 창백한 몸뚱이가 흐린 빛 아래 누추하게 드러났다. 벌거벗은 그대로 맨바닥에 무릎을 꿇고는 손이 닿는 곳에 놓인 승마용 채찍을 집어 들었다. 서너 가닥의 기름 먹인 뻣뻣한 가죽 띠가 윤기를 내며 늘어져 있었다. 한나는 움켜쥔 손잡이에 힘을 주었다. 그러고는 익숙한 몸짓으로 빠르게 팔을 휘둘렀다. 갈비뼈가 보일 정도로 마른 등에는 순간 선명한 핏자국이 새겨졌다. 공기를 찢어내는 소리와 함께 뜨겁고 날카로운 통증이 등으로 파고들 때마다 그녀는 비명 섞인 울음을 터뜨리며 자신의 죄를 생각했다. 벌을 받았다는 것은 분명 죄가 있다는 것이다. 그것을 찾아내야 한다. 한나는 단호했다. 그녀의 손이 공중을 가를 때마다 기도실은 매질 소리와 짐승 같은 절규로 채워졌다. 단상 위의 촛불이 요동쳤다. 벽에 걸린 십자가 고난의 성화와 교부 오리게 네스의 초상이 살아 있는 듯 흔들렸다.

다섯 밤이 지나, 엘가나가 전장에서 돌아왔다. 그의 팔에 안겨 있는 더럽고 비쩍 마른 아이를 보고 한나는 남편에게 다가가지 못했다. 그녀가 걸음을 뒤로 물려 기둥 뒤로 몸을 반쯤 가린 것은 두려움 때문이었다. 며칠 동안 한나는 살아온 인생 전체를 샅샅이 뒤졌고 생의 매 순간마다 자신이 저질렀던 끔찍한 죄를 수없이 찾아내었다. 그것을 하나하나 등에 새겨 넣으며 그녀는 자신의 죄가 너무나 커 결코 용서받지 못할 것이고, 구원받지 못할 것이고, 깨끗해지지 못할 것이고, 그래서 다시는 아이를 갖지 못할 것임을 확신했다.

'주님께서는 내가 아이를 갖지 않기를 바라신다.'

더 이상 내려갈 곳이 없었다. 그녀는 바닥에 던져졌다. 한나가 무너질 대로 무너져 처절하게 좌절하고 있던 바로 그때에 남편이 아이를 데려온 것이다. 한나는 두려웠다. 저 아이는 무엇인가? 도대체 무슨 뜻이 있는 것인가? 약해질 대로 약해진 그녀의 육체와 정신은 아주 작은 자극에도 혼란스러웠고 무너질 것만 같았다. 한나는 남편의 시선을 피했다. 비틀비틀 몸을 돌려 모라의 도움을 받아 침실로 올라갔다.

정신을 잃듯 잠에 빠졌던 한나가 눈을 뜬 것은 정오가 넘어서였다. 햇살이 넉넉하게 쏟아져 베이지색 커튼을 부드럽게 빛내고 있었다. 몸은 여전히 무거웠지만 정신은 한결 나아진 것 같았다. 침대 곁에 앉아 서류를 읽고 있던 엘가나가 괜찮냐고 물었다. 한나는 얼굴을 돌리고는 귀찮다는 듯 고개를 끄덕였다. 다른 아픈 곳은 없냐는 물음에 그녀는 아무 대꾸도 하지 않았다. 한참의 침묵 뒤에 한나가 입을 열었다.

"당신 잘못이기도 해."

엘가나가 아무 대답도 하지 않은 것은 어떻게 대답해야 할지 몰라서이기도 했으나 또 대답하자니 그것이 뭐가 되었든 귀찮아질 것이 뻔했기 때문이었다. 한나는 얼굴까지 이불을 끌어당기고는 돌아누웠다.

가을로 접어들어 한나의 몸은 점차 회복되었고 주일 예배에 참석할 수 있을 정도가 되었다. 그사이 아침저녁으로 서늘해진 공기에 나뭇잎은 야단스럽게 물들었다. 숲 사이로 흐르는 투명한 냇물은 단풍을 실어 나르며 하루가 다르게 차가워졌다. 털갈이가 시작된 사슴들은 윤기를 잃고 짙어져가고, 그것들의 심장에서 익혀진 숨결은 옅은 입김이 되어 허공으로 흩어졌다. 교회에서 돌아온 마차의 문이 열리고 한나가 부축을 받으며 내렸다. 한기와 피로 때문에 그녀의 표정은 좋지 않았다. 그때 그녀의 시야에 멀찍이 서 있는 아이의 모습이 들어왔다. 검은 더벅머리에 어두운 피부, 낡은 옷을 걸친 비쩍 마른 몸매, 옅은 회색빛 눈동자는 웃음기 없는 얼굴과 어우러져 소년을 한층 우울해 보이게 했다. 그녀는 곧바로 시선을 피했다. 화가 났다. 오늘은 엘가나에게 분명히 말하겠노라 다짐했다.

그동안 한나는 오늘처럼 의도치 않게 아이의 모습을 자꾸 보게 되었고 그때마다 불편함을 느꼈다. 주로 침실에서 창밖을 내려다볼 때 그러했다. 한나의 침실 창은 저택의 뒤뜰로 나 있었는데, 그곳은 하인들의 공간이었다. 식재료를 정리하거나 간단한 목공 일을 하거나 빨래를 널 때면 하인들은 이곳을 사용했다. 아이는 대부분의 시간을 이곳에서 보내는 듯했다. 하녀 모라가 아이를 챙기는 모습을 볼 수 있었다. 아마도 간간이 그녀를 돕거나 잔심부름도 하는 것 같았다. 하지만 대부분은 혼자 방치되어 있었다. 그때는 종일 쪼그리고 앉아 바닥에 떨어진 돌이나 나뭇가지를 가지고 놀았다. 몇 발자국만 옆으로 가면 나무 그늘이 있는데도 한낮의 볕 아래 온종일 저러고 있는 게 또 한나의 마음을 불편하게 했다. 그러다 아이가 고개를 올려 이쪽을 바라보기라도 하면 한나는 재빨리 커튼 뒤로 몸을 숨기고는 혹시 자신을 본 것은 아닌지를 초조하게 생각하고 또 생각했다.

오늘은 남편에게 똑바로 이야기하고 말겠다. 응접실로 들어서는 엘가나에게 한나가 쏘아붙였다.

"그 아이는 어떻게 할 건데?"

"아이라니?"

"당신이 데려온 애 말이야."

"모라에게 돌보라고 했어."

"데리고 있으려고?"

"보낼 데가 마땅치 않으니까."

엘가나의 차분한 대답이 한나의 화를 돋우었다. 그녀가 언성을 높였다.

"이교도잖아! 당신은 내 생각은 안 해? 나는 부정한 것들을 어떻게든 멀리하려고 이렇게 처절하게 발버둥 치고 있는데, 당신은 일말의 책임감도 느끼지 않는 거야?"

엘가나는 또 시작인 건가 내심 짜증이 일었으나 그녀의 불안정한 상태를 받아줄 이는 자신밖에 없음을 잘 아는 까닭에 우선은 언성을 낮춰 미안하다고 달래었다. 그러고는 말을 이었다.

"당신이 그렇게 불편해하는지 몰랐어. 원한다면 지금이라도 당장 내보낼게."

한나는 화가 났다. 자신도 어떤 대답을 듣고 싶은 건지 알 수 없었지만, 적어도 이것은 원하는 대답이 아니었다. 그녀가 소리쳤다.

"지금 나를 피도 눈물도 없는 나쁜 인간으로 만들 참이야? 날이 이렇게 추워지는데 지금 내쫓으면 하인들이나 다른 사람들이 나를 뭐라고 생각하겠어?"

엘가나가 그럼 어떻게 하느냐고, 당신이 하자는 대로 무엇이

든 해주겠다고 애원했다. 한나가 단호하게 말했다.

"우선 내 눈에 띄지 않게 해! 이 집 어디서도 보이지 않게 하란 말이야!"

그 후로 아이는 지하에 마련된 모라의 방에서 나오지 않았다. 한나는 이제야 마음 편하게 집 안을 돌아다닐 수 있게 되었다며 침대에 누워 있는 시간을 줄이고 일부러 걷는 시간을 늘렸다. 불필요하게 화려한 외출복으로 멋을 내고는 관리가 잘된 오래된 목재 계단을 내려왔다. 경건하면서도 품위 있게 장식된 로비를 가로질러 현관 밖으로 나섰다. 넓은 정원을 뒤덮은 늦가을의 빛깔이 고동색 벽돌과 어우러져 저택을 더욱 고풍스럽게 만들었다. 건물 주위를 빼곡하게 둘러싼 화단을 따라 그녀는 천천히 산책했다.

이 오래된 저택은 백여 년 동안 한나의 집안인 아데사 가문의 소유였다. 그들의 조상은 사백여 년 전에 십자군을 따라 진군했다가 분리되어 나온 소수의 사람들이었다. 그들은 독자적으로 동쪽으로 나아갔고 결국 이 기름진 땅에 정착했다. 하지만 오랜 시간에 걸쳐 정세가 변하자 이교도들의 땅 한가운데에 고립된 형국이 되었다. 길고 지루한 저항이 이어졌다. 몰락의 위기에서 이들을 도운 건 펠로 가문이었다. 그들은 떠돌이로 오랜 시간 이교도와 교류하며 생존한 사람들이었다. 그들은 아데사 가문과 이교도의 전쟁을 중재할 수 있었다. 이것이 명분이 되어 펠로 가문은 방랑을 멈추고 아데사의 땅에 정착했다. 이후 평화의 시대가 찾아왔다. 삶의 터전이 안정되며 인구가 급격히 증가했고 본국과의 교역로가 연결되었다. 이 길을 따라 교회가 공인한 황태자가 들어왔다. 그는 독립 왕국을 선언하고 스스로 엘디귀즈 1세가 되었다. 아데사 가문과 펠로 가문은 왕을 중심으로 자연스럽게 공존했다.

그러나 세대가 지날수록 공존의 기억은 점차 희미해지고 두 가문은 주도권을 두고 신경전을 이어갔다. 균형이 무너지기 시작한 것은 한나의 부모 세대부터였다. 제한되고 고립된 영토에서 인구의 증가는 경작지와 식수의 부족을 초래했다. 주기적인 유행병은 사회의 분위기를 흉흉하게 했다. 근본적인 문제 해결이 필요함을 강조하며 아데사 가문이 전면에 등장했다. 그들은 물질이 아니라 신앙의 문제가 근본적인 원인임을 주장했고 이교도와의 완전한 분리와 종교적 순혈주의를 추구했다. 지지자들이 늘어났고 강력한 질서에 대한 요구가 높아졌다. 한나의 저택은 이러한 요구의 정신적 집결지이자 상징과도 같은 공간이었다. 이곳에서 한나의 오빠이며 위대한 통치자인 바가렐라가 탄생했기 때문이었다. 바가렐라 아데사는 강력한 카리스마로 왕과 교회를 장악했고 뛰어난 전술로 이교도와의 전쟁을 승리로 이끌었다. 그가 중년이 되었을 때 더 이상 그의 권위를 의심하는 자는 아무도 없었다. 그는 말 그대로 아데사의 땅을 호령했다. 하지만 바가렐라는 신중했다. 그는 자신의 사람들에게 이렇게 말하곤 했다.

"방심하지 말라. 적은 밖에도 안에도 존재한다. 내부의 적은 우리의 유약함을 먹고 자라난다."

한나는 저택의 모서리를 돌아 뒤뜰로 들어섰다. 해가 드는 곳에 긴 장대가 세워져 있고, 그 위에 빨래가 널려 있었다. 하인들의 모습은 보이지 않았다. 주위를 두리번거리며 나무 그늘을 지나쳤다. 흙바닥 위에 멈춰 선 그녀는 발아래를 내려다보았다. 그곳에는 돌과 나뭇가지 서너 개가 모아져 있었다. 그중에 눈에 띄는 것이 있었다. 무릎을 굽히고 앉아서 그것을 집어 들었다. 이것은 무엇인가. 문득 장난감 화살이라는 생각이 들었다. 새끼손가락 길이의 나뭇가지에 풀잎을 조각내어 화살 깃과 촉을 붙이고 풀잎 줄기로 그것을 고정해놓았다. 주위를 둘러보고 아무도 없음을 확인한 한나는 그것을 손에 쥐고 일어섰다. 그러고는 곧장 침실로 돌아갔다.

이후 며칠 동안은 습관적으로 창틀 앞을 서성거렸다. 창문 밖으로 하인들이 작업하는 모습을 지켜보았다. 하지만 아이의 모습은 찾을 수 없었다. 잘되었다고 입은 혼잣말을 했으나 눈은 정원의 구석구석을 훑고 있었다.

'그럼 온종일 모라의 방에 있는 건가? 낮이든 밤이든 그 좁고 어두운 곳에 아이 혼자 있는 건가? 누가 식사는 챙겨주고 있는 걸까? 거기에 혼자 놀 만한 뭔가가 있긴 한 걸까?'

그러다 자신이 왜 이런 쓸데없는 걱정을 하고 있는지 스스로를 다그치며 이건 잘된 일이라고, 성가시게 아이가 보이지 않는 건 잘된 일이라고 다시 혼잣말을 했다.

밤잠을 설친 어느 날 아침, 한나는 눈에 띄는 모든 이에게 건강을 회복하겠노라고 반복해서 말하고는 식사 후에 꼬박꼬박 저택 주위를 산책하기 시작했다. 한동안 직접 관리 감독을 못 했다며 하인들이 일하는 곳에 찾아가기도 하고, 모라를 불러 별다른 일은 없는지, 뭔가 부족하거나 필요한 것은 없는지를 새삼스레 묻기도 했다. 그때마다 하인들과 모라는 주인의 신경을 거스르지 않기 위해 아무 문제도 없으며 걱정하실 건 하나도 없다고 굽실거렸다. 한나는 다음 날도 그다음 날도 저택 여기저기를 들쑤시고 다녔다. 하인들은 점점 피로해졌다. 도움 하나 되지 않는 안주인이 참견이 과하다고 불평을 늘어놓았다. 한나의 마음도 편한 것만은 아니었다. 그녀는 자신이 지금 무엇을 하고자 하는지 알지 못했고, 그래서 초조했다.

밤이 되면 초조는 불안으로 바뀌어 한나를 집어삼켰다. 눈을 감으면 수많은 생각이 꼬리에 꼬리를 물고 일어나 고통스럽게 했다.

'이것은 시험이 아닐까? 혹시 사탄이 쳐놓은 덫이 아닐까? 주님께서 나의 죄를 용서해주셨다고 내가 믿고 자만하고 교만하게 행동하도록 함정을 파놓은 것이 아닐까? 아니면 혹시, 아니 그럴 일은 없겠지만, 정말 만에 하나 주님께서 진정으로 나를 용서해주신 것이라면? 이제 됐으니, 이제 엄마가 되어도 좋다고 은혜를 베풀어주신 것이라면?'

끊이지 않는 상념에 숨이 막혀오면 한나는 창가에 서서 정원을 내려다보았다.

달이 유난히 밝던 그날 밤도 그러했다. 오늘은 유독 잠이 오지 않을 것만 같았다. 남편이 깨지 않도록 침대에서 일어나 여느 때처럼 창문을 반쯤 열어둔 채로 밤공기를 들이마셨다. 답답함과 뒤섞인 잡다한 생각들이 가라앉는 듯했다. 한나는 조금 편안해지자 창틀에 몸을 기대었다. 특별할 것 없이 익숙한 풍경이었다. 그러던 어느 순간에, 그녀의 눈이 커지고 심장은 두근대기 시작했다. 의자에 걸어두었던 숄을 순식간에 낚아채어 침실의 문을 박차고 나섰다. 빠르게 계단을 내려가서는 어두운 로비를 지나 현관문을 밀었다. 찬 공기가 탁한 머릿속을 흩어내었다. 주위는 불빛 하나 없었지만 달이 밝았다. 길게 늘어선 측백나무와 겨울이 가까워 쓸쓸해진 화단의 명암이 또렷하게 눈에 들어왔다. 한나는 크게 한 번 숨을 들이쉬고는 밤이 만들어내는 신비로운 분위기를 한 발 한 발 밟으며 건물을 돌았다.

뒤뜰에 발을 들였을 때, 그 공간이 아늑하다고 느꼈다. 건물의 벽과 돌담에 둘러싸인 자리에는 달빛이 투명하게 내려와 잔디를 반짝이고 있었다. 멀리서 밤벌레 소리가 간간이 들려올 뿐, 바람 한 점 없는 뒤뜰은 마치 시간이 멈춘 것만 같았다. 한나는 마음을 진정시켰다. 곧장 나무를 향해 걸어갔다. 그 아래는 밤의 그림자가 너무나 짙어 아무것도 보이지 않았다. 시선을 고정한 채 조심스럽게 걸어가다가 적당한 거리에 멈춰 섰다. 그러고는 무릎을 굽혀 앉았다. 한나는 기다렸다. 잠시 후 그림자 안에서 무언가 움직인 것 같더니 아이가 주저주저하며 밖으로 걸어 나왔다. 한나가 주머니에서 화살을 꺼내 손바닥에 올려 내밀었다.

"이거 네 거지?"

아이가 시선을 피한 채 천천히 다가와서는 조심스럽게 손바닥 위의 화살을 집어 들었다. 손이 스쳤을 때 한나는 아이의 피부가 너무도 차갑다는 사실에 놀랐다. 자기도 모르게 손을 뻗어 아이의 팔목을 덥석 잡았다. 차디찬 기운이 손바닥을 통해 전해졌다.

"이렇게 추워서 어떡해."

한나는 아이의 가는 팔을 자신의 손으로 수차례 문지르고선 숄을 벗어 아이에게 둘러주었다. 그러고는 등을 쓰다듬었다. 아이는 그저 얌전히 서 있었다. 한나가 물었다.

"이름이 뭐야?"

대답이 없었다.

"이름이 뭐야?"

아이는 멀뚱이 한나의 눈을 바라보았다.

"이름 없어? 대답하기 싫어?"

한나는 자신이 무슨 말을 하는지 인식하지 못한 채 이것저것 대답을 유도했지만 아이는 입을 열지 않았다. 그때 뒷문을 열고 나온 모라가 이쪽을 향해 소리쳤다.

"거기 누구예요?"

한나가 당황하지 않은 척 자연스럽게 일어나며 말했다.

"나야."

모라가 놀라 다가오며 무슨 일이 있느냐 물었다. 아이를 힐끗 보고는 왜 여기 나와 있느냐고 짐짓 큰소리를 치며 주인의 눈치를 살폈다. 한나는 모라에게 이 날씨에 아이를 왜 이리 얇게 입혔느냐고 다그치고는 마치 귀찮은 일을 대신 해주겠다는 어투로 말했다.

"오늘은 내가 데리고 잘 테니 씻길 물 좀 준비해줘."

"지금 이 시간에요?"

모라는 너무 늦었으니 자신이 씻겨 재우겠다고 말했지만 한나는 역정을 냈다. 결국 늦은 밤 모라의 도움을 받아 한나는 손

수 아이를 씻겼다. 목욕 후에는 깨끗한 잠옷을 입히고 깨끗한 시트를 깐 침대 위에 눕혔다. 태어날 아기를 위해 준비했던 방이었다. 그녀는 자신도 그 옆에 누워 아이가 잠들 때까지 다독였다.

　다음 날부터 한나는 아이의 손을 잡고 정원을 산책했다. 날이 좋으면 호수까지 걸어가 소풍을 즐겼다. 직접 간식을 준비해서 먹이고 이것저것 묻기도 하고 대답 없는 아이 대신 스스로 답하기도 했다. 대답은 없었지만 아이가 자신의 목소리에 집중하고 있음을 알 수 있었기에 한나는 만족했다. 아이는 또래와는 달랐다. 제멋대로 행동하는 때가 단 한 순간도 없었다. 마치 어른의 영혼이 그 안에 담겨 있는 것만 같았다. 그래서 한나는 아이의 옅은 회색빛 눈동자를 들여다볼 때마다 복잡한 심경이 되곤 했다. 너무도 깊은 눈동자 속에는 나이에 걸맞지 않은 슬픔과 차분함이 담겨 있었다. 무엇을 보고 무엇을 들었던 걸까. 도저히 가늠할 수가 없었다. 그저 까닭을 알 수 없는 아련함과 미안함, 그리고 자신이 반드시 돌봐주어야만 한다는 강한 의무감이 그녀를 사로잡았다.

　저녁 식사 후에 한나는 선언하듯 남편에게 말했다.

　"주님께서 들으셨다는 의미로 아이를 사무엘이라 부를 거야. 말은 못 하지만 소리는 듣는 것 같으니까. 모라 말로는 우리말을 모르는 것 같다고 하던데 그건 두고 봐야 알겠지. 전혀 입을 열지 않으니까. 가정교사를 붙여볼까 생각하고 있어."

엘가나는 그렇게 하자고 애써 반겼다. 그는 무엇이 되었든 아내가 집중하고 있다는 것만으로도 다행이라 여겼다. 실제로도 그녀는 평온해 보였다. 예민함이 줄고 날카로운 신경질도 근래에는 없었다. 식사를 마친 엘가나가 자리에서 일어서며 무엇인가 생각난 듯 말했다.

"아, 오늘 아침에 당신 오라버니에게서 편지가 왔어. 상황이 안정되어서 이곳에 곧 들르겠다고 하셨어."

그러냐고 대답하는 한나의 입술이 미세하게 떨리는 것을 엘가나는 알아채지 못했다.

6

그해 이른 첫눈이 왔다. 아침부터 흐려지더니 오후가 되자 눈이 쏟아졌다. 남아 있던 가을의 색감 위로 물기를 머금은 묵직한 눈이 하얗게 뒤덮였다. 진창이 된 흙길을 달려 십여 명의 말을 탄 사람들이 저택에 도착했다. 말에서 내린 그들은 검고 두꺼운 후드를 벗었다. 어깨에 쌓인 눈이 바닥으로 쏟아졌다. 바가렐라와 호위병들이었다. 하인들이 뛰어나와 말을 옮기고 가운과 칼을 받아 들었다. 단정하게 차려입은 한나와 엘가나가 허리를 굽혔다. 바가렐라의 파란 눈이 마치 피부를 뚫고 내면을 관조하듯 그들의 모습을 훑었다. 벌어진 어깨에 건장한 체격, 얼굴은 흑갈색 머릿결에서 이어진 짙은 수염으로 뒤덮여 있었다. 짐승의 가죽을 여러 겹 덧댄 묵직한 전투용 장갑을 벗어 옆에 선 하인에게 넘기며 그가 한나에게 말했다.

"건강해 보이는구나. 너의 영혼도 건강한 것이냐?"

당황한 한나가 미처 답하기도 전에 비기렐리는 말을 이었다.

"오래 머물진 않을 것이다."

그러고는 부부 사이를 지나쳐 저택 안으로 들어섰다.

다음 날부터 그는 집무실에서 나오지 않았다. 전쟁 자금을 대는 본국과 교회에 보낼 경과 보고 문서를 정리하고 저택으로 찾아오는 대신들을 만나 정무와 관련된 이야기를 나누었다. 한나를 보러 왔음에도 그녀를 부르는 일은 없었다. 바가렐라는 바빴고 한나는 안절부절못했다. 아침에 눈을 뜨면 불안이 시작되어 종일 응접실을 서성이다가 아무 일 없이 하루가 끝나면 안도와 함께 잠이 드는 하루하루가 반복됐다. 모라에게는 단단히 일러두었다. 사무엘이 방에서 절대 나오지 못하게 할 것. 오라버니는 아래층에서 올라오지 않고 아이는 위층에만 있으니 며칠만 잘 버티면 아무 문제도 없을 것이라고 한나는 생각했다. 하지만 이런 생각이 들 때마다 자신이 이렇게 안절부절못할 이유가 무엇인가 스스로 물었다.

'도대체 내가 왜 이래야 하는가? 내가 무엇을 잘못했는가? 나는 아무 잘못이 없다. 숨기거나 거짓말하는 것도 없다. 이것은 그저 오라버니에게 설명하기 복잡하고 성가신 이야기니까. 그래, 굳이 오라버니에게 말할 만한 어떤 특별한 일이 아니니까. 그저 아무 일도 아닌 걸로 중요한 일을 하시는 오라버니를 방해

해서는 안 되니까.'

한나는 이렇게 스스로 묻고 답하고 변명하며 응접실을 뱅글뱅글 돌았다.

바가렐라가 집무실 밖으로 나온 건 그로부터 다섯 밤이 지난 후였다. 아직 동이 트지도 않은 이른 새벽에 그는 하인들을 불러 사냥 나갈 준비를 하라고 지시했다. 그리고 이렇게 덧붙였다.

"내일 떠나려 하니 오늘은 전우들과 회포를 풀까 한다."

아침 식사를 마치고 호위병들과 엘가나와 하인 셋을 대동한 채 바가렐라는 숲으로 들어갔다. 그들의 뒷모습이 그림자 속으로 완전히 사라지길 기다려 한나는 위층으로 올라갔다. 문을 열었을 때 모라는 양동이에 물을 받아 방금 전에 일어난 아이를 씻기고 있었다. 한나가 사무엘을 끌어안았다. 볼과 머리카락을 타고 흐르는 물기가 얼굴에 닿는 느낌이 그녀에게 기쁨을 주었다. 하룻밤만 더 보내면 된다고 아이에게 속삭이며 스스로 안심했지만, 사실은 그렇지 않았다.

저택은 한나가 받은 유산이었고 그녀의 소유였지만 실제로는 그녀의 것이 아니었다. 모든 것은 바가렐라가 통제했다. 그는 치밀하고 지치지 않는 사람이었다. 그가 일상적으로 처리하고 결정하는 업무는 정치와 군사부터 교회의 운영까지 아데사의 땅에서 벌어지는 거의 모든 일이었다. 그는 굵직한 현안들을 다루면서도 작고 사소한 일까지 결코 간과하는 법이 없었다. 동생 한나에 대한 일도 그러했다. 바가렐라는 한나에게 직접 묻기보다는 저택의 심복들에게 주기적으로 보고를 받았다. 닷새 동안 해야 할 일을 모두 마친 바가렐라는 늦은 밤이 되어 마지막으로 한나에 대한 일을 처리했다. 나이 많은 하인 둘을 불러 그녀의 행실과 상태를 물었다. 누가 자신의 실질적인 주인이고 그 주인이얼마나 큰 권력을 가진 자인지를 누구보다 잘 알고 있는 노련한늙은 하인들은 본 것과 들은 것뿐만이 아니라 이를 통해 자신들이 추론한 것까지 서로 맞장구를 쳐가며 쏟아내었다. 바가렐라는 무표정하고 피로한 얼굴로 보고를 받고 하인들을 물렸다. 그들은 연신 허리를 굽혀대며 집무실의 문을 닫았다.

바가렐라는 잠시 생각에 잠겼다. 이것은 그다지 중요한 일이아니었고, 오래 고민할 가치가 있는 일도 분명 아니었다. 하지만그동안 신경 쓰이던 몇 가지 사소한 일을 동시에 해결할 적절한기회가 될 수도 있겠다는 느낌이 들었다. 머릿속에 몇 가지 계획들이 일어났다. 그것들의 실행과 그에 따른 각각의 결과를 가늠했다. 얻는 것과 잃는 것을 비교하고 비용이 드는 것과 들지 않는 것을 계산했다. 퍼져나가는 소문과 그것을 통제하기 위한 명분과 이에 따른 평판과, 그것이 가문과 자신의 아들들에게 미칠영향을 고려했다. 이 과정에서 몇 가지 계획은 자연스럽게 뒤로 밀리고 몇 가지 계획은 매력적으로 다가왔다. 그중 도드라져 보이는 하나의 길을 바가렐라는 강하게 움켜쥐었다.

생각은 끝났고, 그는 결정하면 곧바로 실행하는 사람이었다. 자리에서 일어났다. 집무실에서 나와 응접실을 거쳐 곧장 위층으로 올라갔다. 불이 꺼진 저택은 어두웠으나 눈은 금세 적응했다. 발소리를 줄인 채 복도를 걸어 어느 방문 앞에 섰다. 경첩이 비틀리는 소리를 최대한 억제하며 손잡이를 천천히 돌렸다. 어두운 방 한가운데에 누군가 앉아 있다가 일어서는 모습을 보았다. 바가렐라와 아이는 서로를 바라보았다. 어둡고 흐릿한 푸른 빛 가운데 서로의 이목구비를 확인할 수 있었다. 이때가 두 사람이 처음으로 얼굴을 마주한 때였다. 아이는 조금의 두려움이나 머뭇거림 없이 바가렐라의 얼굴을 올려다보았다. 바가렐라는 방을 둘러보았다. 아이의 뒤편으로 이불을 덮고 잠든 모라의 윤곽이 보였다. 다시 아이의 얼굴로 시선을 돌린 후 입을 열었다.

"어디서 왔는가?"

아이의 표정에 변화가 없었다. 바가렐라는 같은 말을 자신이 알고 있는 몇 가지 다른 언어로 물었다. 그러자 어떤 말에서 아이의 눈빛이 미묘하게 변하는 것을 알아챘다. 바가렐라는 흥미를 잃었다는 듯 멸시의 눈으로 아이의 외모를 위아래로 훑은 후에 문을 닫고 돌아섰다.

말안장에 수사슴이 매달려 왔다. 온전히 힘이 풀려 있음에도 두꺼운 몸통과 단단한 허벅지는 숨이 붙었을 때의 위용을 고스란히 드러냈다. 바닥을 향해 늘어진 커다란 머리에는 크고 억센 뿔이 아름답게 자라나 있었다. 하인 서넛이 들러붙어 그것을 잡고 힘겹게 끌어내렸다. 안장과 함께 쏟아지듯 흘러내린 사슴은 둔탁한 소리를 울리며 땅 위로 내팽개쳐졌다. 장갑을 벗으며 현관으로 들어서려던 바가렐라가 무엇인가 생각난 듯 돌아섰다. 그의 뒤를 따르던 무리가 멈춰 섰다. 엘가나에게 말했다.

"네가 직접 사슴을 손질하라."

호위병 몇몇이 키득거렸다. 그 소리는 엘가나의 귀에 들릴 만큼의 크기였다. 흔들리는 엘가나의 눈빛을 읽어낸 바가렐라가 아무 일도 아니라는 듯 말했다.

"오전 내내 너는 따라만 다녔지, 아무것도 한 것이 없지 않더냐. 이번 기회에 짐승의 배를 갈라보고 살아 있는 것들의 안에는 무엇이 들었는지 두 눈에 담아두어라."

그는 허리에 찼던 사냥용 단도를 뽑아서는 엘가나의 손에 쥐여주었다. 그러고는 몸을 돌려 현관으로 들어갔다. 호위병들은 비웃음 가득한 눈으로, 그대로 서 있는 엘가나를 지나쳐 주인의 뒤를 따랐다.

한나가 불려왔다. 집무실로 들어서며 오라버니에게 한껏 밝은 표정을 지어 보였다. 바가렐라는 문을 잠그라 지시했다. 떨리는 손을 억제하며 그녀는 손잡이에 걸쇠를 걸었다. 무릎을 꿇고 고개를 숙인 여동생에게 바가렐라가 물었다.

"너의 영혼은 깨끗한 것이냐?"

한나의 눈동자가 한 곳에 머무르지 못하고 방황했다. 잠시 주저하던 한나는 뒤로 돌았다. 손을 등 뒤로 돌려 허리의 매듭을 당겼다. 등과 허리를 교차해서 잡아주던 끈이 풀어지며 겉옷이 느슨해졌다. 한나는 상의를 내려 어깨를 빼냈다. 마르고 초라한 등줄기가 허옇게 드러났다. 그곳에는 아문 흉터들 위로 새로 생긴 생채기들이 딱지를 내뱉으며 지저분하게 흩뿌려져 있었다. 자신의 흉물스러운 등어리를 훑어가는 시퍼런 눈빛을 한나는 뒤돌아 앉았으면서도 소름 끼치게 느낄 수 있었다. 바가렐라의 목소리가 귀에 울려왔다.

"네 남편은 유약하다. 유약함은 유혹을 부른다. 유혹이 스며든 곳에서 영혼의 부패가 시작된다. 부패하는 것을 제대로 본 적이 있느냐? 그것이 만들어내는 오물에 얼굴을 들이밀어 본 적이 있느냐? 나는 부패의 냄새를 잘 안다. 그 냄새를 참을 수 없다. 닷새 전 이 집에 발을 들이며 나는 부패의 냄새를 맡았다. 이 부패의 원인이 네가 아님을 나는 안다. 네가 유산한 것이 너의 탓이 아니라 엘가나의 탓임을 나는 안다. 그것이 주님의 뜻이었음도 나는 알고 있다. 주님께서 네 남편의 씨를 허락하지 않으신 것이다. 유약하고 볼품없는 엘가나의 집안에 위대한 아데사 가문의 것을 조금도 허락하지 않으시려는 것이다. 아데사 가문의 순결한 피만을 유일한 상속자로, 정통의 계승자로 여기시려는 것이다. 그리하여."

바가렐라는 이 부분에서 잠시 말을 멈추었다. 집무실의 공간은 정적으로 가라앉았고 긴장감으로 급격히 구부러졌다. 모든 것을 자신의 의욕대로 결정하고 주무를 수 있는 지금과 같은 순간을 바가렐라는 사랑했다. 한나의 어깨가 주체할 수 없이 떨리고 있었다. 잠시 그 모습을 즐거이 감상했다. 그러고는 입을 열었다.

"그리하여, 나는 결정했노라. 가문의 이름을 더럽히지 않기 위해, 너희 부부에게 애가 없다는 것이 흠이 되지 않도록 하기 위해, 사랑하는 나의 동생 한나가 대를 이을 수 있도록 하기 위해. 나는 나의 막내아들 헤렌을 너희에게 양자로 주려 한다. 야곱이 에브라임과 므낫세를 양자로 삼아 주님의 뜻을 이어나간 것과 같이 너는 나의 아들 헤렌을 양자로 삼아 주님의 숭고한 뜻을 잇게 되리라. 그리하여 너와 네 남편 엘가나는 아데사 가문의 소유 중에서 주님께서 허락하신 몫을, 각자 자신에게 허락된 몫을 갖게 되리라."

그해 겨울은 평온했다. 바가렐라가 떠난 뒤 저택을 찾는 외부인은 없었다. 쏟아지는 눈에 길이 끊어질 때가 잦아, 많은 날 동안 저택은 고립되었다. 한나와 엘가나는 말을 주고받지 않았다. 의도적으로 피한 것은 아니었지만 서로의 눈을 마주치지 않았다. 그것은 엘가나를 편안하게 했다. 그는 자신의 서재에서 시간을 보냈다. 한나도 마음 붙일 곳이 있었다. 그녀는 종일 사무엘과 시간을 보냈다. 맑은 날엔 함께 말을 타고 눈 덮인 숲까지 산책을 다녀오기도 하고, 해가 지면 벽난로 앞에 앉아 책을 읽어주거나 구약의 인물들에 대한 옛날이야기를 해주기도 했다. 그러다 아이가 졸기 시작하면 조심스레 침대에 누이고 그 옆에서 잠이 들었다.

아이는 가끔 깊은 밤에 홀로 깨어 자신의 옆에서 잠든 여인의 얼굴을 바라보았다. 아직도 낯선 눈썹과 낯선 콧날과 낯선 숨소리를 눈으로 더듬으며 그 안에서 그리운 무언가를 찾으려 애썼다. 그러다 보면 마음 깊은 곳에서 슬픔이 번져왔다. 하지만 그 슬픔은 이상하게도 마음에 머물지 못하고 언제나 앞에 마주한 여인에게로 흘러들었다. 아이는 생각했다.

'이 여인의 슬픔은 너무도 크구나.'

그런 생각에 닿으면 아이는 다시 눈을 감고 잠을 청했다. 슬픔이란 무엇일까? 슬픔은 어디에서 오는 걸까? 슬픔은 왜 고통이 되는 걸까? 천천히 잠에 빠져들며 아이는 다짐했다.

'적어도 나의 슬픔이 여인에게 흘러들지는 않게 해야겠다. 그녀가 바라는 행동을 해야겠다. 그녀가 원하는 생각을 하고, 그녀

가 기대하는 사람이 되어야겠다. 그러면 세상의 슬픔이 조금은 줄어들 거야.'

아이는 그렇게 하겠노라고 자기 자신과 약속했다.

긴 겨울 동안 충분한 시간이 한나와 사무엘에게 주어졌다. 어느 화창한 날에는 짧은 시간 동안이나마 그토록 보고자 했던 것을 그녀는 볼 수 있었다. 사무엘의 눈빛에서 슬픔이 잦아들고 예쁜 입술에 웃음기가 번졌던 것이다. 그 순간은 한나의 마음에 강렬한 흔적을 남겼다. 아이의 미소는 그녀의 마음을 요동치게 했고, 한 번도 경험해보지 못한 충만한 기쁨을 주었으며, 지금까지 마음 졸이고 정성을 쏟았던 자신의 모든 행위에 대한 충분한 보상이 되었다. 오랜만에 찾아온 평화 속에서 여인과 아이는 안식을 얻었고 몸과 마음은 회복되어갔다.

하지만 겉으로 드러나지 않는 저택의 이면에서는 바가렐라가 심어놓은 말의 씨앗이 빠르게 뿌리를 뻗어가고 있었다. 늙은 하인들은 사전에 지시받았던 대로 말을 퍼뜨렸다. 분위기를 몰아가고 불만을 부추겼다. 어느새 젊은 하인들은 두셋만 모여도 습관적으로 불평을 쏟아내었다. 그들은 이렇게 말했다.

"더러운 피를 저리 애지중지하다니. 천한 이교도의 아이와 살을 부비고 저리 가까이 두다니."

어느 젊은 하녀는 아무래도 한나가 아이를 성적 노리개로 사용하는 것 같다고, 자신이 그걸 본 것도 같다고 혐오스러운 표정을 지었다. 다른 신앙심 깊은 중년의 하인은 악마가 저택의 가장 약한 부위를 뚫고 침입한 것이라고, 이것은 신의 노여움을 살 불결한 행위이기에 결국 저주를 받아 저택의 누군가가 불태워질 것이라고 몸서리를 쳤다. 그들은 다른 사람들도 하나를 말하니 자신이 하나에 하나를 더해서 말하는 것은 아무 문제도 되지 않는다고 믿는 듯했다. 어차피 악을 경계하자는 의미이므로 자신들의 과장은 선한 일이라고 스스로를 정당화했던 것이다.

의도한 대로 하인들 사이에 불신과 불안이 팽배해지자 처음 말을 퍼뜨렸던 늙은 하인들은 다음 단계로 넘어갔다. 그들은 젊은 하인들을 다독이며 이렇게 말했다.

"아무 걱정 할 것 없다. 아데사 가문을 이을 깨끗한 피를 주님께서 곧 보내주실 것이다. 권위를 상속할 새로운 주인이 곧 나타나실 것이다. 그분이 성령의 불로 이곳을 정화하고 악으로부터 우리를 지켜주실 것이다."

젊은이들은 늙은이들의 혜안을 믿기로 했다.

"밖으로 말이 새지 않게 하라."

늙은이들은 주의할 것을 신신당부했지만, 이러한 말이 오히려 말을 밖으로 새게 하는 동력이 된다는 것 또한 알고 있었다. 도저히 알 수 없는 방법으로 말은 눈보라를 뚫고, 저택의 고립을 뚫고, 도시와 시장으로 빠르게 퍼져나갔다. 어느 순간 근방의 모든 이가 쓸데없이 입을 놀렸다. 저택과 아데사 가문에 대해 걱정하는 사람도 있었다. 이럴 줄 알았다며 비난하는 사람도 있었다. 어떻게 되는지 지켜보자며 그저 소문을 실어 나르는 사람도 있었다. 그 모든 이들이 마을 멀리 솟아오른 저택을 입방앗거리로 삼았다. 저택의 긴 겨울은 그렇게 지나갔다.

7

엘가나가 한나에게 욕설을 퍼부은 것은 밖에서 들은 말이 있어서였다. 날이 풀리고 오랜만에 참석하는 왕실 예배에 사무엘을 데려가겠다는 한나의 말이 원인이 되었다. 엘가나는 그녀의 뻔뻔함에 구역질이 난다고 소리쳤다.

"남들이 당신에 대해 뭐라고 말하는지 알고는 있어? 차마 더러워서 입에 담고 싶지도 않아. 당신의 오빠가 아니었다면 당신은 벌써 이단 심문에 넘겨졌을 거야. 그런 마당에 교회에 데리고 가겠다고? 당신 가문이 얼마나 대단한지는 모르겠지만 이제 나는 당신과 엮이고 싶지 않아! 이 집 밖으로 그 애를 한 발짝이라도 데리고 나간다면 당신과 나는 진짜 끝이라는 걸 명심해!"

악에 받쳐 쏟아내는 엘가나에게 한나는 아무 대꾸도 하지 못했다. 이렇게 화를 내는 어떤 이유나 맥락이 전혀 감도 오지 않왔기에, 온갖 욕설을 온몸으로 받아내면서도 그저 눈만 껌뻑인 채 멍하니 서 있을 뿐이었다. 엘가나는 마지막으로 이렇게 지껄이고는 자리를 박차고 나갔다.

"내 삶에서 가장 후회되는 두 가지는 저 애를 데려왔다는 것과 당신을 만났다는 거야."

현관을 나서며 엘가나는 하인들에게 말을 준비하라고 소리쳤다. 안장 위로 뛰어올라 그대로 저택을 떠났다. 그리고 그날 밤은 집에 돌아오지 않았다. 종일 한나를 따라다닌 건 다른 이들이 뒷얘기를 한다던 엘가나의 말이었다. 계속 그 생각을 해서인가 하인들이 자신을 대하는 태도나 눈빛이 어쩐지 서늘하다고 느꼈다.

다음 날 아침, 저택에 도착한 것은 엘가나의 말이 아니라 바가렐라 소유의 마차였다. 온다는 소식을 받았기에 한나는 마중 채비를 끝낸 터였다. 저택은 일찍부터 정돈을 마쳤고 하인들은 귀한 손님을 맞이하기 위해 사열했다. 호위병이 가족용 사두마차의 문을 열었다. 한나도 하인들도 티내지 않았지만 내심 그 안을 주목했다. 느슨하게 늘어진 파란 조끼 아래로 하얀 하의가 드러났다. 연한 갈색 머리에 희고 투명한 피부, 날렵한 턱 선이 도드라져 보이는 남자아이였다. 호위병의 도움을 받아 땅에 발을 디뎠다. 아이는 자기 앞에 선 한나를 보자 한껏 예의를 갖춰 고개를 숙였다. 그러고는 마치 연습이라도 했던 것처럼 매끄럽게 말했다.

"어머니, 아들 헤렌이 인사드립니다."

한나는 머뭇머뭇거리다가 주위를 둘러보았다. 하인들과 호위병들이 이 광경을 주목하고 있었다. 한나는 애써 밝은 표정을 지었다. 그녀의 입꼬리에 힘이 들어가자 마른 얼굴은 주름이 깊어졌다. 아이의 눈높이로 자세를 낮추고는 잘 왔다며 살며시 끌어안았다. 그러자 전혀 예상치 못했던 감정이 마음속에서 솟아오르는 것이 느껴졌다. 그것은 긍정적인 느낌이었지만 반가움이나 설렘이나 애정 같은 종류의 것은 아니었다. 차라리 팽팽했던 긴장이 풀리는 이완의 느낌이었다. 모멸이나 상처를 감싸 안은 채 심하게 다투었던 누군가와 극적인 화해를 이루었을 때만 느낄 수 있는 그런 감정이었다. 그 화해의 대상이 엘가나인지 아니면 세상인지 또는 다른 무엇인지 알 수 없었지만, 어쨌든 상처는 꿰매어졌고 문제는 봉합되었다고 느꼈다. 한나는 안도했다.

집 안으로 안내하자 헤렌이 그 뒤를 따랐다. 현관을 들어설 때 헤렌의 눈에 멀찍이 서 있는 사무엘의 모습이 스쳤다. 사무엘은 호기심과 무관심이 뒤섞인 미묘한 표정으로 헤렌을 주목하고 있었다. 헤렌은 고개를 뻣뻣하게 들어 올렸다. 하찮은 무언가가 눈에 닿았을 뿐이라는 듯이 정면만을 주시하며 성큼성큼 그 앞을 지나쳤다. 너 같은 건 전혀 신경 쓰지 않는다는 거만한 표정을 지었다. 하지만 그 순간 헤렌의 마음은 온통 사무엘에게로 기울어지고 있었다. 헤렌은 생각했다.

'너구나. 네가 나의 어둠이구나.'

"빛이 드러나기 위해서는 어둠이 있어야만 한다."

이것은 마지막으로 아버지 바가렐라를 알현했을 때 그가 해준 말이었다. 그는 헤렌을 내려다보며 말했다.

"선도 마찬가지다. 가차 없이 처단할 악이 존재할 때에야 비로소 주님의 영광이 만천하에 드러날 수 있다. 내 말의 뜻을 알겠느냐?"

헤렌은 고개를 숙인 채 아무 말도 하지 못했다. 바가렐라의 파란 눈이 정수리로 떨어지는 것이 느껴졌다. 그가 다시 물었다.

"너는 빛이냐, 어둠이냐?"

헤렌이 더듬더듬 대답했다.

"빛입니다."

바가렐라가 부정했다.

"아니. 이곳에서 너는 빛이 아니다. 너는 네 두 형들의 빛에 묻힐 뿐이다. 네 두 형들의 위용을 보아라. 그들의 순결한 혈통을 보아라. 그들과 함께 있을 때 너에게 떨어질 몫은 없다. 이 땅에서 자라는 밀알 하나, 들판에 피어난 풀 한 줌도 너에게 허락되지 않는다. 너의 어미와 네가 이곳에서 쫓겨나지 않고 모욕당하지 않는 것은 오직 내가 너희를 지켜주고 있기 때문이다. 하지만 그것은 영원할 수 없다. 내 몸이 늙고 기력이 다하는 날에 너의 두 형과 큰어머니는 너희 모자부터 내쫓을 것이다."

혜렌은 어렸기에 아버지가 말하고자 하는 바를 정확히 이해할 수는 없었다. 그럼에도 지금의 상황이 만들어내는 위압감은 분명히 느낄 수 있었다. 울먹이는 목소리로 혜렌이 물었다.

"어머니와 저를 내쫓으려 하십니까?"

바가렐라가 대답했다.

"그 반대다. 너희 모자에게 기회를 주려는 것이다. 특히 사랑하는 나의 막내아들 혜렌에게 빛이 될 기회를 주려는 것이다. 내 말을 기억하라."

근엄한 목소리가 혜렌의 귀에 울렸다.

"먼 곳에 어둠이 준비되어 있나니, 너는 그곳에 이르러 빛이 되리라. 그곳에서 아데사 가문의 정통 상속자가 되리라. 저택과 그에 속한 드넓은 부속 영지의 유일한 소유자가 되리라. 내가 너를 그곳의 새로운 주인으로 세울 것이다."

혜렌은 아리송하고 희미한 이해 속에서도 이것이 자신에게 주어진 기회임을 본능적으로 알아차렸다. 바가렐라는 마지막으로 당부했다.

"떠나라. 다만 두려움과 경외를 가지고 가라. 자만하지 말라. 서두르지 말라. 어둠을 섣부르게 흩어내지 말라. 목숨이 끊이지

않을 정도로만 그것의 숨통을 쥐고 있으라. 그러할 때 너는 영원
히 빛으로 고립하리라."

　왕실이 주관하는 대예배에 참석한 한나는 기분이 좋았다. 오
랜만에 살아 있는 것만 같은 느낌이었고, 원래 그렇게 하기로 되
어 있는 모든 일들이 순리대로 진행되며 자신이 그러한 질서 안
에 속한 기분이었다. 그날 교회는 한나와 엘가나의 양자로 헤렌
을 공인했다. 대주교는 신에 의한 입양을 언급하며 모든 그리스
도인이 세례를 통해 주님의 자녀가 되는 것과 같이 교회의 적법
한 절차와 인가만이 부모와 자식 관계의 유일한 증언자임을 선
언했다. 미사가 끝나고 한나 부부에게 많은 이들이 안부를 물으
며 헤렌에게 인사를 전할 때 한나는 지금껏 느껴보지 못했던 자
랑스러운 기분마저 들었다. 헤렌의 외모는 귀족다웠고 그의 태
도는 나이에 어울리지 않게 거만함과 품위가 묻어났다. 어른들
앞에서 잘 교육된 몸짓으로 한껏 예의를 갖추면서도 내내 옅은
경멸과 도도함이 뒤섞인 귀찮은 듯한 표정을 지었는데 그것이
그를 처음 본 이들로 하여금 묘한 매력을 느끼게 했다. 그날 대
예배의 주인공은 단연 헤렌과 그의 양부모였고, 한나는 사람들
의 찬사와 관심에 흠뻑 취했다.
　물론 모든 이가 이 입양에 긍정적이었던 것만은 아니었다. 몇
몇 젊은 사제들은 이것이 바가렐라의 상속 전략임을 꿰뚫어 보

았다. 그들은 양자제를 거부해왔던 교회의 전통을 언급하며 신의 뜻에 의한 혈연관계가 아닌 물질적 탐욕에 의한 자의적 가족관계를 교회가 인정해서는 안 된다고 주교에게 항의했다. 게다가 헤렌은 시비의 자식이 아니던가. 혈통적 정당성도 없는 아이를 앞세워 혈통적 정당성을 가진 여동생의 상속권을 빼앗아 오려는 너무도 비열하고 더러운 계략이라고 그들은 힐난했다. 하지만 주교는 이들의 주장을 묵살했다. 현실을 무시할 수만은 없지 않겠느냐는 게 그의 해명이었다.

"이곳은 바가렐라의 땅이고 헤렌은 어쨌든 바가렐라의 핏줄이다. 그 누구도 이의를 제기하지 않는데 교회가 앞장서서 문제를 부각시킬 수는 없다. 사제들은 더 이상 이 일을 입에 올리지 말라."

대주교의 꾸지람을 마지막으로 교회법에 대한 논쟁은 교회 밖으로 한 발자국도 나가지 못했다. 한나를 비롯한 보통의 사람들에게 평화가 찾아온 것은 그래서였다. 더 이상 한나에 대한 뒷얘기를 나르는 사람은 도시에서 찾아볼 수 없었다.

교회에서 돌아온 마차가 저택 앞에 멈추고 한나의 가족이 내렸을 때 멀찍이 관목 뒤로 사무엘이 서 있었다. 종일 가볍게 떠다니던 한나의 마음은 무겁게 가라앉았다. 봄볕이 따가운데 왜 또 저러고 서 있는가. 푸석한 검은 머리칼과 어두운 피부가 오늘

따라 더욱 초라하게 느껴졌다. 한나는 그 모든 것이 자신의 잘못인 것만 같았다. 미안함과 안쓰러운 마음에 그녀는 남편에게 부탁했다.

"이제는 모든 것이 신의 뜻대로, 원래의 자리로 돌아왔으니 사무엘에게도 저택 밖의 세상을 구경할 수 있는 기회를 주었으면 좋겠어."

엘가나는 탐탁지 않았다. 하지만 오랜만에 밝아진 아내의 기분을 망치고 싶지 않았다. 그는 조건을 제시했다.

"당신과 함께 있는 모습을 사람들에게 보여주고 싶지는 않아. 다만 하인을 붙이는 것이라면 나도 반대하지 않을게."

봄 시장이 열리는 때에 맞춰 사무엘은 처음으로 저택 밖으로 나섰다. 하인 치누아가 데리고 다니기로 했다. 그는 가무잡잡한 얼굴에 키가 크고 팔다리가 긴 늘씬한 청년으로 태어날 때부터 아데사 가문의 소유였다. 주로 멀리 연락을 전하거나 시장까지 나가야 하는 잔심부름을 도맡았는데, 요즘 들어 부쩍 겉모습에 신경을 쓰기 시작했다. 치누아가 사무엘의 손을 잡고 저택을 나서려는 때에 헤렌이 따라붙었다. 헤렌이 생각하기에 이것이 사무엘에게만 주는 특혜처럼 느껴졌기 때문이었다. 그 어떤 것도 자기보다 더 가져서는 안 된다는 마음에 헤렌은 한나를 졸랐고 결국 그들과 동행하는 허락을 받아냈다. 한나는 이것이 어쩌면 두 아이가 친해질 수 있는 좋은 기회일지 모른다고 생각했다. 치누아에게 아이들의 안전을 반복해서 강조하고는 돈을 쥐여주었다. 치누아는 몇 번이나 걱정 않으셔도 된다고 머리를 조아린 후에야 간신히 저택을 나설 수 있었다.

어떤 목적을 가지고 왔는지와는 무관하게 시장은 아이들에게 흥미로운 공간이었다. 사무엘과 헤렌은 금세 마음을 빼앗겼다. 이 지역을 관할하는 백작의 이름을 따 상페나 시장으로 불리는 이곳은 입구에 향신료를 파는 가게들이 늘어서 있어, 첫 발을 디딜 때부터 이국적인 분위기를 자아냈다. 흙벽돌로 쌓은 아치형의 입구를 통과하면 마차 하나가 겨우 지나갈 만한 폭의 거리가 곧게 이어지는데, 그 길을 사이에 두고 상점과 천막이 빽빽하게 들어서 있었다. 동방에서 온 그릇들과 다채로운 빛깔의 직물들이 널려 있고, 바구니와 농기구를 쌓아놓고 판매하는 사람, 가축을 거래하는 사람, 물건을 실어 나르는 사람, 성직자와 탁발수도승들이 정신없이 뒤얽혀 각자 자신의 일을 분주히 재촉하고 있었다. 사무엘은 지금까지 이렇게 많은 사람들과 다채로운 물건들은 본 적이 없었기에 넋을 놓고 치누아의 손에 끌려다녔다. 헤렌은 여러 번 시장에 와본 적이 있었다. 사무엘의 촌스러움을 깔보며 우쭐거리는 마음을 즐겼다.

그때 진하고 달달한 향기가 세 사람의 코를 강렬하게 자극했다. 젊은 여주인은 반죽을 얇게 여러 겹 겹치고 그 사이사이에 시럽과 땅콩 가루를 듬뿍 넣은 후에 한 입 크기로 잘라 가마에 넣었다. 떠올릭스럽게 길색으로 구워지던 과자 위에 마지막으로 시럽을 아낌없이 부었다. 바클라바라는 낯선 과자에 사무엘과 헤렌이 마음을 빼앗기고 있을 때, 치누아는 여주인에게 마음을 빼앗기고 있었다. 그는 여주인에게 농을 던지며 무의식적으로 과자를 받아 아이들에게 각각 쥐여주었다. 사무엘은 나뭇잎에 담긴 세 조각의 윤기 나는 과자를 바라보았다. 그중 하나를 집어 한 입 베어 물었다. 겹겹이 차례로 부서지는 반죽 안에서 다디단 시럽이 새어 나와 입안을 가득 채웠다. 사무엘은 정신이 번쩍 들었다. 단언컨대 이것보다 맛있는 음식은 세상에 없을 거라고 확신했다. 두 입째 베어 물었을 때는 단맛의 자극은 줄었지만 새롭게 견과류의 고소함을 발견했다. 매일 이것을 먹을 수 있다면 얼마나 좋을까 사무엘은 생각했다.

그때 어깨를 툭툭 치는 느낌에 반사적으로 고개를 돌렸다. 헤렌이 검지를 자기 입에 가져다 대며 조용히 하라는 신호를 보내더니 치누아를 턱으로 가리켰다. 사무엘이 그쪽을 올려다보았다. 치누아는 여주인 쪽으로 몸을 한껏 구부리고는 농지거리에 정신이 팔려 있었다. 사무엘이 헤렌 쪽으로 다시 고개를 돌렸을 때는 헤렌이 몇 걸음 뒤에서 손짓을 보내고 있었다. 사무엘은 그의 뒤를 따라갔다.

둘은 과자를 손에 쥔 채 인파를 헤치며 뛰다시피 걸었다. 헤렌이 사무엘을 돌아보며 진짜 재미있는 것이 있다고, 그것은 이런 애들 과자와는 비교도 되지 않는다고 말했다. 그들이 향하고 있는 대로의 끝에는 재판소가 있었다. 거래와 계약에 대한 잦은 분쟁을 신속히 해결하기 위한 취지였다. 처음에는 장이 서는 기간 동안만 임시로 운영되었으나 시장의 규모가 커지고 겨울을 제외한 거의 모든 날에 장이 열리게 되면서 이제는 상설로 운영되며 시장의 법과 교회의 법을 아우르는 곳이었다. 두 아이가 도착한 곳은 재판소 앞에 마련된 넓은 광장이었다. 벌써 발 디딜 틈 없이 사람들이 모여 있었다. 헤렌이 물었다.

"봄에 열리는 시장에 사람들이 특히 많이 몰리는 이유를 알아?"

사무엘은 그의 말에 주목했지만 눈동자는 전혀 말귀를 알아듣는 것 같지 않았다.

"너 정말 벙어리구나? 말도 못 알아듣는 거야?"

헤렌은 어른을 흉내 내듯 한숨을 쉬고는 고개를 가로저었다.

"겨울 내내 붙잡힌 이단자와 마녀들이 수두룩하거든. 봄에는 거의 매일 그들에게 심판을 내리는 걸 볼 수 있지."

두 아이는 어른들의 다리 사이를 비집고 가장 앞줄까지 나아갔다.

넓은 공터가 시야에 드러났다. 사무엘은 신기한 눈으로 주위를 둘러보았다. 공터를 빙 둘러선 사람들의 무리가 보였고, 그 가운데 네 단으로 쌓아 올린 상작더미가 있었다. 위로 기둥이 하나 섰는데, 거기에는 낡은 면직물 원피스를 걸친 젊은 여성이 묶여 있었다. 그녀 앞으로 열 걸음 정도 떨어진 곳에 챙이 넓고 색감이 화려한 모자를 쓴 중년의 남자가 서 있었다. 그는 두루마리에 쓰인 문구를 큰 소리로 읽고 있었는데, 모여든 인파의 떠들썩함에 묻혀 입만 뻥긋뻥긋하고 있는 것처럼 보였다. 그는 과장된 몸짓으로 공중에 손을 저어대기도 하고 젊은 여인을 꾸짖듯 손가락질을 하기도 했다. 사람들의 귀에는 들리지 않았으나 그는 그녀의 죄를 나열하고 있었다.

"몸에 고약을 바르고 마녀들의 연회에 참여한 죄, 그곳에서 성모를 조롱하고 삼위일체를 부정한 죄, 얼음보다 차가운 성기를 가진 악마 안쿠바와 성교한 죄, 이러한 퇴폐와 음란으로 말미암아 사회의 질서를 어지럽히고 케노사 평원 전투에서 신의 군대에 커다란 손실을 입힌 죄. 이를 모두 스스로 자백하였으니 주님의 이름으로 죄에 대한 합당한 벌을 내리노라. 또한 손실에 대한 배상과 재판에 소요된 비용 그리고 마녀세를 친족에게 부과하노라."

그가 마쳤다는 듯 서둘러 손짓을 하자 두건을 두른 건장한 남성이 긴 막대 끝에 둘둘 만 헝겊 위로 불을 대었다. 이어 횃불을 높이 쳐들고는 힘없이 늘어져 있는 여인의 머리 높이까지 들어

올렸다. 그러고는 조금씩 그녀의 얼굴에 들이밀었다. 횃불에 가려 보이지 않았지만 그 뒤에서 인간의 것이라고는 믿기 힘든 비명이 터져 나왔다. 어지러이 떠들어대던 군중은 일순간에 조용해졌다. 횃불을 치웠을 때 머리카락과 얼굴 피부는 시커멓게 녹아내렸고 사라진 입술 안으로 치아만이 누렇게 드러났다. 사무엘은 눈을 떼지 못했다. 그 광경은 아이의 팔다리를 강하게 움켜쥐었고 심장을 짓눌렀다. 횃불은 얼굴에서 내려와 발아래 장작에 불을 놓았다. 화염이 차례로 윗단으로 옮겨붙더니 결국 여인의 치마에 올라탔다. 여인은 처절하게 발버둥 쳤다. 헤렌이 여자가 발가벗겨진다고 웃기지 않느냐고 깔깔대며 사무엘을 돌아보았을 때, 그곳에 사무엘은 없었다. 대신 낯선 어른들이 서 있을 뿐이었다. 그는 주위를 빠르게 둘러보았다. 바닥에 흩어지고 짓밟힌 과자가 눈에 들어왔다.

8

치누아는 매질을 당했다. 등가죽이 터져 옷과 뒤범벅이 되었다. 다만 아이들이 무사한 것이 너를 살려두는 이유라는 엘가나의 서슬 퍼런 다그침에 치누아는 흙바닥에 엎드려 머리를 처박고는 감사하고 감사하다고 빌었다. 헤렌은 앓아 누운 사무엘보다도 더 크게 앓아 누웠다. 어떻게 된 일이냐는 한나의 물음에 헤렌은 사무엘 때문이라 답했다. 그가 잡아끌어 길을 잃었고 그 모습을 치누아도 똑똑히 보았다고, 그렇지 않느냐고 치누아에게 되물었다. 치누아는 그러했다고, 자신이 뒤쫓아 갔지만 사무엘이 헤렌을 낚아채어 너무 빨리 사라지는 통에 놓치고 말았다며 죄송하고 죄송하다고 벌벌 떨었다.

사무엘의 열이 내리고 기력을 회복할 무렵이 되어서 엘가나는 하인들에게 자작나무 회초리를 묶어 오라고 시켰다. 아이가 귀할수록 매는 커져야 하는 법이라며, 두 아이를 세워놓고 잘못의 경중에 따라 사무엘은 다섯 대를, 헤렌은 세 대를 맞을 것이라 말했다. 헤렌은 이것은 부당하고 자신은 억울하다며 생떼를 부렸지만 엘가나는 완고했다. 하녀 모라의 등에 차례로 업혀 바지를 내리고 매를 맞았다. 사무엘은 울음을 터뜨렸고 헤렌은 이를 갈았다. 아이들을 각자의 방으로 올려 보낸 뒤 엘가나는 한나에게 우려스럽다며 말을 꺼냈다.

"아무래도 사무엘이 헤렌을 시기하는 것 같아. 물론 애들이니까 질투도 하고 그럴 수야 있겠지만 확실한 것은 헤렌 곁에 사무엘을 두는 건 현명한 처사가 아니라는 거야."

한나가 머뭇거렸다. 그 모습을 본 엘가나가 힘주어 말했다.

"당신, 결코 잊어서는 안 돼. 누가 주님께서 허락하신 진짜 아들인지."

한나는 그의 말을 부정할 수 없었다.

한낮에는 여름의 기운이 느껴졌다. 어제까지 두껍게 끼었던 구름이 물러가고 하늘은 화창해졌다. 한나는 날이 좋다며 사무엘을 따로 불러내어 함께 정원을 거닐었다. 헤렌이 이곳에 온 이후에는 둘만의 시간을 가진 적이 없었기에 그녀는 사무엘에게 새삼스레 미안한 마음이 들었다. 맞잡은 손에 가볍게 힘을 주자 사무엘이 그녀를 올려다보았다. 살이 붙지 않아 광대가 도드라진 날카로운 얼굴은 그대로였지만 어쩐지 편안해 보여 다행이라고 생각했다. 아마도 나에게 바라는 것이 있나 보다고, 그것이 무엇이든 나는 그렇게 할 테지만 그것이 무엇인지 알 수 없으니 안타깝다고 사무엘은 생각했다. 여름을 맞이하는 정원은 싱그러움을 뽐내며 생명력으로 충만했다. 새로 돋은 연녹색의 수풀 사이로 흰 꽃과 붉은 꽃들이 흐드러지게 피어 있었다. 측백나무 그늘 아래로 들어섰을 때 한나가 무언가를 발견한 듯 화단 앞에 무릎을 구부리고 앉았다. 사무엘도 그 옆에 앉아 그녀의 얼굴을 바라보았다. 한나가 나무 사이에 핀 주황색 꽃을 가리켰다. 아이는 그 꽃으로 시선을 돌렸다. 가까이서 보니 주황색이라기보다는 꽃잎의 끝부분은 붉은빛이 돌고 안으로 향할수록 노란빛을 띠는, 손가락 한 마디 정도의 꽃이었다.

"금잔화야."

한나가 말했지만 사무엘은 알아듣지 못했다. 그저 예쁜 꽃이라고 생각했다. 한나는 금잔화가 완두콩과 어울리지 않는 꽃이라고 말했다. 완두콩 줄기를 마르게 한다고, 그래서 농부들은 이 예쁜 꽃을 완두콩과 함께 키우지 않는다고.

"하지만 완두콩 밭에서 캐낸다고 해서 금잔화가 쓸모없는 꽃이 되는 건 아니야. 그저 완두콩 밭에서 키우지 않을 뿐, 그 아름다움은 여전한 거란다."

한나는 사무엘이 알아듣지 못한다는 것을 알면서도 어쨌든 이것을 이해해주었으면 하는 마음에 애를 썼다. 알아들을 수 없이 떠다니는 말 대신 그 이면의 정서에 서로가 집중했던 탓일까. 두 사람은 헤렌이 멀리서 자신들의 뒷모습을 지켜보고 있음을 전혀 눈치채지 못했다. 헤렌의 마음속에 소외감과 시샘이 끓어오르고 있다는 것도, 걷잡을 수 없는 미움으로 휘몰아치고 있다는 사실도 알지 못했다. 다만 그날 저녁에 한나는 사무엘의 거처를 모라의 방으로 옮기기로 했다.

사무엘은 자신이 무엇을 잘못한 것인지, 어떤 커다란 실망을 준 것인지 밤새 고민했다. 날이 밝으면 뒤뜰에 서서 한나의 침실 창을 올려다보다가 다리가 아프면 그대로 쪼그리고 앉아 흙바닥의 돌과 나뭇조각을 가지고 놀았다. 한나는 더는 창밖을 내다보지 않았다. 창틀 앞을 서성이지도, 가까이 다가가지도 않았다.

처음에는 사무엘을 어떻게 대해야 할지 몰라 경계하며 거리를 두던 하인들도 곧 이 아이를 돌보는 사람이 아무도 없음을 알게 되었다. 나중에는 대놓고 업신여기기 시작했다. 그중에는 치누아도 있었다. 그는 어디를 잘못 맞았던 것인지 다리를 절었고 이제는 남자 구실도 제대로 하지 못한다는 소문이 돌았다. 사무엘이 지하로 내려온 이후로 치누아는 안절부절못하는 모습을 자주 보였는데, 마주치기라도 하는 날이면 가슴이 벌렁거리고 맞았던 자리가 화끈거렸다. 겁이 나서 해코지는 하지 못하고 그저 사무엘에게 들릴 만한 목소리로 자기가 할 수 있는 욕이란 욕을 폐부에서부터 짜내어 퍼부어댔다. 사무엘은 어차피 그 말의 의미를 알 수 없었지만 억양과 눈빛과 태도가 만들어내는 몸짓이 자신을 공격하고 있음을 너무도 선명히 이해할 수 있었다. 사무엘은 울음을 터뜨렸고 치누아는 용기를 짜내어 덜덜 떨리는 손으로 아이의 머리를 밀쳤다. 뒤로 자빠진 상태로 사무엘은 서럽게 울었다. 다른 하인들은 이 광경을 못 본 체했다. 다만 모라만이 그저 자신에게 주어진 의무를 다한다는 시큰둥한 표정으로 다가와서는 아이를 일으켜 데리고 갔다.

사무엘은 모두가 잠든 깊은 밤이 가장 마음이 편했다. 사람들의 차가운 눈빛과 거친 몸짓이 없는 이때가 유일하게 마음을 놓고 쉴 수 있는 시간이었다. 꿈속에서 한나를 만나기를 바라며 잠을 청했으나 꾹꾹 눌러도 계속해서 찰랑거리는 서러운 마음에 금세 눈시울이 뜨거워지고 그러면 잠을 자지 못했다.

'무엇을 잘못한 것일까. 여인에게 어떤 실망을 준 것일까.'

사무엘은 그녀가 자신에게 바라는 행동이 무엇인지 알게 되기를, 스스로 그러한 사람이 될 수 있기를 바라며 밤을 지새웠다.

한나는 헤렌에게 마음을 열겠다고 다짐했다. 불편함은 없는지를 묻고, 원하는 것은 무엇이든 들어주고, 이름이 알려진 가정교사를 붙여주고, 가능한 한 많은 시간을 함께 보내려 노력했다.

하지만 그때마다 헤렌은 부당하다고 느꼈다. 한나의 태도 하나 하나에서 잘못을 발견해내었고 서운함을 느꼈다.

'이것은 내가 마땅히 누려야 할 아들로서의 대우가 아니다.'

헤렌은 손에 잡히는 대로 정원의 나뭇가지를 꺾어대며 이복 형들을 생각했다. 그들이 아버지 바가렐라의 성에서 할 수 있었던 것들과, 수많은 이들에게 받았던 관심과 대우를 기억해냈다.

장자 아드리아가 케노사 평원 전투 초기에 심각한 부상을 입고 성으로 호송되어 왔을 때, 그는 사경을 헤매고 있었다. 지켜볼 수밖에 다른 도리가 없다는 의사의 말에 큰어머니는 눈이 돌아갔다. 이것이 모두 천한 계집의 배에서 나온 저 아이 때문이 아니겠느냐며 대가를 치르게 하겠노라 이를 갈았다. 헤렌의 친모는 아드리아 대신 헤렌이 죽었어야 마땅하다며 엎드려 머리를 조아렸다. 그녀가 힘껏 잡아끄는 손에 함께 머리를 조아리면서도 헤렌은 자기 어머니의 입에서 나온 말을 믿을 수가 없었다. 큰어머니의 입꼬리가 올라가는가 싶더니 빈정대듯 물었다.

"네가 하는 말이 빈말이 아니라면, 아드리아의 회복을 위해 네 아들을 제물로라도 바치겠다는 것인가?"

헤렌의 어머니는 아무런 망설임도 없이 그러하겠노라 답했다. 병영 앞 공터에 꿇어앉은 헤렌의 눈을 직접 천으로 둘러 가리며 어머니는 아들의 머리에 글씨를 새겨 넣듯 또박또박 말했다.

"지금 대공께서는 멀리 계시다. 이것이 우리 모자가 살 수 있는 유일한 방법이다. 엄마를 믿거라.”

사병 하나가 뒤로 다가와 머리카락을 움켜쥐고 목에 단노를 바짝 들이밀었을 때도 헤렌이 울지 않은 것은 그래서였다.

“네 말을 진정 후회하지 않을 것이냐?”

큰어머니의 물음에 헤렌의 친모는 눈물을 흘리며 목소리에 진정성을 담아 말했다.

“이렇게라도 아데사 가문의 유일한 계승자이신 아드리아 공을 대신할 수만 있다면 그것은 저희 천한 모자에게는 크나큰 영광이지, 원망이 되지는 않을 것입니다.”

큰어머니 또한 모르는 것은 아니었다. 이것이 가능하지 않은 일임을. 이 여우 같은 계집이 앞으로 계속될 비난을 피하고자 수를 쓰고 있다는 것을. 하지만 어쩌겠는가. 자신의 남편은 바가렐라이고, 그가 아직은 시퍼렇게 눈을 뜨고 있으니. 큰어머니의 입이 경멸로 일그러졌다. 그녀는 주변에 모인 이들이 모두 들을 수 있게 큰 소리로 말했다.

“주님의 천사가 이사악의 희생을 막으시고 아브라함의 순종에 땅과 후손을 약속하셨듯, 내가 네 순종을 받아들여 너와 네 아들의 목숨을 살려두노라.”

그날 밤 놀라고 기진맥진한 아이를 재운 뒤, 헤렌의 친모는 구구절절한 편지를 썼다. 다음 날 새벽에 심복은 편지를 들고 전장의 바가렐라에게로 달려갔다.

'이게 아니다. 이것은 내가 누려야 할 정당한 대우가 아니다.'

헤렌은 나뭇가지를 분지르며 생각했다.

'아드리아가 빛이었을 때보다 나는 더 빛나야 하고, 내가 어둠이었을 때보다 사무엘은 더 어두워야 한다. 사무엘이 비참하지 않다면 그것은 내 고통에 대한 정당한 보상이 아니다.'

언제부턴가 저택에서 사무엘을 신경 쓰는 유일한 사람은 헤렌이 되었다. 치누아가 덜덜 떨리는 손으로 머리를 밀쳐 사무엘이 뒤로 자빠졌을 때, 헤렌은 건물 모서리에 몸을 숨기고 이 장면을 지켜보고 있었다.

'한나가 이것을 보았어야만 한다.'

그가 얼마나 모욕받는 자인지, 얼마나 비참하게 짓밟히는 자인지 두 눈으로 똑똑히 보고 자신을 더 대우해야 함을 깨달아야 한다고 생각했다. 모라가 사무엘을 시큰둥하게 일으켜 세워서는 지하로 데려갈 때 헤렌이 그 뒤를 몰래 따라간 것은 사무엘이 고통받는 구경거리가 일찍 끝나는 것이 못내 아쉬웠기 때문이었다. 주변에 보는 눈이 없는 것을 확인하고는 지하 계단으로 따라 내려섰다. 모퉁이를 돌아서려고 할 때 말소리가 들렸다. 벽에 몸을 바짝 대고 고개만 천천히 내밀었다. 좁고 어두운 복도에서 무릎을 구부려 눈높이를 맞춘 모라와 사무엘의 모습이 보였다. 모라가 무슨 말을 하는지 헤렌은 귀를 기울였다. 하지만 도저히 알아들을 수 없었다. 익숙한 목소리였으나 낯선 억양과 거친 발음이 그녀의 입에서 쏟아지고 있었다. 헤렌은 머리가 쭈뼛 서는 동시에 옳다구나 싶었다.

'악마의 말이다!'

하지만 다음에 벌어질 일에 비하면 이것은 놀랄 일도 아니었다. 모라의 말이 끝나자 사무엘이 말을 하기 시작했던 것이다. 헤렌은 처음으로 사무엘의 목소리를 들었다.

'벙어리가 아니었어!'

차분하고 낯선 목소리에 헤렌은 공포를 느꼈다. 모라가 앞주머니에 손을 넣더니 무엇인가를 꺼내었다. 그러고는 주위를 둘러보았다. 헤렌은 고개를 숨기고 잠시 기다렸다가 다시 천천히 그들이 무엇을 하는지 지켜보았다. 모라가 사무엘에게 나무로 조각된 작은 무엇인가를 쥐여주었고 사무엘이 그것을 받아 이리저리 돌려보았다.

'지금이다! 지금이야말로 어둠을 처단하고 빛을 드러낼 때다.'

헤렌이 복도로 뛰쳐나왔다. 모라가 놀란 눈으로 바라보았다.

"내가 다 봤어. 내가 다 봤어."

이 말을 남기고는 헤렌은 쏜살같이 계단을 뛰어 올라갔다. 뒤뜰을 가로지르고 건물을 끼고 돌아서 현관으로 뛰어 들어갔다. 응접실로 들어섰을 때 엘가나와 한나가 다른 하인 몇몇과 함께 있는 것을 보고 헤렌은 하늘이 돕는다고 생각했다.

"저들이 악마의 말을 하는 걸 봤어요!"

한나가 헤렌을 진정시키며 무슨 일인지 물었다.

"그 더러운 피요! 걔는 벙어리인 척하고 있었던 거예요. 지하에서 모라와 악마의 말로 주문을 외우고 있는 걸 봤어요!"

"얘가 무슨 소리를 하는 거야."

불안한 얼굴로 한나가 주위를 둘러보았다. 엘가나의 표정이 심각한 것은 이해할 수 있었으나 하인들이 오묘한 눈빛으로 자기들끼리 말을 주고받는 모습은 마음을 불편하게 했다. 한나가 목소리를 가다듬은 후 헤렌의 팔을 쓰다듬으며 말했다.

"헤렌, 그런 말 지어내면 안 돼. 그건 나쁜 거야. 사무엘은 네 형제란다. 둘이 친하게…."

말이 끝나기 전에 헤렌이 한나의 손을 뿌리쳤다. 엘가나가 나무라듯 헤렌의 이름을 불렀다. 헤렌은 모멸감을 느꼈다. 위장에서부터 일어나는 뜨거운 분노에 구역질을 할 것만 같았다. 불같이 화를 내며 소리쳤다.

"그 더러운 유색인이 왜 내 형제야? 왜 내 말은 안 믿는 거지? 한나. 당신이 아이를 못 낳는 게 그 더러운 이단자를 집으로 불러들여서라며? 내가 눈으로 봤다니까! 당장 그 불결한 자식을 불 속에 던지라고!"

말이 끝나기 무섭게 엘가나의 억센 손이 헤렌의 뺨을 후려갈겼다. 헤렌은 바닥에 내동댕이쳐졌다. 왼쪽 귀에서 찡하는 날카로운 소리가 이어지며 뺨부터 목까지 뜨거워졌다. 헤렌은 잠시 정신이 없는 듯했다.

"뭐 하는 짓이에요!"

한나가 일으키려 하자 헤렌이 그 손을 뿌리쳤다. 그리고 한 번 휘청하고 스스로 일어서더니 엘가나를 노려보고는 저택 밖으로 뛰쳐나갔다.

저녁부터 밤까지 사람들을 풀어 주위를 수색했지만 헤렌을 찾을 수는 없었다. 한나와 엘가나는 날이 밝는 대로 사람을 보내 바가렐라에게 알리기로 했다. 다음 날 늦은 오후가 되어 돌아온 것은 보냈던 사람이 아니라 바가렐라였다. 그는 무장한 호위병들을 대동하고 정원으로 들어섰다. 한나와 엘가나가 현관에서 예의를 갖췄다. 바가렐라의 말에서 헤렌이 함께 내렸다. 그는 목과 왼쪽 귀를 붕대로 감은 채 뻣뻣하게 고개를 쳐들고는 두 사람을 멸시의 눈으로 바라보았다. 바가렐라가 두 사람의 긴장을 풀어주려는 듯 편안하면서도 무거운 목소리로 말을 시작했다.

"아이를 키우다 보면 싸우기도 하고 야단을 맞기도 하는 법이다. 다만 나의 세 아들 중 하나는 아직도 병상에서 일어나지 못하고 있고 다른 녀석은 전장에 있으며 또 마지막 하나는 이제 한쪽 귀가 들리지 않는다고 한다. 반 귀머거리가 된 거지. 누군가는 책임을 져야 하지 않겠는가?"

그는 곁에 다가온 늙은 하인에게 저택 뒤쪽의 공터에 자리를 만들라고 지시했다. 늙은 하인은 대번에 무슨 말인지 알아들었다. 바가렐라가 말을 이었다.

"이것은 나의 가족에 대한 일이다. 내가 친히 이번 일의 시작과 경과를 물을 것이다. 그리고 그 끝을 결정할 것이다."

공터 중앙에 장작이 쌓였고 그 앞으로 자리가 마련되었다. 바가렐라를 중심으로 한나 부부와 헤렌이 앉았다. 주위를 둘러 호위병들이 사열하고 하인들은 무리 지어 드문드문 섰다. 사무엘은 하인들 틈에 섞여 있었다. 모라가 바가렐라 앞에 엎드려 바들바들 떨었다. 그가 물었다.

"무슨 말을 주고받았는가?"

겁에 질린 모라는 두서없이 아무 말이나 지껄였으나 어쨌든 자기가 할 수 있는 대답은 다 담아내었다. 어릴 적에 고향에서 배워서 산스크리트어를 조금 할 줄 아는데 아이가 사용하는 말이랑 겹치는 부분들이 있어서 드문드문 의사소통을 할 수 있었다는 것과, 어릴 적 물건 중에 엄지손가락만 한 나무 조각상을 갖고 있었는데 아이가 알아보는 것 같아 위로할 겸 주었다는 것이었다. 한나가 끼어들어 물었다.

"그럼 사무엘에게 벙어리 흉내를 내라고 한 것도 자네인가?"

모라가 죽을죄를 지었다며 빌었다. 다만 이곳에서는 네가 아는 말을 쓰면 주인님의 신경을 거슬리게 할 것이고 그러면 쫓겨

날 거라고, 여기 말을 배울 때까지는 입을 열지 말라고 주의를 주었을 뿐이라 변명했다. 바가렐라가 한숨을 쉬자 한나는 안심했다. 사실 별일이 아니지 않은가, 오라버니도 지금 그렇게 느끼지 않았겠는가. 한나가 지금의 분위기를 이어가고자 모라에게 부드럽고 친근하게 물었다.

"그래서 아이가 말을 배웠는가?"

모라는 모르겠다고 울먹였다.

"워낙 조용한 아이라 말을 아는데도 안 하는 것인지, 아니면 몰라서 못하는 것인지 저는 모르겠습니다."

이 정도에서 끝내면 어떻겠느냐는 표정으로 한나가 오라버니를 바라보았다. 귀찮은 표정을 짓고 있던 바가렐라가 대수롭지 않게 입을 열었다.

"그런데 어쨌든 누군가는 책임을 져야 하지 않겠는가? 나의 아들은 귀를 잃었는데, 만약 아무도 책임지는 자가 없다면 내 체면은 뭐가 되겠는가?"

엘가나의 얼굴이 창백해졌다. 바가렐라는 엘가나에게 눈길 한 번 주지 않고 말을 이었다.

"그렇다고 나의 매부에게 책임을 물을 수도 없지 않겠는가?"

엘가나와 한나는 뭐라 입을 열지도 못하고 안절부절못했다.

바가렐라가 턱을 괴고 있던 손을 풀어 까딱까딱 손짓을 하자 건장한 호위병들이 달려들었다. 모라의 양팔을 붙잡고 그녀를 번쩍 일으켜 세웠다. 헤렌의 입꼬리가 올라갔다. 모라가 살려달라며 발버둥 쳤다. 그때 엘가나가 용기를 짜내었다. 자리에서 벌떡 일어나 모라에게 성큼성큼 걸어갔다. 그러더니 단도를 빼 들어서는 모라의 왼쪽 귀를 잡아당겨 순식간에 베어냈다. 쏟아지는 피와 함께 모라가 경기를 일으키듯 비명을 질러댔다. 그녀의 얼굴이 피로 범벅이 되었다. 잘린 귀를 움켜쥔 엘가나가 뒤로 돌아 바가렐라에게 무슨 말이든 해달라는 표정을 지었다. 그의 팔과 무릎이 바들바들 떨렸다. 바가렐라는 손으로 턱을 괴고는 잠시 생각하는 듯하다가 이렇게 말했다.

"그걸로는 좀 부족하지 않겠는가? 이렇게 많은 이들이 보고 있는데 내 아들의 귀를 한낱 천한 하녀의 귀와 같은 값으로 쳐달라는 것인가?"

말의 뜻을 알아들은 호위병이 반쯤 실신한 모라를 끌고 가서는 장작 위에 던지듯 눕혔다. 그중 한 명이 모라의 머리칼을 움켜쥐고 목에 칼을 들이밀고는 지시를 기다렸다. 바가렐라가 고개를 끄덕이자 칼이 빠르게 모라의 목을 스치고 지나갔다. 한나가 짧게 비명을 질렀다. 다른 병사가 장작에 불을 놓았다. 때마침 바람이 불어오자 화염이 거세지며 이내 시체에 달라붙었다. 살을 태우는 역한 냄새가 점차 짙어지며 코끝을 찔렀다. 몇몇 하인들은 앞치마로 코와 입을 가렸고 몇몇은 소리 죽여 울었다.

한나가 오라버니의 다리에 매달려 울부짖은 것은 바가렐라의 다음 말 때문이었다. 그는 멀찍이 무리 지어 있는 하인들의 방향을 손가락으로 가리켰다.

"저 아이도 불에 던지라."

근처의 호위병 하나가 사무엘의 머리채를 휘어잡더니 불가로 끌고 갔다. 억센 손에 아이는 저항 한번 하지 못하고 제대로 걸음도 딛지 못한 채 끌려갔다. 한나가 실신할 듯 제발 그러지 말라며 자지러지자 바가렐라가 아이를 이리 끌고 오라고 손짓했다. 한나가 울음을 멈추고 뭐가 어떻게 돌아가는지 오라버니와 사무엘을 번갈아 바라보았다. 바가렐라가 아이에게 물었다.

"무슨 말을 할 줄 아는가?"

아이는 떨리고 당황스러운 상황에서도 그를 똑바로 바라보고 있었다. 몸을 떠는 것과는 달리 회색빛의 투명한 눈동자에서는 공포를 읽을 수 없어 바가렐라는 흥미롭다고 생각했다.

"그래서 무슨 말을 배웠는가?"

사무엘은 대답 대신 한나를 바라보았다. 눈물 범벅이 된 얼굴을 보며 생각했다.

'무엇이 그리도 고통스러운 걸까. 무엇이 그리도 비참한 걸까. 내가 여인의 고통을 멈추게 할 수는 없을까. 나는 무엇이든 내어줄 준비가 되어 있다.'

사무엘이 천천히 무릎을 꿇었다. 이마를 땅에 대며 공손하게 예의를 갖추었다. 바가렐라가 흥미롭다는 듯 그 행동을 지켜보았다. 사무엘이 고개를 들고는 입을 열었다. 더듬더듬 다듬어지지 않았지만 그 내용은 오해할 수 없을 만큼 분명했다.

"내, 모든 것을, 주님께, 바칩니다. 내, 뜻대로가, 아니라, 주님 뜻대로, 하소서."

바가렐라가 웃음을 터뜨렸다. 말을 마친 사무엘은 자리에서 일어서더니 아무도 시키지 않았는데도 장작불 앞으로 달려갔다. 그리고 주머니에서 나무 조각상을 꺼내었다. 눈만 크게 강조된 얼굴에 가부좌를 틀고 있는, 어설프게 다듬어진 물건이었다. 사무엘은 거리낌 없이 불 속으로 그것을 던졌다. 모라의 살껍질과 뼈와 근육이 마지막 숨을 쥐어짜듯 미세하게 뒤틀리며 검게 그을리는 모습을 아이는 가까이서 볼 수 있었다. 숲에서 바람이 불어오자 검댕이는 재가 되어 휘날렸다. 아이는 공중으로 날아오르는 재를 눈으로 따랐다. 그때 내면에서 희미하게 이어지던 빛이 순간 사라졌음을 선명히 알아챘다. 빛은 사라지고 내면의 세계는 어둠에 잠기었다. 반대로 그만큼 눈앞의 세계가 밝아지고 선명해졌다. 그러자 이 세계에 대한 무한한 애착이 일어났다. 그 감정은 너무나 강렬하여 아이의 마음을 숨 막히도록 채우고는 다른 모든 의욕을 지워버렸다. 사무엘은 벅찬 마음에 천천히 눈을 감았다. 굳은 다짐이 그의 입에서 조용히 흘러나왔다.

'이 세상에 정착하리라. 이 세상을 움켜쥐리라. 이 세상을 가지리라.'

3부

9

곪지만 않는다면 때로는 덮어두는 것이 나을 때도 있는 법이기에 그날의 이야기를 입 밖으로 꺼내는 사람은 없었다. 저택의 사람들에게 그날은 상처로 남았고, 아물 수 없는 상흔을 건들고 싶은 이는 아무도 없었던 것이다. 죽은 하녀는 기억에서 잊혔고, 죽지 않은 아이는 있는 것도 아니고 없는 것도 아닌 덮어둔 존재가 되었다. 그래서 아이의 지위는 규정되지 못했다. 아데사 가문의 자손도 아니고 그렇다고 시종이나 하인도 아니었다. 지하의 누추한 거처에서 잠을 자고 낮은 신분의 사람들과 어울렸지만 한나는 사무엘을 나의 아들이라 불렀다. 긴 세월의 침묵 속에서 이도 저도 아닌 아이의 존재는 저택의 모든 이들에게 점차 익숙해져갔다.

하지만 덮어두어도 시간은 흐르고 못 본 체해도 아이는 자라났다. 팔다리는 길어졌고 허리는 늘씬해졌다. 단단하게 형태를 갖춰가는 어깨와 그로부터 이어지는 가슴은 매끈했다. 어두웠던 갈색 피부와 검은 머리카락은 태양 아래 무르익어 점차 짙은 황금빛으로 물들었다. 건강한 육체는 혼기에 접어든 하녀들과 마을 소녀들의 마음을 흔들었고, 차분한 눈빛과 믿음직한 몸짓은 나이 든 이들의 신뢰를 얻었다. 초라하고 비쩍 말랐던 아이가 사라진 자리에는 이제 덮어두려 해도 덮어둘 수 없는 청년 사무엘이 있었다. 그는 자신에게 씌워진 신분이나 지위로 대우받는 사람이 아니라 존재 그 자체로 받아들여지는 사람이 되어갔다.

올해 열여섯이 된 하녀 네그라가 친분이 있는 마을 피혁점 상인의 딸과 크게 싸운 것은 대금 지급이 지연되어서라고 알려져 있으나 사실은 사무엘 때문이었다. 심부름을 마치고 평소대로 가게 뒤편에서 반갑게 수다를 떨던 중에 상인의 딸이 꺼낸 말이 화근이 되었다. 그녀가 말하길 이번에 아버지를 도와 저택으로 마구를 옮기러 갔다가 사무엘과 마주쳤는데, 그가 늘어진 상의 사이로 드러난 자신의 가슴을 은근슬쩍 훔쳐보더라는 것이었다. 새침한 표정을 지어 보이며 솔직히 기분이 나쁘지만은 않았다는 상인 딸의 말에 네그라는 콧방귀를 뀌었다. 네그라는 지난번에 자신이 사무엘을 마음에 두고 있다고 말한 것 때문에 지금 이러는 것이냐며, 허풍도 정도껏 떨어야지, 아니, 너 같은 매부리코에게 그가 눈길 한번 줄 것 같으냐 쏘아붙이고는 깔깔대었다. 독기에 찬 매부리코가 내뱉은 다음 말 때문에 네그라는 그녀의 머리채를 낚아채었다.

"지 애비한테 팔려온 주제에."

크게 한바탕한 네그라는 씩씩 숨을 몰아쉬며 저택의 마구간으로 향했다.

머리카락이 새카매서 사람들이 네그라라고 부르는 그녀는 저택에 부속된 영지에서 농사를 짓는 가난한 농노의 딸이었다. 나이 차가 있는 첫째 오빠가 결혼할 나이가 되자 결혼지참금과 결혼세가 필요했던 아버지는 어린 딸을 저택에 맡기는 대신 돈을 받았다. 어린 네그라는 서운하지 않았다. 가족과 떨어지는 것이 아직은 두려운 나이였지만 동시에 지긋지긋한 가난에서 벗어날 수 있다는 사실에 속이 후련하기까지 했던 것이다. 게다가 막상 와서 알게 된 사실은 열심히 일해서 윗사람에게 인정만 받게 되면 나중에 하녀장이나 요리장이 될 수도 있다는 것이었다.

'평생 청소나 하며 바닥을 기지는 않으리라. 내가 오를 수 있는 가장 높은 신분까지 오르리라. 품위 있게 허리를 펴고 아랫것들을 내려다보며 지시하는 사람이 되리라.'

그녀는 지금의 거짓된 자신이 아니라 미래의 진짜 자신의 모습을 상상하며 하루하루 반복되는 고된 노동을 견뎌냈다.

신분과 지위에 예민했던 만큼 그녀에게 사무엘은 파악되지 않는 존재였다. 대부분의 시간을 저택과 떨어진 마구간에서 보내는 그는 마구간지기들과 어울리며 말들을 돌보고, 여물을 주고, 청소를 했다. 하지만 누구도 그에게 지시하지 않았고 그도 다른 누군가에게 지시하지 않았다. 하인들이 하는 일을 했지만 그건 자기 스스로 하는 일이었다. 아무도 그 이유를 속 시원하게 말해주지 않는 상황에서 네그라가 스스로 이렇겠거니 추측한 것은 그가 어떤 잘못을 저질러 중간 계급으로 강등된 귀족이라는 것이었다. 복잡한 건 모르겠고 어찌 되었든 잘된 일이었다. 그렇지 않았다면 지금처럼 그에게 말을 붙일 수도, 또 가까이에서 그의 대답을 들을 수도 없었을 테니 말이다.

분이 풀리지 않은 네그라가 가쁜 숨을 몰아쉬며 마구간에 도착했을 때, 사무엘은 왼쪽 어깨와 가슴에 붕대를 감은 채 치누아와 이야기를 나누고 있었다. 치누아는 혼기를 한참 넘기고도 아직 혼자였는데, 모라가 죽은 날 이후로는 말 많고 탈 많은 저택과는 거리를 두고 적당히 떨어져 있는 마구간에서 일을 하며 지냈다. 치누아는 사무엘에게 떠나는 것이 좋겠다고 말했다. 이렇게 있다간 헤렌에게 죽임을 당할 수도 있겠다는 것이었다. 사무엘이 아무것도 아니라는 듯 대답했다.

"그냥 장난으로 그런 것뿐이에요."

치누아가 역정을 냈다.

"호위병들과 함께 사냥하듯 몰았다며. 이번에는 창날을 빼고 공격했기에 망정이지, 다음에는 그렇지 않을 수도 있어. 오늘은 장난이었다고 말할 테지만, 네가 죽은 뒤에는 그저 실수였다고 말할 거야."

사무엘이 헝크러진 머리를 쓸어 넘기며 웃었다.

"갈 곳이 없어요."

치누아가 자기 말을 똑바로 들으라 하고는 말을 이었다.

"지금 전장 상황이 안 좋다는 소문 너도 들었을 거야. 수도회에서 용병을 모으고 있어. 일정 수가 채워질 때마다 전장으로 보내나 봐. 신분과 무관하게 모집해서 군사 교육도 시키고 돈이 없어 무기를 가져오지 못한 자들에게는 기본적인 장비도 준다고 하더라. 사무엘, 너도 알잖아. 여기에 네 자리는 없어."

인기척에 치누아가 소리가 난 곳으로 고개를 돌렸다. 사무엘도 생각이 가득한 얼굴로 그쪽을 바라보았다. 네그라가 서 있었다. 치누아가 무릎에 손을 짚고 힘을 주며 일어났다. 자리를 뜨기 전에 치누아는 사무엘의 어깨에 손을 올려 다독이고는 마지막으로 말했다.

"여기서 이렇게 시들지 마라. 네가 그렇게 마음에 드는 것은 아니지만 네가 나처럼 이곳에서 초라하게 시드는 꼴을 보고 싶진 않으니까."

그는 절뚝이며 언덕을 내려갔다.

네그라는 울었다. 하도 서럽게 울어 사무엘은 말을 붙일 엄두가 나지 않았다. 어느 정도 진정되었는지 소매와 손등 여기저기로 눈물을 닦으며 그녀가 말했다.

"당신 때문에 화가 나요."

사무엘이 무슨 말인가 싶어 네그라를 바라보았다. 머릿수건이 풀어져 드러난 검은 곱슬머리는 귀밑부터 목과 어깨를 타고 흘러내렸고 눈물과 뒤섞인 흙먼지 사이로 앳된 얼굴이 선명히 드러났다. 그녀가 물었다.

"당신이 힘도 세고 키도 더 크잖아요. 헤렌 정도는 쉽게 이길 수 있으면서 왜 참고 있어요?"

당돌한 질문에 뭐라 대답해야 할지 사무엘은 갈피를 잡지 못했다. 네그라가 말을 이었다.

"전쟁터로 가면 안 돼요. 마을 사람들은 이미 다 알고 있어요. 용병으로 참전했다가 돌아온 사람은 아무도 없대요. 그건 스스로 목숨을 버리는 것과 다를 바 없어요. 죽어서도 주님 곁에 가지 못하고 지옥 밑바닥에 떨어지고 말 거예요. 바보 같은 짓 하지 마세요. 만약 도망갈 거라면 차라리."

네그라는 여기서 말을 멈췄다. 그리고 갑자기 민망한 듯 사무엘의 눈치를 봤다. 사무엘은 무슨 말을 하려는지 기다렸다. 그녀가 주저주저 입을 열었다.

"그럴 거면 차라리… 나랑 도망가요. 땅을 빌려 소작을 하든 삯바느질을 하든 우리 둘이 함께 있으면 어떻게든 살아갈 수 있을 거예요."

각오가 됐다는 듯 진지하게 바라보는 그녀의 눈빛에 사무엘은 웃음이 났다. 그가 입을 열었다.

"고마워요. 나를 걱정해줘서. 뭐라고 답을 해줘야 할지 모르겠네. 나는 이런 일에 익숙하지 않아요."

그러자 네그라가 두 손으로 사무엘의 손을 잡았다. 매일 이어지는 허드렛일에 거칠어졌음에도 그녀의 손은 사무엘이 느끼기에 세상에서 가장 부드러운 손인 것만 같았다.

"그럼 생각할 시간을 줄게요. 닷새 후 달이 뜰 때 이곳에서 다시 만나요. 그때 함께 도망가는 거예요. 당신이 나오지 않는다면 나는 죽어버리고 말 거예요."

말을 마친 네그라는 스스로 벅차올랐는지 사무엘의 품으로 와락 파고들었다. 따뜻하고 부드러운 여인의 몸이 안기자 사무엘의 가슴은 터질 것만 같았다. 네그라가 그의 얼굴을 올려다보며 말했다.

"원한다면 봐도 돼요."

"뭘?"

"당신이 원한다면 괜찮아요."

그녀가 팔을 돌려 등 뒤의 끈을 잡아당기고는 느슨해진 목덜미를 끌어내렸다. 진한 여인의 살 냄새가 정신을 번쩍 들게 했다. 그녀는 사무엘의 손 위에 자신의 손을 포개어 잡아끌며 안내했다. 두툼한 골반과 잘록한 허리의 선을 타고 올라가 가슴을 감싸 쥐었다. 네그라가 몸의 무게를 실어 사무엘을 뒤로 눕히고 그 위로 올라탔다. 습하고 미끈하게 반복되는 은밀한 리듬은 너무도 자극적이어서 사무엘의 마음은 가득 찬 물잔처럼 금방이라도 흘러넘칠 것만 같았다. 사무엘은 춤을 춘다는 것이 이런 느낌일까 생각했다. 오래전 어느 날 저택의 연회에서 두 남녀가 춤을 추는 모습을 처음으로 보았던 때를 기억했다. 사람은 거칠기만 한 존재가 아님을 알게 되었던 밤. 사람과 사람 사이의 상처와 위협은 사라지고, 그 자리에는 원 안으로 감기고 느슨해지기를 반복하는 아름다움만이 회전하고 있었다. 이것이 춤을 추는 느낌일까. 다만 오늘 두 사람의 춤은 서툴고 다듬어지지 않아 사무엘의 마음은 금세 쏟아지고 그 자리엔 공허함이 채워졌다. 하지만 분명한 것은 세상의 무수히 많은 사람들 중에서 지금 눈앞의 여인만이 자신과 가장 가깝고 특별한 관계로 얽히게 되었음을 부정할 수 없다는 것이었다.

"닷새 후에요. 닷새 후 달이 뜰 때."

네그라는 옷깃을 여미고는 대답도 듣지 않고 자리에서 일어나 저택으로 달려갔다. 사무엘은 그녀의 모습이 사라진 뒤에도 한참 동안 빈 들판을 바라보았다.

그날 밤 네그라는 자신의 용기에 대한 대견함과 두 사람의 미래에 대한 부푼 기대로 두근거렸다. 하지만 그러한 기대는 하루를 넘기지 못했다. 달라진 건 없었다. 다음 날 새벽에도 일상은 변함없이 반복되었다. 사람들이 일어나기 전에 눈을 떠 익숙하게 머릿수건을 핀으로 고정하고 부엌으로 내려가 난로에 불을 지폈다. 계단 청소를 끝냈을 무렵에는 오고 가는 사람들로 분주해졌다. 부엌으로 다시 내려가 단지에 뜨거운 물을 담아 다른 하인들과 함께 위층으로 날랐다. 우선 한나의 침실에 물을 나르고 다음으로 헤렌의 방에 들어섰다. 헤렌은 풀어진 잠옷 그대로 대수롭지 않다는 듯 물을 붓는 대야 앞에 앉았다. 네그라는 무엇인가 죄를 진 사람처럼 힐끔힐끔 눈치를 보았다. 오후에는 벽난로를 청소해야 했기에 점심 식사 후에 옷을 갈아입었다. 함께 화실 안쪽을 문지르던 비슷한 또래의 하녀 베시가 웃음을 터뜨렸다. 네그라는 뭐가 웃기냐고 인상을 찌푸렸다. 베시는 그런 멍청한 표정으로 도대체 무슨 생각을 그렇게 골똘히 하는지를 물었다. 별거 아니라는 답변 외에 그날 네그라가 입 밖으로 꺼낸 말은 없었다.

약속했던 날이 다가올수록 네그라의 현실 감각은 돌아오고 있었다.

'내가 정말 떠날 수 있을까. 그가 어떤 사람인지 알지도 못하면서 왜 성급한 약속을 했을까. 가족에게 주기적으로 보내는 돈은 어쩔 것인가. 저택은 크고 쾌적하고 이제는 일도 손에 익었는데 낡고 누추한 삶을 다시 시작할 수 있을까.'

늦은 저녁 주방 정리를 하던 네그라는 베시에게, 절대 아무에게도 말하지 않겠다고 주님께 맹세한다면 말해주겠다며 고민을 털어놓았다. 베시가 소리를 질러서 네그라는 그녀의 입을 급하게 틀어막고는 인상을 썼다. 베시는 그것은 정말 대단한 일이라며 너무 잘되었다고 부산스럽게 굴었다.

"너는 정말 용기 있고 운이 좋은 아이구나. 나도 그럴 사람이 있다면 얼마나 좋을까."

네그라는 베시가 부러워하는 모습을 보자 다시 마음이 흔들렸다.

'그런가? 나에게 좋은 일이 일어난 걸까? 내가 정말로 잘한 걸까?'

네그라는 아무에게도 말하지 않겠다는 다짐을 잊지 말라고 베시에게 신신당부했다. 하지만 다음 날 오후가 되어서는 저택에서 이 이야기를 모르는 사람이 없었다. 베시의 잘못이라고 단정할 수는 없었다. 자신이 잘한 일인지를 다시 한번 확인받고 싶어서 네그라가 두 명에게 더 고민을 털어놓았던 것이다. 물론 절대 아무에게도 말하지 않겠노라 다짐을 받는 것을 빼놓지는 않았다.

약속의 날. 오후 내내 모래로 계단을 문질러야 했던 네그라는 일이 손에 잡히지 않았다. 모래를 쏟는 바람에 시종장에게 정신을 똑바로 차리지 않는다는 핀잔을 들었으나 그 소리조차 귀에 들어오지 않았다. 누군가 너를 부른다는 호출에 그제서야 정신이 들어 현관으로 나섰다. 그곳에는 전혀 예상치도 못한 사람이 말을 탄 채 기다리고 있었다. 헤렌이었다. 윤이 나는 파란색 승마복을 입고 백마 위에 오른 그는 두 명의 호위병과 함께 있었다. 그가 말을 태워주겠다며 손을 내밀었다. 네그라의 얼굴이 활짝 펴졌다. 누가 이 멋진 장면을 봐주는 사람이 없는지 빠르게 주위를 둘러보았다. 멀리 정원 쪽에서 여자 하인 서너 명이 가던 길을 멈추고 이쪽에 무슨 일이 있는지 구경하고 있었다. 네그라는 기분이 좋아져 헤렌의 손을 잡고 뛰어올라 그의 앞에 앉았다. 헤렌이 몸을 밀착하자 민망하고 부끄러워 얼굴이 붉어졌다. 다시 구경하는 하인들 쪽을 바라보았다. 그들이 아직도 보고 있는 것을 확인하자 네그라는 새침한 표정을 지었다. 말은 천천히 정원을 한 바퀴 돌았다. 말을 타보지 못한 것은 아니었지만 이것은 정말이지 특별한 순간이라고 네그라는 생각했다. 헤렌이 점차 속도를 내더니 정원을 빠져나와 들판으로 나아갔다. 마구간이 있는 방향이었다. 호위병의 말이 적당히 거리를 두고 그 뒤를 따랐다. 그는 무엇을 찾는 사람처럼 한참을 뱅글뱅글 돌았다. 그러다 멀리서 걸어오는 사무엘을 발견하고는 그에게로 저돌적으로 말을 몰았다. 그러고는 갑자기 방향을 틀어 그의 앞을 위협적으로 스쳐 갔다. 사무엘은 흠칫 놀라 들고 오던 장작더미를 쏟으며 뒤로 자빠졌다. 잠시 동안 사무엘과 네그라의 눈이 마주쳤다. 숲 사이로 그들의 모습이 사라질 때까지 사무엘은 그대로 주저앉아 있었다.

언덕 위로 달이 얼굴을 내민 것을 확인하고 사무엘은 약속 장소로 향했다. 밤이 밝아 발에 채는 풀잎마다 윤기가 흐르는 듯했다. 네그라와 함께 앉았던 자리에 그대로 앉았다. 짐이라고 해봐야 옷가지 조금뿐이었다. 언덕 아래서 바람이 불어왔다. 바람은 그의 옷자락을 잠시 흔들고는 길을 재촉하는 여행자처럼 뒤도 돌아보지 않고 사라졌다.

'이 바람은 어디에서 와서 어디로 가는 걸까.'

그는 다른 세상에 대해 생각했다. 다른 세상이 있을 거라는 생각을, 저택을 떠날 수 있을 거라는 생각을 닷새 전까지는 한 번도 해보지 않았다는 것이 새삼 신기했다. 그만큼 네그라에게 고마운 일이었다. 그녀가 아니었다면 용기를 내지 못했을 테니까. 그동안 어떻게 이토록 궁금한 마음을 참고 살았던 것일까. 언덕을 넘고 마을을 지나고 계속 걸어가면 그곳엔 어떤 세상이 펼쳐져 있을까. 그곳에도 이 마구간처럼 쉴 수 있는 공간이 있을까. 그런 곳에 닿을 수 있을까. 생각은 꼬리를 물고 길게 이어졌다.

그날 밤, 그에게는 생각할 수 있는 시간이 충분히 주어졌다. 어둠이 조금씩 걷히고 푸르스름한 하늘빛이 번져가며 날이 밝아올 때까지 사무엘은 한 순간도 졸지 않고 그 자리를 지켰다.

다음 날 밤에도, 그다음 날 밤에도 같은 곳에서 네그라를 기다렸다. 기나긴 밤의 시간 동안 마음속으로 여행을 계속했다. 언덕을 넘고, 마을을 지나고, 숲과 강을 건너 새로운 도시에 도착하고, 그곳에서 삶을 꾸려가고, 다시 여행을 시작하고, 다시 생을 이어나가는 상상을 매일 이어나갔다. 낮에는 우연히 네그라를 마주친 날도 있었다. 그녀는 흠칫 놀라더니 굳어진 표정으로 고개를 돌리고는 다른 하녀들과 가던 길을 계속 걸어갔다. 그날 밤에도 사무엘은 언덕에 앉아 마음속의 여행을 이어갔다.

계절이 바뀌고 밤공기가 서늘해졌을 무렵에는 무엇을 기다리고 있었던 것인지 그 목적도 흐릿해졌다. 그저 기다림을 위한 기다림을 이어가고 있을 무렵 소식이 들려왔다. 네그라가 아이를 가졌다는 것이다. 아이의 아버지로 헤렌을 지목했기에 저택은 발칵 뒤집어졌다. 그녀는 이 가문을 이을 아이가 자신의 배에 들었다고 한나와 엘가나를 향해 마치 따지는 사람처럼 목소리를 높였다. 자초지종을 묻는 한나에게 헤렌은 거짓말이라고 소리질렀고, 어디서 더러운 거짓말을 하느냐며 칼까지 빼 들었다. 하지만 한나는 그래서는 안 된다며 네그라를 보호했다. 한나는 그녀의 거처를 지하에서 위층으로 옮기도록 지시했고 몸종을 붙여 돌보게 했다. 네그라는 하녀 베시라면 마음이 편할 것 같다고 제안했고 한나는 그렇게 하도록 허락했다. 그녀의 배가 불러감에 따라 하인들의 불만도 커져갔다. 자잘한 요구가 못 들어줄 정도로 과했기 때문이었고, 또 그것이 충족되지 않으면 마치 안주인이라도 된 것마냥 하인들을 하대했기 때문이었다. 듣고 싶지 않아도 소식은 계속해서 들려왔다. 이제 이곳에는 그 어디에도 마음 쉴 곳이 없음을 사무엘은 사무치게 느꼈다. 그제야 결심할 수 있었다. 매일 밤 기다리는 일은 이제 없으리라.

'기다림의 시간은 끝났다.'

그는 밝아오는 새벽하늘을 배경으로 자리를 털고 일어섰다.

사무엘은 오랜만에 한나를 찾아갔다. 한나가 응접실에서 그를 맞이했다. 몰라보게 장성한 아들이 공손히 예의를 갖추고 눈을 맞추자 지금까지 돌보아주지 못한 미안함이 마음을 가득 채웠다. 그녀에게 사무엘은 언제나 아픈 손가락이었다. 하지만 오랜만에 듣는 아들의 목소리는 기쁨보다 안타까움이 되었다.

"용병이 되려 합니다."

한나는 이해했다. 그가 자기 삶에서 선택할 수 있는 것이 많지 않음을. 그리고 생각했다. 세상에서 이 아이를 챙길 사람은 아무도 없다. 아무도 없는 가운데 그나마 내가 이 아이를 챙겨야 하는 사람이다. 그녀가 입을 열었다.

"사랑하는 나의 아들아. 네가 성스러운 전쟁에서 길을 보았다면 그곳으로 너를 안내해주신 분은 분명 주님일 것이다. 모든 것이 주님의 뜻일 테니까. 다만 네가 다른 사람이 아니라 나에게 온 것도 주님의 뜻일 것이니, 내가 주님께서 부여하신 의무를 다할 수 있도록 나에게 시간을 조금만 다오. 아무것도 해주지 못한 내가 마지막으로 너에게 해줄 수 있는 일을 찾아보려 한다."

사무엘은 별다른 대꾸 없이 물러났다. 한나는 아마도 이것이 주님께서 예정해놓은 길인가 보다고 생각했다.

"사람들 눈이 없는 곳에서 만나요."

하녀 베시가 사무엘에게 전달한 네그라의 말이었다. 마구간 근처의 한적한 수풀 사이로 찾아온 그녀의 배는 부풀어 있었다. 거동이 느려지고 숨을 몰아쉬며 습관적으로 이마의 땀을 닦았다. 얼굴과 손톱은 깨끗했고 윤기 흐르는 임부복은 먼지 하나 없이 말끔해 보였다. 네그라는 자신이 직접 여기 온 이유가 기쁜 소식을 전하기 위해서라고 말했다.

"잘 들어요. 이제 당신은 떠나지 않아도 됩니다."

그녀의 억양과 몸짓은 어딘지 어색하고 과장되어 보였는데 아무래도 지체 높은 귀부인을 흉내 내고 있는 듯했다. 그녀는 놀라지 말라며, 헤렌이 왕립기사단에 입단하기로 했다고 말했다. 사무엘의 표정에 아무 변화가 없는 것을 본 네그라는 황당해했다.

"당신, 이게 무슨 뜻인지 모르겠어요? 헤렌이 떠난다고요! 이제 당신이 떠날 필요가 없다는 거예요. 나랑 이곳에서 함께 살아요."

여러 말들이 머릿속을 어지러이 떠다녔지만 어떤 말을 하는 것이 좋을지 사무엘은 결정할 수 없었다. 잠시 생각을 가라앉힌 후에 신중하게 입을 열었다.

"내가 떠나려는 것은 헤렌 때문이 아니에요. 그저 다른 세상이 보고 싶어요. 이 언덕을 넘고 마을을 지나 광야로 나아가면 어떤 세계가 펼쳐져 있는지 알고 싶어요."

네그라는 처음에는 이게 무슨 말인가 싶은 얼굴이었으나 곧이어 무슨 뜻인지 알겠다는 표정을 짓더니 말했다.

"알겠다. 나한테 화가 났군요? 그렇네. 그런 거였어. 그래요. 내가 잘못했어요. 사과부터 했어야 하는 거였어."

사무엘은 그녀의 웃음기 어린 얼굴을 바라보았다. 검고 긴 곱슬머리는 깨끗하게 빗어 넘겨 윤이 흐르고 붉은 기가 돌던 피부는 차분해져 더 건강해 보였지만, 순간 사무엘의 눈에는 그 젊음이 빛을 잃고 그녀의 웃음이 초라해지는 것만 같았다. 그는 쓸쓸해졌다. 네그라를 지나쳐 마구간을 향해 걸었다. 말이 끝나지 않았는데 어딜 가느냐는 그녀의 외침이 뒤통수에 닿았지만 돌아보지 않았다.

"당장 멈추라고! 돌아오라고! 명령이야!"

짐짐 날가로워시는 음성만이 그와 그녀의 멀어지는 거리 안에서 맴돌 뿐이었다.

그날 이후 몇 번에 걸쳐 네그라의 말을 전하기 위해 베시가 찾아왔지만 사무엘은 만나주지 않았다. 저택의 누구와도 마주치고 싶지 않아 종일 저택 밖을 떠돌았다. 그렇게 숲과 들에서 보내는 시간은 마음의 안정을 찾아주었다. 곧 떠난다는 생각 때문인가. 그는 지금껏 발길을 들이지 않았던 구석구석이 보고 싶어졌다. 바위 아래 풀꽃과 나무 그늘과 숲 사이로 난 오솔길이 새롭게 보였다. 한참을 배회하다가 고개를 돌려 멀리 우뚝 솟은 저택을 바라보면 어쩐지 아련한 기분에 휩싸였다.

'언젠가 오랜 시간이 흐른 뒤에는 이곳을 그리워하게 될까?'

저택은 사무엘에게 외로운 공간이었지만 동시에 유일한 안식처이기도 했던 것이다.

사무엘이 한나의 연락을 기다리는 동안 헤렌과 네그라는 서로 다른 이유로 저택을 떠났다. 헤렌은 왕립기사단에 입단했다. 떠나기 삼 일 전부터 저택에서는 연회가 열렸다. 전장의 상황이 좋지 않다는 이유로 규모와 화려함은 줄었지만 밤낮으로 지역 유지들과 정계 인사들이 들락거렸다. 떠나는 날 아침 헤렌은 가문의 검과 방패를 챙기고 한나와 엘가나에게 작별을 고했다. 눈물로 배웅하는 네그라에게는 눈길 한번 주지 않았다.

며칠 후에 네그라는 바가렐라의 성으로 떠났다. 정식으로 초대가 있었던 것이다. 네그라는 떨리고 두렵다면서도 베시와 함께 매일 갈아입을 드레스와 장신구들을 골랐다. 초대가 의미하는 것은 아데사 가문에서 그녀를 정식으로 인정한 것이라는 베시의 말에 네그라는 한껏 들떴다. 늙은 하인들은 바가렐라가 전장에 나가 있어 성이 비었는데 초대라니 이상하다며 큰어머니가 헤렌을 망신 주려는 것일지 모른다고 지껄였으나 그 말을 다른 이에게 나르지는 않았다. 대신 늘 그러했듯 네그라가 떠난 뒤에는 해괴한 소문이 들끓었다. 중간에 도적 떼를 만나 죽었다느니, 혹은 유산을 했다느니, 또는 아무 일 없이 무사히 성에 도착해서 환영을 받았다느니 하는 것들이었는데, 원래 소문이라는 것이 그러하듯 그중에 믿을 만한 것은 없었다.

한나가 사무엘을 부른 것은 다시 계절이 바뀔 무렵이었다. 그 사이 저택은 떠난 사람들만큼 고요해졌다. 응접실 의자에 기대 앉은 한나의 표정은 편안해 보였다. 그녀가 사무엘에게 편지 봉투를 하나 건넸다.

"아무것도 해주지 못해 미안하다. 내가 마지막으로 해줄 수 있는 건 이것뿐이구나."

사무엘이 그것을 받아 들자 그녀는 눈빛으로 뜯어볼 것을 허락했다. 신중하게 뜯어 읽어보았다.

[바라렐라 아데사 대공의 추천을 받아들여 사무엘 갬배재르구의 연합왕국 그리스도 기사단 입단을 허가한다.]

사무엘이 한나의 얼굴을 바라보았다. 그녀가 기쁜 얼굴로 말했다.

"엘가나의 추천서는 안 된다고 하더구나. 그래서 오라버니에게 편지를 썼다. 헤렌 얘기를 했어. 헤렌을 떠나보내면서 어미로서 걱정이 크다고. 위급한 상황에서 그를 돕고 보좌할 사람이 있어야 한다고. 나는 사무엘이 적임자이고 진정으로 헤렌을 지켜줄 거라고, 그것을 내가 보장한다고 썼다. 오라버니는 지금 전장에 있기에 그곳 상황이 좋지 않다는 것을 누구보다 잘 알고 있어. 오라버니도 나도 나의 아들 사무엘이 자신의 형제 헤렌을 지켜줄 거라 믿는다. 주님이 너희 두 형제를 돌봐주실 거다."

한나가 두 팔을 벌렸다. 사무엘은 고개를 떨구었다. 한나가 다시 팔을 벌리고 어서 오라고 재촉했다. 그가 주저하며 다가가자 한나가 두 팔로 장성한 자신의 아들을 끌어안았다.

"엄마를 용서해다오."

그녀의 품에서 부드럽고 익숙한 냄새가 났다. 그것은 잊고 있던 기억을 떠오르게 했다. 어린 날 처음 저택에 왔을 때 느꼈던 안식과 평화 그리고 따뜻함의 느낌이었다. 홀로 깨었던 깊은 밤, 자신의 옆에 잠든 여인의 얼굴을 바라보았던 고요한 시간. 낯선 눈매와 낯선 콧날과 낯선 숨소리를 어둠 속에서 눈으로 더듬었던 기억. 그리고 그때의 다짐들이 떠올랐다. 나의 슬픔이 이 여인에게 흘러들지 않게 하리라. 그녀가 바라는 행동을 하고, 그녀가 원하는 생각을 하고, 그녀가 기대하는 사람이 되리라. 그러면 세상의 슬픔이 조금은 줄어들 테니까. 사무엘은 그렇게 하겠노라고 답했다. 어머니가 원하시는 대로 하겠노라고 대답했다.

10

"내가 가장 싫어하는 것은 거짓이다."

훈육기사 다닐로가 소리쳤다. 정오의 봄볕 아래 사열한 견습 기사들은 정신이 아찔해졌다. 목소리는 훈련지를 쩌렁쩌렁 울렸다.

"거짓된 말, 거짓된 행동, 거짓된 인간. 특히 능력도 되지 않으면서 운 좋게 기회를 얻은 인간, 혈통을 속이고 비열한 방법으로 한 자리 꿰찬 인간. 나는 그들을 증오한다. 이교도보다도 무신론자보다도 유색인보다도 그들은 세상을 더럽히고 주님을 모욕한다. 내 눈에 띄지 않는 게 좋을 거야. 지옥을 보게 될 테니까. 스스로 생각해보고 아니다 싶으면 지금이라도 떠나는 것이 좋을 거다. 내가 무슨 수를 쓰더라도 끝까지 끌어내릴 테니까."

말을 마친 다닐로는 건들건들 목검을 흔들었다. 목검 끝으로 맨 앞줄에 선 견습기사들의 얼굴을 하나하나 지목하며 노려보았다. 이어 둘째 줄에 서 있던 사무엘을 향해 목검을 흔들며 귀찮다는 듯 말했다.

"너, 검은 얼굴 나와."

뒷줄에 선 몇몇 견습생들이 또 시작이라며 자기들끼리 수군대었다. 사무엘이 앞에 서자 다닐로는 교육생들을 향해 입을 열었다.

"잘 들어라. 롱테일가드는 방어로 시작해서 공격으로 이어지는 검술이다. 기본자세는 두 발을 이렇게 벌리고 자연스럽게 허리를 약간 굽힌 상태에서 팔에 적당히 힘을 빼고 장검을 오른손으로 느슨하게 내려 잡는 것이다. 이때 빠르게 반격할 수 있도록 장검의 손잡이는 적을 향한다."

다닐로는 말을 끝내더니 사무엘에게 공격해보라고 지시했다. 사무엘이 왼발을 앞으로 뻗은 상태에서 살며시 무릎을 굽히고 오른손으로 목검의 손잡이를 잡은 뒤에 왼손으로 칼날 중간을 받쳤다. 방어가 예상되는 상황에서 적과 거리를 두고 칼끝을 멀리 뻗기 위한 자세였다. 다닐로의 얼굴에 비웃음이 어렸다. 무거운 기합과 함께 사무엘이 오른발을 뻗어 몸을 앞으로 날리며 장검으로 깊게 찌르자 다닐로는 오른손을 휘둘러 손잡이로 칼을 쳐내고 몸을 교차하며 사무엘의 목을 뒤쪽에서 휘어 감았다. 동시에 사무엘의 무릎을 걸어차서 뒤로 자빠뜨렸다. 다닐로가 빠르게 목검 끝으로 사무엘의 목을 강하게 때렸다. 사무엘이 목을 감싸 쥐고 고통스러워하며 바닥을 굴렀다. 뒤에 서 있던 헤렌과 그의 친구들이 낄낄대며 웃었다. 그 모습을 보고 교육생 중 유일한 여성인 고네가 분노에 찬 얼굴로 항의하려 하자, 그 옆에 서 있던 남성이 손짓으로 그녀를 자제시켰다. 그의 이름은 네이케스로, 고네의 오빠였다.

네이케스와 고네는 펠로 가문으로, 견습기사들 중 실제로 전쟁 경험이 있는 건 이들뿐이었다. 이미 작년에 기사 작위를 받았기에 견습기사 교육이 필요하지 않았음에도 이들이 이곳에 온 것은 왕립기사단의 실질적 기능 때문이었다. 수도원에 소속된 일반적인 기사단과는 달리 왕립기사단은 전투 수행 능력을 향상시키는 데 목적이 있기보다는 정치권력에 접근하는 가장 공식적인 과정이었다. 네이케스와 고네를 이곳으로 보낸 것은 그들의 아버지 레나트 펠로 대공의 뜻이었다. 그는 이교도와의 전쟁을 승리로 이끈 전설적인 전쟁 영웅이었지만 칼과 활로 이룬 평화는 잠정적일 뿐임을 알았다.

"이교도의 입을 틀어막고 그들의 손목을 비틀 수는 있다. 그들 앞에 선을 그어 여기까지가 내 땅이라 선언할 수도 있다. 하지만 우리가 그렇게 행동하는 만큼 그들의 마음속에는 반감과 분노가 자라난다. 우리는 그것을 완벽하게 잘라낼 방법이 없다."

레나트는 자신의 두 자녀를 전장에서 물려 왕립기사단에 입단시키는 이유를 분명하게 설명했다.

"항구적인 평화는 교류와 공존을 통해서만 이룰 수 있다. 그렇다면 교류와 공존은 어떻게 이룰 수 있겠는가?"

네이케스와 고네는 별다른 대답 없이 아버지의 입에서 떨어질 말을 기다렸다.

"정치다. 위정자의 뜻이 필요하다. 왕이 바르게 보고 바르게 판단할 수 있도록 참모와 대신이 세상을 바르게 설명해야 한다. 사랑하는 나의 딸, 아들아. 우리 가문은 성스러운 십자군 출정 이후 동방의 땅에 남아 그 땅의 원래 주인들과 다투지 않고 공존해왔다. 너희의 핏줄에는 공생의 정신이 피와 섞여 흐르고 있다. 무능한 아버지는 전쟁을 끝내지 못하고 이곳 최전선에 남아 적을 향해 칼을 들이밀고 있지만 너희는 이 길고 무의미한 전쟁을 끝내야 한다."

네이케스와 고네가 아버지를 떠나 기사단에 입단한 이후에 레나트의 소식은 끊어졌다. 수많은 소문이 여러 입을 거쳐 들려왔다. 적의 활이 어깨를 관통해서 서너 날을 버티다 죽었다는 이야기, 큰 패전에 대한 책임이 두려워 광야로 도망쳤다는 이야기, 적이 끌고 온 용과 맞서다 장렬하게 전사했다는 이야기가 그것이었다.

"괜찮아?"

눈앞의 손에 사무엘이 고개를 들었다. 고네였다. 선명하고 시원한 이목구비에 주근깨 가득한 얼굴, 빨간색의 밝은 곱슬머리를 굵게 땋은 모습으로 사무엘의 손을 기다리고 있었다. 그녀는 멍하니 자신을 올려다보고만 있는 모습이 답답해서였는지 그의 팔을 낚아채서는 힘주어 끌어당겼다. 일어선 사무엘을 부축하려 하자, 사무엘은 괜찮다고 말했다. 고네는 안심이 되어 웃음이 났는데 그것은 말 때문이 아니라 그의 눈 때문이었다. 억울함도 비굴함도 분노도 미움도 찾아볼 수 없이 담담한 그의 눈동자를 보며 고네는 그의 가슴 안에 강직한 영혼이 들었나 보다고 생각했다.

다른 견습생들은 다음 교육장으로 이동하기 위해 이미 자리를 뜬 상태였다. 두 사람은 가장 뒤처진 채 훈련장을 가로질러 건물 안으로 들어섰다. 기사단이 사용하는 수도회 요새는 사백 년 전에 축조된 건물로 벽이 두껍고 창이 작아 실내는 서늘한 기운이 돌았다. 어둡고 긴 복도 중간중간 작은 창에서 한낮의 봄볕이 새어들어 바닥에 부딪히며 산란되었다.

"사무엘이지? 뭘 기대하고 온 거야? 대법관? 재무장관? 아니면 군사령관?"

고네의 물음에 그는 무슨 말인지 모르겠다고 답했다.

"목표 말이야. 여기 왔을 땐 되고 싶은 무언가가 있었을 거 아니야.”

사무엘은 그런 생각을 해본 적이 없었기에 잠시 자신이 왜 여기 왔는지를 생각해보았으나 마음만 복잡할 뿐 적절한 이유가 떠오르지 않았다. 사무엘이 되물었다.

“너는?”

고네가 답했다.

“나는 뭐든 상관없어. 뭐가 됐든 세상을 바꿀 수 있는 높이면 돼. 나는 세상을 바꾸려고 왔으니까.”

“세상을 어떻게 바꾸는데?”

사무엘의 물음에 그녀가 친근한 얼굴로 그를 바라보았다.

“그야 옳은 방향으로 바꾸는 거지. 무모한 전쟁이 끝나고 억울하게 죽어가는 이들이 사라지고 아무도 고통받지 않는 세상을 만들 거야.”

사무엘은 혼란스러워졌다. 복도를 돌았을 때 교육장의 입구가 눈에 들어왔다. 몇 가지 질문들이 떠오르고 그녀에게 묻고 싶었지만 머릿속의 말은 정리되지 않았고 교육장은 가까웠다. 문 안으로 들어서기 직전에 고네가 머리를 기울이더니 작게 속삭였다.

“너도 세상을 바꾸는 데 관심 있으면 오늘 밤에 교회 뒤 창고로 와.”

매주 진행되는 신앙 문답 수업의 교수는 중년의 수도사였다.

그는 오만과 방종의 죄를 격양된 목소리로 비난하며 야고보서의 한 구절을 읽었다.

"그러므로 형제들아. 주님께서 강림하실 때까지 참으라. 농부가 땅에서 나는 열매를 바라고 가을비와 봄비를 기다리듯. 주님의 강림이 가까우니, 원망하지 말라. 심판의 주님께서 문밖에 계시니라."

그는 인내하지 않는 자들의 영혼은 갈기갈기 찢어져 마지막 날에 심판을 피하지 못하리라며 끝내 눈물까지 보였다.

하지만 사무엘의 귀에는 들리지 않았고 눈에는 보이지 않았다. 그의 머릿속은 고네의 말로 가득 찼다. 단 한 번도 그런 생각을 해보지 않았음에 스스로 놀랐다. 세상이라는 것이 바꿀 수 있는 무엇이라니. 그 말은 마치 사무엘의 인생 전체를 부정하는 것만 같았다. 그에게 세상은 그저 바람과 같고 물과 같고 햇볕과 같은 것이었다. 그것은 배경처럼 원래 거기에 그렇게 존재할 뿐이었다. 그렇기에 세상이 주는 슬픔과 고통은 당하고 받아들일 수밖에 없다고, 그것이 지나갈 때까지 담담하게 견뎌내야 하는 것이라고 의심 없이 믿어왔던 것이다. 하지만 고네는 짧은 시간 동안 그의 평생의 믿음과 앎을 단 몇 마디 문장으로 산산이 부숴버렸다. 세상을 바꿀 수 있다니. 고통을 끝낼 수 있다니. 그것이 실제로 가능한지 가능하지 않은지는 그에게 중요한 문제가 아니었다. 그렇게 할 수 있다는 상상만으로도 사무엘은 자기 마음의 울타리가 무너지는 희열을 느꼈다.

밤이 되기를 기다린 것은 갈급함 때문이었다. 뒷이야기를 들어야만 했다. 세상이 어떻게 변할 수 있는지, 그곳은 어떤 곳인지 물어야 했다. 동기들이 잠들기를 기다려 침상에서 몸을 일으켰다. 어둠에 익숙해진 눈으로 주위를 조심스레 더듬으며 숙소를 벗어났다. 달이 밝지 않아 훈련장으로 나가는 복도는 더욱 어두웠다. 밖으로 나와서는 건물 그림자에 몸을 숨기고 누가 없는지 주위를 경계하며 소리 죽여 걸었다. 창고는 교회의 뒷마당과 숲 사이에 있었다. 사용하지 않는 농기구나 오래된 가구를 보관하는 곳이었다. 수도원을 관리하는 이들이 한두 번 문을 열고 무엇인가를 넣고 빼는 것을 본 적이 있었으나 보통은 이용하는 이도, 근처에 가는 이도 없었다.

창고 문앞에 도착한 사무엘은 숨을 고르고 따라오는 이가 없는지 고개를 돌려 주위를 둘러보았다. 그림자에 묻힌 나무들과 성체의 실루엣만이 눈에 들어올 뿐, 사람 하나 없이 적막했다. 두꺼워 보이는 문을 천천히 밀었다. 밀리지 않아 당겨보았다. 잠긴 것이 의아하게 생각되어 문틈에 입을 대고 작은 목소리로 고네를 불렀다. 귀를 문에 대보았지만 안에서는 인기척이 없었다. 그때, 야! 하는 낮은 음성에 사무엘은 반사적으로 고개를 돌렸다. 건물 모서리에 키 작은 그림자가 서 있었다. 머리까지 망토

를 뒤집어쓰고 있어 얼굴이 보이지 않았다. 그가 따라오라는 손
짓을 했다. 사무엘은 어쩐지 느낌이 좋지 않아 밍설여졌지만 돌
아가는 건 의미가 없다는 생각이 들었다. 앞선 이가 건물 모서리
를 빠르게 돌며 사라지자 사무엘도 빠르게 뒤쫓았다. 한 번 더
모서리를 돌았을 때 사무엘은 너무 놀라서 소리를 지를 뻔했다.
바로 코앞에 그가 서 있던 것이다. 그가 바닥을 가리켰다. 내려
다본 바닥에는 양쪽으로 열 수 있는 문이 있었다. 그가 내려가
라는 손짓을 했다. 사무엘은 손잡이를 당겨 문을 열었다. 지하로
향하는 어두운 계단이 드러났다. 발끝으로 계단참을 더듬으며
천천히 발을 디뎠다. 키만큼 내려섰을 때 바닥에 닿았다고 생각
했으나 너무 어두워 앞에 무엇이 있는지 전혀 보이지 않았다.

그때, 머리 위에 열려 있던 문이 빠르게 닫히더니 주위는 완전
히 어두워졌다. 동시에 누군가 사무엘의 입을 막고 다른 이가 천
을 둘러 눈을 가렸다. 손을 뒤로 묶은 후에 무릎 뒤쪽을 걷어차
서 꿇어앉혔다. 갑작스럽게 일어난 일에 사무엘은 당황했고 공
포에 휩싸였다. 그를 더욱 소름 돋게 만들었던 것은 얼굴 바로
앞에서 들리는 훈육기사 다닐로의 목소리였다.

"내가 가장 싫어하는 것이 거짓이라 얘기했지? 거짓된 말과
거짓된 행동을 하는 이들을 나는 증오한다."

눈을 가린 상태에서도 주위에 불이 켜진 것을 느낄 수 있었다.
머리 위로 목검의 칼날이 똑똑 떨어졌다. 사무엘은 본능적으로

목을 움츠렸다. 다닐로가 말했다.

"내가 이럴 줄 알았어. 너. 검은 얼굴. 똑바로 말해. 너지? 불량한 동료들을 모아서 수작을 부리고 있다는 게. 입에 거짓을 담지 않고 진실을 담으면 이번만은 살려준다. 누구야? 누가 널 여기로 불렀나?"

사무엘은 입을 꾹 다물었다.

"말해!"

목검의 칼날이 어깨 위로 떨어졌다. 사무엘은 옆으로 고꾸라졌다.

"말해!"

사무엘은 어금니를 꽉 깨물었다.

그때였다. 고네의 목소리가 들린 것은.

"그만해! 재미없어! 충분하니까 그만해."

그러자 다른 목소리가 답했다.

"알았어. 진정해. 모두가 동의했던 거잖아. 이 정도는 해봐야 한다고."

누군가 손을 풀어주고 눈가리개를 벗겨주며 귀에 대고 미안해라고 속삭였다. 사무엘이 고개를 돌렸을 때 키 작고 앳된 곱슬머리 소년이 어색한 미소를 지으며 서 있었다. 그리고 앞에서는 고네와 그녀의 오빠 네이케스가 말다툼을 벌이고 있었다. 곱슬

머리 소년이 사무엘에게 손을 내밀었으나 그는 잡지 않았다. 키가 큰 두 남자가 그를 일으켜 의자에 앉게 했다. 네이케스가 반갑다고 인사하며 악수를 청했으나 사무엘은 역시 그의 손을 잡지 않았다. 멋쩍은 네이케스가 자초지종을 설명했다. 여기 작은 소년은 알릭으로, 그는 재주가 많은데 다닐로의 목소리는 그가 냈다는 것이었다. 뒤에 서 있는 늘씬한 청년 둘은 할라이와 할리드 형제로 상페나 백작의 아들이었다. 네이케스가 말했다.

"고네는 알지? 고네와 나는 펠로 가문이야. 우리 모두는 매일 밤 여기 모여서 내일의 세상을 준비하고 있어. 물론 거창한 목표에 비해서 여기는 그저 버려진 와인 창고지만. 하지만 그렇다고 이곳을 무시해선 안 돼. 우리는 여기서 오래 묵힌 와인을 찾아냈거든."

그제서야 사무엘의 눈에는 벽면을 채운 커다란 와인 베럴들이 보였다. 네이케스가 빈 나무 의자를 당겨 와서 그의 곁에 앉더니 친근하게 말했다.

"우리는 너를 쭉 지켜봤어. 특히 고네가. 고네의 추천으로 결국 너를 부를 결심을 했지만 확실히 해둘 필요가 있었어. 어쨌든 너는 아데사 가문의 사람이니까. 정말 우리와 뜻을 합칠 수 있을까, 혹시 우리를 밀고하지는 않을까. 그래서 실례를 무릅쓰고 너를 시험해본 거야. 이번 일은 진심으로 사과할게."

네이케스가 정중하게 고개를 숙이고 예의를 갖췄다. 그러고는 밝은 얼굴로 악수를 청했다. 이번에는 사무엘도 뿌리칠 수 없었다. 그의 손을 잡자 네이케스의 얼굴이 환하게 밝아졌다. 그는 긴 갈색 머리에 짙은 눈썹을 하고 이목구비가 뚜렷한 잘생긴 남자였다. 쾌활하고 꾸밈없는 몸짓과 목소리는 사람들을 주목하게 하는 힘이 있었다. 사무엘은 그가 좋은 사람이라고 느꼈다. 네이케스가 말했다.

"너는 지금쯤 우리를 뜬구름 잡는 이상주의자라고 생각할지도 몰라. 하지만 우리가 실제로 뭘 하고 있는지를 알게 되면 그렇게 말하기는 힘들 거야."

그렇지 않으냐는 표정으로 그가 주위를 둘러보자 다들 맞는 말이라고 끄덕였다. 네이케스가 말을 이었다.

"한 번에 다 알려고 하지는 말자. 우리는 젊고 시간은 충분하니! 오늘은 새로운 형제가 생겼으니까 축배를 들어야지!"

알릭이 와인 창고 안쪽에서 술병과 나무잔을 가져왔고 이들은 달이 기울 때까지 넘치도록 와인을 나눠 마셨다.

모임은 매일 밤 계속되었다. 와인과 토론이 끊이지 않았다. 다른 이들에 비해 그렇게 말을 많이 한 것도 아니었지만 사무엘은 태어나서 이렇게 말을 많이 해본 적이 없었다. 취하도록 와인을 마셔본 것도 처음이었다. 눈앞의 세상이 뱅글뱅글 회전하는 느낌은 그를 대책 없이 웃게 했고, 삼위일체의 위격을 동일한 하나로 볼 것인지 이교도들처럼 서로 다른 세 신으로 볼 것인지를 놓고 벌이는 열띤 토론에 빠져들어 구경하게 했다. 이들은 자신의 생각과 다른 의견을 조금도 두려워하거나 배척하지 않았다. 자기만의 확고한 신념과 논리를 토대로 주장을 전개했다. 사무엘은 매번 신기한 듯 그들의 이야기에 귀를 기울였다. 모임이 계속될수록 그는 알게 되었다. 자신이 운 좋게도 훌륭하고 좋은 사람들과 함께 있다는 사실을. 기사단 교육과는 비교할 수 없을 만큼 세상에 대한 많은 진실을 사무엘은 배워가고 있었다.

더위가 한풀 꺾인 늦여름의 어느 밤에는 어지러이 꼬리를 물던 주제가 종교를 넘어 사회문제로 확장되었다. 그 어느 때와도 비교할 수 없을 만큼 토론이 격해지자 할라이와 할리드가 갑자기 목청껏 노래를 부르기 시작했다. 시장에서 떠도는 상폐나 백작의 물욕을 조롱하는 노래였다. 고네가 이들은 지금 자기 아버지에 대한 노래를 천연덕스럽게 부르고 있는 거라며 배를 잡고는 깔깔대며 웃었다. 그 모습을 본 사무엘의 얼굴에는 자신도 의식하지 못한 채 미소가 번졌다. 다만 그 미소는 노래 때문이 아니라 고네의 눈꼬리 때문이었다. 웃을 때마다 얇게 접히며 둥글게 휘어지는 그녀의 눈웃음을 사무엘은 주위를 신경 쓰지도 못하고 멍하니 바라보았던 것이다. 그런 사무엘의 시선과 표정을 네이케스는 알아보았다. 그는 이내 장난스러운 얼굴을 하고는 사무엘의 옆구리를 팔꿈치로 때리더니 움찔하는 그의 목을 팔로 휘어 감았다.

"자, 구경만 하고 있는 우리 말수 없는 형제의 이야기도 한번 들어보자고."

네이케스가 물었다.

"사무엘. 너는 어때?"

"뭐가?"

"시장에서 열리는 마녀 재판 말이야. 조금이라도 사회를 볼 줄 아는 사람이라면 누구나 그것이 신앙의 문제가 아니라 돈벌이의 수단이라는 걸 알아. 자기 하녀를 마녀로 팔아먹은 지체 높은 귀족은 십오 마나트를 손에 넣고, 시장 재판소는 불에 던지는 볼거리로 사람을 모으는 대가로 상인회로부터 세금을 걷지. 상인들은 모여든 사람들에게 물건을 팔아 이익을 얻고. 사무엘. 나는 너의 고견이 듣고 싶다. 어떻게 해야 할까? 우리 같은 왕실 기사단의 지체 높은 자제들은 말이야. 오늘 당장 불에 던져지는 이름 모를 사람들을 구해야 할까, 아니면 몸을 웅크린 채 열심히 공부하고 준비해서 먼 훗날 고위대작이 된 이후에 세상의 구조를 변화시켜야 하는 걸까? 고네와 할라이는 전자고, 나와 할리드와 알릭은 후자야. 할리드의 말에 따르면 근본적으로 세상을 바꾸는 것은 위로부터의 변화고, 고네의 말에 따르면 그건 비겁함에 대한 자기변명일 뿐이지. 사무엘. 너는 어때?"

모두가 주저하는 사무엘의 입을 주목했다.

"나는… 잘 모르겠어."

여기저기서 탄식이 쏟아져 나왔다. 그러더니 각자 자기가 하고 싶은 말을 쏟아내며 사무엘을 설득하려 했고, 이 사람 저 사람 말이 섞여 도무지 무슨 말인지 알 수 없게 되었다. 흥분한 그들은 상대방의 주장과 논리를 반박하느라 자기들끼리 바빠지기 시작했다. 혼란한 틈을 타서 네이케스가 사무엘에게 어깨동무를 하고는 강하게 끌어당겼다. 이마가 닿을 거리에서 네이케스가 사무엘에게 말했다.

"사실 어떻게 생각해도 괜찮아. 우리는 생각은 달라도 행동은 함께하는 형제이고, 우리는 사무엘 너 역시 우리 형제라고 믿으니까."

자신들이 행동하는 사람들이라느니, 무엇을 하는지 알면 놀랄 거라느니, 세상을 바꿀 것이라느니 하는 말의 진짜 의미를 사무엘이 알게 되기까지는 오래 걸리지 않았다. 시간은 빠르게 흐르고 계절은 가을로 향하고 있었다. 그동안 사무엘은 자신이 외롭지 않다고 느꼈다. 어떤 대가도 없이 누군가에게 의지할 수 있음을 친구들을 통해 알게 되었다. 그들과 함께 있을 때면 자신이 강해진 것만 같았다. 물론 훈육기사 다닐로의 훈련 시간마다 불려나가 매를 맞는 일은 한결같았지만, 그 가운데서도 변화는 있었다. 자신을 지칭하는 '검은 얼굴'이나 '더러운 피'가 악의적 차별을 담고 있음을 알게 되었고, 이것은 부당하며 그래서 저항해야 한다는 생각이 점차 커져갔던 것이다. 어느 순간 교육을 빙자한 괴롭힘에 순응해서는 안 된다는 인식이 사무엘의 마음에 깊게 뿌리내렸다. 그 후로 다닐로의 지시를 따르면서도 동시에 따르지 않았다. 적극적으로 공격하고 회피함으로써 그의 의도를 무력화시키고자 했다. 그런 행동은 다닐로를 자극했고 분노하게 했다. 그가 교육 과정임을 망각하고 위험할 정도로 사무엘을 공격하게 만들었다. 모든 교육생들이 느낄 만큼 다닐로의 교육 시간은 위태위태해졌다. 물론 결론은 언제나 어깨와 허리에 목검이 떨어지고 사무엘이 바닥을 뒹구는 것으로 종결되었지만, 한번은 매우 위험한 상황까지 치달은 적이 있었다.

그날 다닐로의 손에는 활이 들려 있었다. 그것은 한눈에 봐도 전장에서 흔하게 볼 수 있는 전투용 활이 아니었다. 황금빛 활대에 적색과 녹색의 화려한 무늬가 어지럽게 새겨진 두꺼운 형태였다. 그의 말에 따르면 이것은 동방의 야만인들이 쓰는 활인데 특히 부족장들의 왕이 가지고 있던 것이었다. 기사단장님께서 선물로 받으신 것을 특별히 수습기사들의 교육용으로 활용하도록 허락하셨다고 그는 덧붙였다. 앞줄에 선 교육생 몇 명을 앞으로 나오게 했다. 그러고는 황금빛 활을 쥐여주며 멀리 놓인 과녁을 맞히게 했다. 하지만 그 누구도 활시위를 당기는 것조차 해내지 못했다. 그때마다 다닐로는 뭐가 그리 웃긴 건지 큰 소리로 웃어냈다. 묵식한 무게는 어떻게든 이겨낼 수 있었고 활을 들어 올려 자세를 잡고 화살을 시위에 거는 것까지는 할 수 있었으나 활시위가 너무도 단단했다. 교육생들은 조금도 당기지 못하고 포기했다.

다닐로는 어쩐지 기세가 등등해져 이것이 왜 야만인들이 교화의 대상인지를 보여준다고 설명했다. 그들은 서방의 활을 모방해서 모양을 만들어내지만 이것의 실제 쓰임새는 알지 못하고 그저 종교적 상징물로 사용한다는 것이었다. 그 이야기를 듣던 덩치가 좋은 교육생 몇 명이 자신은 할 수 있을지 모른다며 호기롭게 도전했으나 그 누구도 시위를 당기지 못했다. 다닐로는 그들이 끙끙대는 모습이 오히려 야만인들의 한심함을 보여주는 사례라고 생각하는 듯했다. 다닐로가 사무엘을 불러냈다.

"야. 너 나와서 당겨봐. 딱 보니 네가 적임자네. 혹시 아냐? 네 조상이 만들어서 너는 당겨질지."

뒷줄의 몇몇 교육생들이 웃었다. 사무엘은 부아가 치밀었으나 우선은 앞으로 나섰다. 받아 든 활은 당황스러울 정도로 무거웠다. 자세를 잡고 시위에 화살을 올렸다. 그리고 시위를 잡은 팔에 힘을 주었다. 네이케스는 이 장면을 호기심 어리게 바라보았다. 마치 활이 주인을 찾은 것처럼 사무엘과 너무도 잘 어울렸기 때문이었다. 황금빛 활은 그의 매끈한 갈색 피부와 사자같이 자라난 검은 머리카락과 조화를 이루었다. 혹시 정말 당길 수 있는 것은 아닐까? 고네와 친구들도 어쩐지 기대하는 마음이 들어 이 장면에 집중했다.

하지만 사무엘의 팔은 바들바들 떨릴 뿐, 시위는 꼼짝도 하지 않았다. 그럼 그렇지 하고 모두가 기대를 저버린 다음 순간, 교육생들은 놀랐다. 그것은 활이 아니라 사무엘의 말 때문이었다. 사무엘이 땅에 활을 내려놓으며 모두가 들릴 만한 목소리로 이렇게 말한 것이다.

"정말 한심한 건 당겨지지 않는 활을 만든 사람들이 아니라, 당겨지지 않는 활을 굳이 가져와서는 당겨지지 않는다며 비웃는 사람이 아닐까?"

사무엘의 친구들을 비롯한 교육생들 모두가 순간 얼어붙었다. 그 누구도 훈육기사에게 이렇게 행동하는 모습을 본 적이 없었기 때문이다. 다닐로는 잠시 당황한 듯했다. 하지만 곧이어 목이 시뻘게지더니 부풀어 오른 핏줄이 서서히 얼굴로 번져갔다. 그가 수습기사 한 명을 지목하며 이렇게 외쳤다.

"거기 진검 가져와."

그가 검 하나는 자신이 들고 다른 하나는 사무엘의 발 앞에 던졌다.

"칼 집어. 여기 들어오니까 네가 진짜 뭐라도 됐다고 착각하는 모양인데, 더러운 피가 어디서 기독교인 흉내를 내. 내 임무가 너 같은 악의 싹을 제거하는 거야."

사무엘은 대답 없이 그대로 서 있었다.

"칼 들어."

다닐로가 자세를 잡고는 당장이라도 달려나가 공격할 듯 위협했다. 분위기가 살벌하게 흘러가자 교육생 몇 명이 훈육기사에게 진정하시라고 말렸다. 뒷줄에 섰던 알릭은 기사단장실로 뛰어갔다. 다닐로를 말리려는 몇몇 교육생들이 조심스럽게 다가가려는 순간, 그가 발목과 무릎에 힘을 주더니 땅을 박차고 달려가 사무엘의 얼굴을 향해 장검을 휘둘렀다. 사무엘이 재빨리 바닥의 칼을 쥐어 날아오는 칼날을 받아쳤으나 손에서 칼이 튕겨나가고 말았다. 방향을 바꾼 다닐로가 허리 높이에서 좌우로 크게 칼을 휘둘렀고 사무엘은 다시 재빨리 떨어진 칼을 집어 이를 막아내었지만 휘둘리는 속도에 다시 칼을 떨구었다. 그 과정에서 손목부터 팔꿈치까지 살이 벌어져 피가 흘러내렸다.

"그만!"

그때 멀리서 다닐로의 이름을 부르며 그만하라는 목소리가 들려왔다. 기사단장이었다. 그의 얼굴을 확인한 다닐로는 자세를 풀고 가쁜 숨을 몰아쉬었다. 바닥에 자빠진 사무엘은 피가 흐르는 팔을 다른 손으로 눌러 잡았다.

"능력도 되지 않는 놈이 주제도 모르고 어디서 덤벼."

다닐로는 욕지거리를 내뱉고는 자리를 떴다.

친구들이 달려왔다. 네이케스가 상의를 벗어 사무엘의 팔을 둘러 지압했다. 다행히 상처가 깊지 않음을 확인한 네이케스가 그를 부축하며 진정하라고 말했다. 사무엘은 이해할 수 없었다. 부당한 것에 저항해야 한다고 네가 말하지 않았느냐고 물었다. 네이케스가 능청스럽게 웃더니 차분하게 대답했다.

"우리의 적에 비하면 다닐로는 아무것도 아니야. 대의를 위해서는 눈에 띄지 말고 몸을 숨길 줄도 알아야 해. 이제 너도 시작할 때가 됐나 보다."

사무엘은 무슨 말인지 이해하지 못했다.

그날 이후 밤의 모임은 진지해졌다. 그들은 여전히 유쾌하고 친절했지만 마치 다른 사람들인 것처럼 신중하고 치밀했다. 돌아오는 주말을 목표로 그들은 동선을 파악하고 예상 시나리오를 짜고 역할을 분배했다. 사무엘은 이 모임이 존재하는 진짜 이유를 알게 되었다.

11

기사단장이 헤렌에게 차를 권하며 입을 열었다.

"두 형님은 훌륭한 분들이셨습니다. 그분들이 이곳을 거쳐 가셨다는 사실은 왕립기사단의 크나큰 영광이지요. 그만큼 저도 대주교님도 헤렌님에 대한 기대가 무척이나 큽니다. 형님들의 뒤를 이어 가셔야죠. 오늘 같은 사고는 물론 우려할 만한 일이지만 그렇다고 그다지 특별한 일도 아닙니다. 혈기 왕성한 청년들과 교육에 열정을 가진 훈육관 사이에서는 뭐 종종 있을 수도 있는 일이다, 저는 그렇게 생각합니다. 큰 문제가 아니니 아버님께는 굳이 말씀을 전해서 심려를 끼쳐드릴 필요는 없지 않을까 생각합니다."

기사단장이 찻잔에 입을 대며 빠르게 헤렌의 눈치를 살폈다. 그는 기사단장이라는 직책에 어울리지 않게 살이 쪘는데 넉넉하게 맞춘 제식복이 담요를 두른 것처럼 그의 몸에 휘감겨 있었다. 기사단장의 집무실은 좋은 가구들과 이방의 물품들이 적당히 배열되어 있어서 고급스러운 분위기를 자아냈다. 문제가 되었던 황금빛 활은 깨끗하게 손질되어 다시 진열장 위에 걸렸다. 기사단장이 말을 이었다.

"이렇게 모신 이유는 훈육기사에게 자초지종에 대해 해명을 들을까 해서입니다. 저만 들을 것이 아니라 헤렌님도 함께 들으시면 이번 일에 대한 헤렌님의 심경도 알 수 있고, 그 뒤처리에 대해서도 견해를 여쭐 수 있을 것이라 생각했습니다."

그때 문이 열리더니 다닐로가 주눅 든 얼굴로 들어섰다. 안절부절 서 있는 그에게 기사단장이 인상을 찌푸리며 턱으로 의자를 가리켰다. 다닐로가 얼른 자리에 앉았다. 기사단장이 말을 이었다.

"뭐, 에두르지 않고 직접 말씀드리자면, 사무엘이 저희가 인지하고 있기로는 아데사 가문과는 관련이 없고 적법한 교육생도 아니지만…"

이 대목에서 기사단장은 다시 헤렌의 눈치를 살폈다.

"다만 아무리 그렇다 해도 바가렐라 대공님의 추천으로 들어왔기 때문에 저희 입장에서는 조심하고 조심하지 않을 수가 없습니다. 정무로 바쁘신 대공님께 직접 여쭐 수는 없는 노릇이고, 아드님이신 헤렌님의 견해가 곧 아버님의 견해 아니겠습니까.

그래서 이렇게 모시게 되었습니다."

헤렌은 그제서야 이들이 자신을 왜 불렀는지를 이해했다. 기사단장과 아버지의 관계도 알 것 같았다. 미묘한 쾌감이 느껴졌다. 다리를 꼬고 등받이에 몸을 기대었다. 그리고 단호하게 입을 열었다.

"분명히 해둘 것은 그 더러운 피가 아데사 가문과는 아무런 관계도 없다는 것입니다. 사소한 동정 때문이었던 것이지, 아버님이 조금도 신경 쓰는 자가 아닙니다. 저는 다만 이번 소란이 개인의 방종 때문이 아니라 일부 부적합한 자들의 기사도 정신의 해이 때문은 아닌가 하는 점을 우려하고 있습니다."

기사단장은 놀라운 통찰이라도 얻었다는 듯 감탄사를 남발하며 연신 고개를 끄덕였다. 눈치를 보던 다닐로가 보충해서 설명했다.

"사무엘과 어울려 다니는 불량한 패거리가 있다는 이야기를 들었습니다."

이번에는 헤렌이 말을 받았다.

"펠로가 놈들입니다. 밤마다 모여서 작당 모의를 한다는 소문이 파다합니다."

기사단장이 과장된 표정으로 충격을 받았다는 듯 소리 높여 물었다.

"작당 모의라뇨?"

다닐로와 헤렌이 너도 이미 알고 있구나 하는 얼굴로 서로 눈빛을 교환했다. 다닐로가 신나서 입을 열었다.

"왜 한동안 떠들썩했던 일이 있지 않았습니까? 검은 사도라고. 상페나 시장 화형식에서 두 번에 걸쳐 마녀를 탈취한 범죄 집단 말입니다."

기사단장이 미간을 찌푸리며 물었다.

"그래서?"

다닐로가 말했다.

"펠로가 무리와 관계가 있다는 이야기가 있습니다."

기사단장이 짜증 섞인 목소리로 쥐어박았다.

"그들이 그들이라고? 자기가 책임질 수 있는 말에만 입을 놀려야 할 거야!"

다닐로가 다시 주눅 들어 우물쭈물하자 헤렌이 도왔다.

"당장에 증거가 없다고 해서 덮어두었다가 일이 커지기라도 하면 그때엔 아버님께서도 그냥 넘어가지는 않으실 겁니다."

적절하고 확실한 방법을 찾아볼 테니 아무 걱정 마시라며 기사단장은 생글생글 웃는 얼굴로 헤렌을 배웅했다. 복도 끝을 돌아 그의 모습이 눈에서 사라지자 기사단장은 오만상을 찌푸리고는 다닐로에게 쏘아붙였다.

"너 책임질 수 있어? 레나트 대공이 죽었다고 펠로가 종이

호랑이로 보이나? 잘못 건드렸다간 역풍 맞을 수도 있어.”

기사단장은 푹신한 의자에 털썩 주저앉았다. 골똘히 생각에 잠겨서는 아랫입술을 잘근잘근 씹어댔다. 다닐로는 눈치만 볼 뿐 아무 대꾸도 하지 못했다.

“일단.”

기사단장이 입을 열었다.

“과거 문제는 캐지 마. 그냥 다시 사고 치지 못하게 펠로가 무리를 찢어놓는 것이 좋겠어. 찢어져서 힘이 빠지면 그때 시끄럽지 않은 선에서 자네가 조치하게. 명심할 것은, 일을 진행할 때는 반드시 어떤 방식이든 헤렌의 무리를 끌어들여야 한다는 거야. 혹시나 문제가 생겼을 때 우리만 뒤집어쓰면 안 되니까. 무슨 말인지 알겠지?”

다닐로는 명심하겠다며 고개를 수차례 끄덕였다.

근래에 사람들의 입에 가장 많이 오르내리는 이야기는 상페나 시장의 화형식에 등장한 검은 사도에 대한 것이었다. 그 모습을 직접 보았다는 수많은 이들의 말에 따르면, 그들은 검은 가운을 입고 검은 말을 타고는 하늘에서 내려왔다. 자유자재로 불과 바람을 일으켜 시장의 여기저기에서 화염이 솟구치게 했고 강풍을 몰아 병사들을 쓰러뜨렸다. 그들은 눈 깜빡할 사이에 집행관을 제압했으며 포박된 마녀를 풀어내서는 다시 하늘로 승천

했다. 어떤 이들은 자신이 매우 가까운 거리에서 그들의 얼굴을 보았다고 주장했는데, 후드 안쪽으로 광기에 어린 눈동자가 화염에 휩싸여 있고, 그 화염에 얼굴은 새카맣게 타버렸다고 했다. 시간이 지날수록 이야기는 사람들의 진술이 덧붙여지고 과장이 가미되어 그들이 타고 있는 말에는 검은 날개가 붙었다는 이야기도 있었고, 화염의 실체가 눈에 보이지 않는 거대한 용의 입에서 뿜어 나온 것이라는 이야기도 있었으며, 그들이 우물에 마법을 걸어 모두가 환영을 본 것이란 이야기도 있었다.

네이케스는 이러한 과장된 소문을 경계해야 한다고 말했다.

"과장된 소문은 공포를 일으키고, 공포는 과잉 대응을 불러올 수 있으니까. 서둘러서는 안 돼. 공포가 잦아들고 사람들이 다시 충분히 방심할 때까지 결코 움직여선 안 돼."

그의 전방으로의 전출이 확정된 날이었다. 그동안 준비해왔던 계획이 모두 틀어진 그날에 그는 동생 고네를 위로했다.

"네가 잘 해낼 거라는 걸 나는 확신한다. 다만 이제 네가 우리의 리더니까 지금보다 더 신중하고 신중해야 해. 내 말을 잊어서는 안 돼."

고네는 고개를 끄덕였다. 두 사람은 말의 고삐를 느슨하게 풀고 나란히 들판을 가로질렀다. 구름이 끼어 차분해진 오후의 바람을 느끼며 그들은 요새에서 어느 정도 떨어진 초원까지 나아갔다. 터벅터벅 말발굽의 진동을 느끼며 네이케스는 동생의 옆모습을 바라보았다. 지난 몇 년간은 바쁜 시간이었다. 한동안은 아버지와 함께 전장을 누벼야 했고 이곳에 와서는 기사단 생활에 적응해야 했다. 그런 탓에 알아채지 못했지만 그동안 동생은 훌쩍 자라 있었다. 길어진 팔다리와 단단해진 허리 그리고 차분하고 진중한 눈빛. 네이케스는 새삼 대견하고 뿌듯했다.

그가 아무렇지 않게 물었다.

"다행이지?"

그녀가 무슨 말이냐는 표정으로 오빠를 바라봤다.

"사무엘 말이야. 내가 빠진 자리를 대신할 수 있을 거야."

그녀가 별다른 대답 없이 시선을 돌려 앞을 주시했다. 네이케스는 그녀의 입꼬리가 미세하게 올라가는 것을 알아챘다.

"나는."

네이케스가 특유의 쾌활한 목소리로 말했다.

"나는 사무엘, 괜찮다. 뭐 좀 멍청하고 답답한 구석이 있긴 하지만 심성이 착하니까. 사무엘이라면 네가 의지한다 해도 나는 기쁠 거야."

무슨 소릴 하는 거냐며 그녀가 짐짓 인상을 찌푸리고는 오빠에게 눈을 흘겼다. 그러고는 차분한 음성으로 말했다.

"나는 지금 상황이 걱정돼. 뭔가 이상하잖아. 1차 파병 명단에 없던 오빠가 급하게 편성됐다는 것도 그렇고, 야간 경비병의 숫자가 늘어난 것도 그렇고. 기억나? 아버지와 함께 숲에서 포위되었던 때. 적들이 포위망을 좁혀오던 그 숨 막히던 밤 말이야. 어쩐지 그때의 서늘함이 느껴져."

네이케스가 전장으로 파병된 이후에 밤의 모임은 계속되지 못했다. 소나기는 피해 가야 한다며 고네는 눈에 띄지 않게 행동할 것을 강조했다.

"하지만 일은 계획대로 진행하는 거야."

그녀는 친구들을 각자 만나 담당해야 할 임무를 조정했고 이를 숙달하게 했다. 알릭의 역할은 기존과 동일하게 재판소와 시장 곳곳에 불을 놓아 병력을 분산시키고 혼란을 조장하는 것이었다. 할리드의 역할도 지난번과 같이 집행관을 제압하는 것이었다. 달라지는 건 남은 이들의 역할이었다. 네이케스가 담당했던 희생자를 구출하는 역할을 고네가 맡기로 했고, 기존에 고네가 맡았던 역할을 사무엘이 담당하기로 했다. 그것은 할라이와 함께 시간을 버는 것이었다. 고네가 구출을 끝낼 때까지 남아 있는 소수의 병사들이 접근하는 것을 막으면 되었다.

예정일의 전날 밤, 고네는 잠들어 있는 사무엘을 깨웠다. 둘은 눈을 피해 교육생 숙소의 지붕 위로 올라갔다. 그녀는 그를 안심시키러 왔다고 말했다.

"첫 출전이지만 할라이가 잘 안내할 테니 무리는 없을 거야."

고네의 말에 사무엘은 고개를 끄덕이고는 별다른 대답을 하지 않았다. 잠깐의 침묵이 이어졌다. 다만 사무엘도 고네도 이 정적이 어색하지 않았다. 멀리 풀벌레 소리가 어느덧 깊어진 가을밤의 공간을 잔잔하게 울렸기 때문이었다. 지붕 난간에 걸터앉은 고네의 얼굴에 달빛이 내려앉았다. 사무엘은 그 투명한 옆모습을 바라보다가 고네가 고개를 돌려 자신을 바라보자 급하게 반대로 고개를 돌렸다. 고네가 물었다.

"서두르는 것 같아?"

"뭐가?"

"모임을 가질 수 없을 정도로 보는 눈이 많아졌잖아. 마녀 재판이 이번만 있는 것도 아니고. 너도 더 준비할 시간이 필요할지도 모르고. 다음으로 미룰까?"

밤이 밝았기에 그녀의 눈빛이 무엇을 말하는지 그는 분명히 알아챌 수 있었다. 질문이 아니라 동의를 구하는 것임을. 다만 사무엘은 그 대답을 입 밖으로 꺼내지 않았다. 대신 다른 말을 했다.

"어린 시절이 잘 기억나지 않아. 가끔 떠오르는 것들이 있긴 한데, 이게 꿈을 꾸었던 것인지 아니면 진짜 있었던 일인지 구분할 수가 없어."

고네가 무릎을 끌어당겨 팔로 감싸 안고는 그 위에 머리를 기댄 채 사무엘을 친근하게 바라보았다. 사무엘이 말을 이었다.

"그 어지러운 파편들 속에서 기억나는 것이 있는데, 그건 아주 어릴 때는 내면에서 목소리가 들렸다는 기야. 무엇을 해야 하는지, 무엇을 해서는 안 되는지. 정확한 내용은 기억나지 않지만 그 목소리는 나를 올바른 길로 안내해주려는 것 같았어. 하지만 언제부턴가 목소리는 사라졌어. 아무 소리도 들리지 않아. 그래서 한동안 길을 잃었다고 생각했지. 무엇이 옳은지 무엇이 그른지 혼란스러워서 아무것도 하지 않으려 했어. 그렇게 오랜 시간을 무기력 속에 던져져 있었는데, 어느 날 목소리가 다시 들렸어. 이게 옳은 거라고, 이제 그만 깨어나서 나에게 주어진 길을 걸어가라고. 그 목소리가 알려줬어. 그 목소리가, 고네, 너야."

집중해서 이야기를 듣고 있던 고네의 얼굴에 미소가 번지더니 부끄러운 듯 무릎을 감싼 팔에 얼굴을 묻었다. 그리고 그대로 몸을 기울여 사무엘의 어깨에 기대었다. 그녀의 부드러운 머리카락과 기분 좋은 무게감과 따뜻한 향기가 느껴지자 그는 어쩔 줄을 몰랐다. 그녀가 혹시나 불편하지 않도록 작은 미동도 없이 그대로 굳어 있었다. 편안한 밤의 침묵 속에서 그는 자신의 심장 소리를 들었다.

고네가 입을 열었다.

"어릴 적에 어머니는 언제나 누워 계셨어. 하루는 안색이 너무 안 좋으셔서 어디론가 사라져버릴 것만 같아 울음이 터졌지.

어머니가 뼈밖에 남지 않은 손으로 내 눈물을 닦아주면시 말씀하셨어. 어머니가 떠나도 몇 밤만 더 보내면 곧 내 슬픔은 멈출 거라고, 언젠가 슬픔을 멈춰줄 사람이 나타날 거라고. 그날 어머니는 돌아가셨고, 수많은 밤이 지났지만 어머니가 말씀하셨던 사람은 나타나지 않았어."

고네는 잠시 말을 멈추었다.

"네가 그 사람이면 좋겠다."

그날 밤 시간은 멈추었고, 세상은 오직 두 사람을 향해 기울어졌다. 지나온 과거와 앞으로 다가올 미래가 지금 이 완벽한 순간을 위해 존재하는 것만 같았다. 처음으로 사무엘의 가슴속에는 충만함의 감정이 일어났다. 더 이상 필요한 것도 원하는 것도 없다고 느꼈다. 마음과 마음이 서로에게 기대고 있는 이 밤을 망치고 싶지 않았다. 그래서 사무엘은 2차 파병 명단에 자신이 들어갔음을 고네에게 말하지 못했다.

그날. 주일을 맞아 예정대로 교육생들은 외출을 허락받았다. 사무엘과 친구들은 눈에 띄지 않도록 각자 출발하기로 했기에 오전 시간을 따로 보냈다. 고네는 숙소에서 머물다가 영내가 한적한 틈을 타 자신의 말을 찾으러 마구간으로 향했다. 빗장을 풀고 말을 빼내고 있을 때 지켜보는 시선이 느껴졌다. 마구간을 관리하는 어린 하인이었다. 어느 정도 거리를 두고 고네를 주목하고 있었다. 짧게 눈인사를 하고 말에 올라타려 할 때 아이가 다가와서 말을 걸었다.

"저, 어떤 분이 뵙자고 하십니다."

고네가 답했다.

"나를? 누가?"

어린 하인이 뒤를 돌아보았다. 멀리 숲이 보일 뿐 아무도 보이지 않았다. 고네가 물었다.

"내가 누군지 알아? 누가 나를 찾는데?"

어린 하인이 답했다.

"사무엘이라고 들었습니다."

고네는 그럴 리가 없다고 생각했다. 지금쯤이면 할라이와 함께 상페나 시장으로 떠났어야 했다. 불길한 느낌이 들었다. 혹시 일이 틀어졌나? 문제가 생긴 건가? 고네는 어린 하인에게 그가 어디에 있는지 물었다.

그 시각. 사무엘과 할라이는 상페나 시장 부근에 이르렀다. 도주로를 생각해서 적당한 위치의 수풀 속에 말을 숨겨두었다. 근거리 전투용인 경량 갑옷을 조여 착용하고 그 위에 농민복을 입었다. 다시 그 위로 탁발승의 긴 가운을 걸친 채 시장의 인파 속으로 몸을 섞었다. 상페나 시장은 그동안 많이 바뀌어 있었다. 천막 상점들 대신 목재나 벽돌로 쌓은 가게들이 즐비했고 중간

중간 길이 포장되며 그 안으로도 상점들이 들어서고 있었다. 규모가 커진 만큼 사람들로 붐볐다. 특히 오늘은 인파가 더 몰렸다. 검은 사도가 나타난 이후로 중단되어있던 마녀재판이 오랜만에 재개되는 날이었기 때문이다. 대부분은 마녀재판이 아니라 검은 사도가 다시 나타나는지를 구경하기 위해 몰린 사람들이었다. 그래서인지 창을 든 경비병들은 평소보다 갑절로 늘었고, 조금이라도 수상해 보이는 이들은 임의로 수색되었다. 사무엘과 할라이는 신중하게 몸을 숨기며 이동해야 했다.

대로의 끝에 위치한 광장 역시 변해 있었다. 흙바닥 위에 넓적한 돌을 촘촘하게 덮어 먼지를 줄이고 사람들의 이동을 편리하게 했다. 광장을 둘러 크고 작은 상점들이 빼곡하게 들어섰으며, 그 사이로 들어선 상설 재판소는 큰 규모로 견고하게 건설되어 있었다. 사무엘은 광장 중앙에 장작더미가 쌓여 있는 모습을 보았다. 그 위에 곧이어 사람을 묶게 될 나무 기둥이 을씨년스럽게 솟아 있었다. 그 앞으로 몇몇 사람들이 재판을 준비하느라 분주하게 돌아다니고 있었다. 할라이가 재판소를 턱으로 가리키며 말했다.

"저기서 불길이 솟으면 그것을 신호로 우리가 경비병들을 막으면 돼."

사무엘이 물었다.

"고네가 어디에 있는지 보여?"

할라이가 재판소 좌측의 이층 건물을 가리켰다.

"아마 저기에 자리 잡고 있을 거야. 재판소 불길을 신호로 위에 보이는 밧줄을 잡고 장작 위로 뛰어내리겠지."

광장 위로는 여러 목적의 밧줄들이 복잡하게 이어져 있었는데, 할라이의 말대로 이층 건물 위에도 광장을 가로지르는 밧줄이 하나 걸려 있었다.

고네는 어린 하인이 알려준 방향으로 말을 몰았다. 숲 안으로 한참 들어섰을 때 그곳에는 연갈색 머리칼의 누군가가 서 있었다. 나무 그늘 안쪽으로 몸을 숨겨 그 모습이 확실하지 않아, 고네는 사무엘의 이름을 부르는 대신 가까이 다가갔다.

"누구지?"

고네의 물음에 남자가 뒤로 돌았다.

"헤렌?"

그녀의 미간이 찌푸려졌다. 그러고는 말했다.

"미안하지만 이러고 있을 시간이 없어, 특별한 얘기가 아니면 나중에 하자."

고네가 말머리를 돌리려 하자 헤렌이 말했다.

"뭐가 그리 바쁘지? 상페나 시장에서 누가 기다리고 있기라도 하는 건가?"

그녀는 화가 치밀었으나 침착하게 말했다.

"용건이 뭐야?"

헤렌이 능청스럽게 답했다.

"뭐가 그리 바빠? 그저 조금 가까워지는 건 어떤가 하고 부른 것뿐이야. 기사단의 유일한 여자니까, 우리들이 관심을 가질 수밖에 없지."

"우리?"

동시에 누군가 고네의 뒤편에서 그녀의 발을 강하게 잡아끌었다. 말이 놀라며 앞발을 들자 중심을 잃은 그녀가 땅으로 곤두박질쳤다. 등으로 떨어지며 묵직한 충격에 순간적으로 숨을 들이마실 수 없었다. 헤렌과 함께 어울려 다니는 두 녀석이 달려들어 고네의 팔을 뒤로 꺾어 일으켜 세웠다.

"지금 뭐 하는 거야?"

고네의 물음에 헤렌이 벗은 장갑으로 그녀의 머리를 툭툭 내려치며 말했다.

"너네 펠로가 놈들은 왜 이리 사고를 치는 거야? 지금도 사고 치러 가려는 거 아니야? 네놈들이 기사단의 명예를 갉아먹는다고. 우리까지 피해를 보잖아. 전장 경험 좀 있다고 주변에서 대접해주니까 이렇게 나대도 되는 것 같아? 너희는 너무 거만해. 정말 지들이 잘난 줄 안다니까. 특히 너랑 사무엘 말이야. 약자랍시고 불쌍해서 배려해주니까 그나마 여기까지 올 수 있었던 건데, 그것도 모르고 기세등등해져서는 왕 노릇까지 하려 한다는 거지. 네 애비와 오라비가 없었어도 과연 네가 거친 사내들로 가득한 전쟁통에서 살아남을 수 있었을까? 너 같은 애는 자기 실체가 뭔지 똑똑히 알아야 해."

말을 끝나자마자 헤렌이 팔에 체중을 실어 고네의 배를 힘껏 가격했다.

재판소 뒤편의 하늘 위로 가늘게 검은 연기가 피어올랐다. 사무엘과 할라이는 서로의 얼굴을 바라보았다. 시작인가 보다. 사무엘의 가슴은 요동치고 팔다리는 힘이 풀리는 것만 같았다. 머뭇거리는 그를 할라이가 잡아끌었다. 둘은 어두운 골목 안으로 몸을 숨겼다. 등짐에서 검은 가면을 꺼내어 쓰고 후드를 얼굴까지 뒤집어썼다. 사무엘은 왼쪽 허리에 찬 검을 손으로 더듬었다. 연기는 순식간에 두꺼워지고 짙어졌다. 사람들이 술렁였다.

"불이야!"

누군가 외치는 소리에 경비병들이 우루루 재판소 뒤쪽으로 달려갔다.

"지금이야!"

튕기듯 몸을 일으키며 할라이가 달려나가자 사무엘도 냉큼 그 뒤를 따랐다.

"검은 사도다!"

몇몇 사람들이 소리를 질렀다. 도망치는 사람과 구경하는 사람이 한데 뒤섞이며 광장은 혼란스러워졌다.

막상 중앙으로 뛰어나왔지만 이리저리 휩쓸리는 인파의 소란 때문에 사무엘은 정신을 차릴 수가 없었다. 지금까지 머릿속으로 상상하며 연습해왔던 것과는 너무도 달랐다. 방향조차 알기 어려웠다. 사람들 사이로 간신히 장작 위 기둥에 매달린 소녀의 모습이 눈에 들어왔다. 그 아래에서는 어디선가 나타난 할리드가 집행관을 제압하여 포박하고 있었다. 그 뒤쪽으로는 판결문을 낭독하던, 화려한 모자를 쓴 중년 남자가 서 있었는데, 그는 얼빠진 얼굴로 사무엘 쪽을 바라보고 있었다. 할라이가 사무엘의 팔을 잡아끌었다.

"정신 차려!"

사무엘이 그쪽으로 고개를 돌렸다. 수많은 경비병이 달려오며 창을 겨누었다. 할라이가 울음을 터뜨릴 것만 같은 목소리로 사무엘에게 소리쳤다.

"뭔가 잘못됐어! 경비병이 너무 많아! 고네는 대체 어디 있는 거야!"

고네의 몸이 뒤로 밀리기는 했지만 정작 고통에 몸부림치며 절규한 건 헤렌이었다. 그는 자신의 주먹을 감싸 쥐고 흔들어대며 아파했다. 그 모습에 고네를 붙들고 있던 두 녀석이 낄낄대었다. 헤렌은 그녀가 경량 갑옷을 착용하고 있었다는 사실보다 웃어대는 녀석들 때문에 더 울화가 치밀었다. 헤렌의 눈에 살기가 어린 것을 본 두 녀석은 웃음을 집어삼켰다. 그가 고네를 노려보았다. 벗었던 전투용 장갑을 천천히 다시 손에 끼웠다. 손등과 관절 부위에 덧댄 금속이 번쩍였다. 그러고는 땅을 박차며 뛰어와서는 고함과 함께 그녀의 얼굴을 향해 주먹을 휘둘렀다. 고네는 적절한 순간에 머리를 숙여 피했다. 자신의 오른팔을 붙든 녀석이 움찔하는 사이에 팔을 빼냈고 그 상태로 균형을 잃은 헤렌의 배를 가격했다. 왼팔마저 빠져나왔을 때 고네는 배를 움켜쥐고 수그린 헤렌의 얼굴을 전투용 장화의 발등으로 다시 한번 크게 걷어찼다. 눈 깜짝할 사이에 일어난 일이었다. 헤렌이 코와 입을 양손으로 움켜쥐며 자빠졌다. 그의 떨리는 손가락 사이로 검붉은 피가 울컥울컥 쏟아졌다. 이 광경에 놀란 두 녀석은 정신없이 도망쳤다. 고네가 차고 있던 칼을 뽑아 헤렌의 목에 겨누었다. 그리고 차갑게 말했다.

"지금 네 목숨을 끊어놓을 수 있다. 다만 아데사 가문과의 관계를 고려해서 목숨만은 살려주겠다. 하지만 명심해라. 네가 알고 있는 것들 중에 내가 원하지 않는 어떤 말이라도 그 더러운 입에서 쏟아져 나온다면 그때는 네 얼굴을 찢어놓을 것이다. 내가 충분히 그럴 수 있다는 걸 이제는 너도 잘 알 것이다."

헤렌은 공포에 휩싸인 얼굴로 고개를 연신 끄덕였다. 얼굴을 움켜쥔 채 어쩔 줄 몰라 하며 바들바들 떨고 있는 그를 뒤로하고 고네는 멀찍이 달아난 말을 찾아 달려갔다.

"불을 놔! 어서!"

화려한 모자의 중년 남성이 소리치자 경비병 서넛이 횃불을 들고 장작으로 달려갔다. 집행관을 완전히 제압한 할리드가 사무엘과 할라이에게 합류했지만 경비병의 숫자가 감당할 수 없는 수준이었다. 길을 열 테니 뒤쪽으로 몸을 피하자며 할리드가 외쳤다. 장검을 크게 휘둘러 경비병들이 뒤로 물러난 틈을 타 세 남자는 시장의 입구까지 내달렸다. 내달리면서도 사무엘은 자꾸 뒤를 돌아보았다. 장작에 불을 대려는 경비병들의 모습이 보였다. 기둥에 매달려 죽음을 기다리는 소녀의 모습도 눈에 들어왔다.

병사들에게 밀리며 입구를 막 빠져나가려는 그때, 사무엘은 거대한 날개를 펴고 장작 위에 내려앉는 검은 새를 보았다. 그 새는 빠르게 줄을 자르더니 앞으로 고꾸라지는 소녀를 날개로 감싸 품에 안았다.

"고네!"

사무엘이 소리쳤다. 그녀는 한 손으로 소녀를 부축한 채, 다른 손으로 칼을 쥐고 자세를 잡았다. 들어오는 창을 걷어내고 커다랗게 휘둘러 장작더미 아래의 경비병들을 물러나게 했다. 그 모습을 보고 수많은 경비병들이 그쪽으로 향했다. 셀 수 없이 많은 창이 장작 위의 그녀를 에워쌌다.

"고네!"

사무엘이 그쪽으로 향하려 했으나 할라이와 할리드 형제가 그의 팔을 낚아챘다. 그들은 사무엘을 끌고 숲으로 내달렸다. 경비병들이 뒤를 쫓았으나, 그들은 숨겨둔 말을 타고 빠르게 모습을 감추었다.

12

바가렐라가 기사단을 직접 찾은 것은 그로부터 나흘이 지난 후였다. 기사단장은 세상 좋은 미소로 머리를 조아리며 그의 호송대를 맞았다. 마차에서 바가렐라를 뒤따라 내린 이는 얼굴을 붕대로 감은 헤렌이었다. 윗입술부터 콧등까지 찢어진 채로 헤렌이 도망친 곳은 기사단이 아니라 자기 아버지의 성이었다. 기사단장의 안내를 따라 집무실로 들어선 바가렐라가 자리에 앉으며 처음 물은 말은 그 아이는 어디에 있느냐는 것이었다. 다닐로가 경직된 채로 고네가 현재 여기 있다고, 기사단 관할의 군 감옥에 있다고 대답했다. 기사단장이 덧붙였다.

"왕립기사단 소속의 수습기사에 대한 처벌 책임과 권한은 기사단에 있습니다."

바가렐라는 사무적인 어조로 그것은 매우 타당한 조치이며 예비 왕립기사를 외부 재판에 맡기는 것은 국왕과 기사단의 명예를 실추시키는 것이라고 말했다. 이어서 바가렐라가 물었다.

"그래서 어떻게 처리할 예정인가?"

기사단장이 뭐라 답하기도 전에 불태워야 한다고 불쑥 내뱉은 것은 헤렌이었다.

"마녀입니다! 불태워 죽여야 합니다!"

헤렌이 악에 바쳐 목소리를 높이는 순간 바가렐라의 두꺼운 손이 그의 얼굴을 후려갈겼다. 제대로 비명조차 지르지 못한 헤렌의 몸이 반대쪽으로 쏠리더니 의자와 함께 바닥에 나뒹굴었다. 기사단장과 다닐로가 겁먹은 얼굴로 바가렐라의 눈치를 살폈다. 그가 차갑게 나무랐다.

"네가 무슨 짓을 했는지 정녕 모르는가?"

헤렌의 얼굴을 감싼 붕대에서 붉은 피가 번져 나왔다. 바가렐라는 별일 아니라는 덤덤한 표정으로 기사단장에게 말했다.

"지금 상황에서 펠로가와 척을 져서는 안 돼."

기사단장이 빠르게 고개를 끄덕였다.

"그래서 그 애를 어떻게 할 생각인가?"

그의 물음에 기사단장은 이마와 코에서 새어 나오는 땀을 손수건으로 닦아내며 우물쭈물했다.

바가렐라가 등받이에 몸을 기대고는 눈을 감았다. 집무실에 정적이 내려앉았다. 그사이 헤렌은 의자를 바로 세운 뒤 얌전히 제자리에 앉았고 기사단장과 다닐로는 심각한 얼굴로 귓속말을 주고받았다. 바가렐라가 자세를 고쳐 앉자, 모두 그의 입에서 떨어질 말을 숨죽여 기다렸다. 그가 입을 열었다.

"내 아들 헤렌은 아데사 가문의 유산에 지분이 있다. 가문을 계승할 자의 얼굴을 못쓰게 만든 것에 대해서는 반드시 책임을 물어야 한다. 그 여자아이는 죽어야 할 것이다. 다만 그 죽음으로 펠로가의 원한을 사서는 안 된다. 내가 원하는 것은 적절한 희생양이다. 그 어떤 가문과도 엮이지 않은 자, 대신 그 여자아이를 처벌할 자, 그래서 펠로가의 원한을 대신 살 자가 필요하다."

그는 말을 잠시 멈추고는 수염이 가득한 턱에 손을 괴었다. 그러고는 말을 이었다.

"나는 사무엘이 적임자라고 생각하네만."

기사단장과 다닐로가 무슨 말인지 알겠다는 듯 서로의 얼굴을 보며 끄덕였다. 바가렐라가 말했다.

"다만 주의할 것은 펠로가가 사무엘을 쉽게 죽이게 해서는 안 된다는 것이네. 시간을 끌어서 복수에 집중하는 동안 펠로가의 힘을 빼놓는 게 좋겠어."

다닐로가 답했다.

"사무엘이 2차 파병 명단에 포함돼 있습니다."

기사단장이 덧붙였다.

"네이케스가 지금 전방에 있으니, 둘이 접촉하지 못하도록 2

차 파병은 후방으로 빼겠습니다."

바가렐라가 귀찮은 듯 고개를 끄덕였다. 그러고는 이내 단호한 목소리로 입을 열었다.

"명심하라. 내가 이 일에 관여하는 것은 여기까지다. 나의 기억에서 이 일은 지워졌다. 나는 모르는 일이다. 내가 모르는 일을 내가 원하는 결론으로 분명하게 실행하라. 기사단장의 역량을 주목할 것이다."

이후의 일은 빠르게 진행되었다. 왕립기사단 부설 재판소는 고네에 대한 판결을 진행했다. 기사단장이 지명한 성직자에 의한 약식 재판이었다. 재판관은 그녀가 비뚤어진 사상에 물들어 기사단의 명예를 실추시킨 것이 사실이나 그녀의 행위에서 종교적 이단 혐의는 발견하지 못했다고 판결했다. 그래서 처벌은 왕립기사단에 일임되었다.

사무엘과 친구들이 고네의 모습을 본 건 십여 일 만이었다. 처벌을 위해 영내 공터에 끌려 나온 그녀는 걱정했던 것보다는 건강해 보였다. 고네를 중앙에 두고 좌우에 나눠 앉은 수습기사들을 둘러보며 기사단장은 처벌 결정문을 낭독했다.

"잠언서에 이르기를 아이의 마음에는 미련한 것이 얽혔으니 징계하는 채찍이 이를 멀리 쫓아내리라. 수습기사 고네 펠로의 어리석은 행동에 대한 적합한 처벌을 내리고 또한 교육생들의 본보기로 삼기 위해 왕립기사단의 전통에 따라 아홉 가닥의 가죽 채찍으로 스무 대의 체벌을 결정하노라."

낭독을 마친 기사단장은 고네를 내려다보며 말했다.

"너는 고귀한 펠로 가문의 자손으로 모든 처벌에 대한 수용과 거부의 권한은 펠로가에 있다. 네가 처벌을 원치 않는다면 처벌은 없다. 다만 기사단은 너를 방출할 것이다. 네가 처벌에 응한다면 왕립기사단은 네가 기사단의 명예를 회복한 것으로 간주할 것이다."

고네는 잠깐의 고민도 없이 기사단장을 바라보며 당당히 말했다.

"처벌에 응합니다."

기사단장은 고개를 끄덕이더니 다시 전체 교육생들을 향해 말했다.

"체벌자는 왕립기사단의 전통에 따라 같은 교육생 중 한 명이 진행하되, 이번의 경우에는 교육생 중 가장 성적이 낮은 자에 의해 집행하기로 결정한다."

기사단장은 여기까지 말하고는 목소리를 가다듬더니 큰 소리로 외쳤다.

"사무엘은 앞으로 나와 채찍을 들라."

교육생들이 동시에 사무엘을 바라보았고 곧이어 웅성이는 소리가 들렸다. 사무엘은 난감한 얼굴이 되어 고네를 바라보았으나 곧이어 안심이 되었다. 그것은 고개를 돌려 자신을 바라보고 있는 그녀의 눈빛 때문이었다.

멀리 떨어져 말을 주고받을 거리가 아니었음에도 사무엘은 고네가 자신에게 무엇을 말하는지 알 것만 같았다. 당당하고 거침없으며 동시에 부드러운 눈빛은 내면에서 우러나오는 떳떳함과 자존감으로 흘러넘쳤고, 마치 사무엘에게 다행이라 말하는 것 같았으며, 동시에 결코 자신을 욕되게 하지 말라고 당부하는 것만 같았다.

'그녀를 동정해서는 안 된다. 그녀를 약한 사람으로 보이게 해서는 안 된다. 그녀를 진정으로 부끄럽게 만드는 것은 동료들 앞에서 그녀를 나약하고 애처로운 사람처럼 대하는 나의 태도일 것이다.'

사무엘은 그녀의 눈을 피하지 않았고 어떠한 탄식이나 엄살도 밖으로 내뱉지 않았다. 다만 그녀만이 알 수 있도록 고개를 끄덕였다. 고네의 입가에 미소가 번지는 것을 그 누구도 알아보지 못했지만 사무엘만은 분명히 볼 수 있었다.

알릭은 울음을 터뜨렸다. 할라이와 할리드 형제는 사무엘이 너무한다고 이를 갈았다. 사무엘의 눈과 얼굴은 붉게 상기되었고 그의 손은 거침없이 허공을 휘저었다. 체벌대를 양손으로 움켜쥔 고네의 입에서는 단 한 번의 절규나 신음도 흘러나오지 않았다. 그녀의 등은 찢어진 옷과 살이 피떡이 되어 뒤섞였다. 평소에 펠로가의 무리를 친근하게 느끼는 교육생이든 그들의 행동이 거슬리다고 느끼는 교육생이든 그것과는 무관하게 체벌이 이 정도로 충분하고 멈춰야 한다고 생각하는 점은 동일했다. 스무 번째 채찍을 모두 견딘 후에야 고네는 쓰러졌다. 사무엘은 참을 거라고 참아야 한다고 다짐했지만 결국 바닥에 주저앉아 울음을 터뜨렸다.

다음 날 새벽, 어수선한 분위기 속에서 2차 파병 기사단이 출정식을 가졌다. 사무엘은 잠시 비는 시간을 이용해서 고네가 몸조리를 하고 있는 방으로 찾아갔다. 그녀는 엎드린 채로 깊게 잠들어 있었다. 창밖으로 하늘이 푸르스름하게 밝아오고 있었다. 어둠에 묻힌 창백한 얼굴과 차분한 숨소리를 사무엘은 잠시 지켜봤다. 시간이 많지 않았다. 어깨에 살며시 손을 얹자 고네가 천천히 눈을 뜨고는 사무엘을 알아봤다. 그가 무어라 입을 열기도 전에 고네가 말했다.

"꿈을 꾸었어. 노을이 지고 있었지. 들판에 몸을 숨기고 너랑 나랑 약속을 했어. 무슨 약속인지 알았었는데 기억이 나질 않네. 네가 웃었는데 기분이 좋았어."

사무엘이 속삭였다.

"시간이 많지 않아. 금방 떠나야 해."

고네가 손을 올려 사무엘의 얼굴을 어루만졌다. 사무엘이 그녀의 손 위로 자신의 손을 올렸다. 따뜻하고 부드러워 잠시 눈을 감았다. 고네가 말했다.

"아버지와 어머니가 그러셨다는데, 들판에서 약속을 하셨다는데, 어떤 약속이었을지 이제는 알 것도 같아."

사무엘이 눈을 뜨고 그녀를 바라보았다. 고네가 말을 이었다.

"네가 돌아오는 날, 나를 들판에 데려가줘. 그리고 약속해줘."

사무엘이 고개를 끄덕였다.

해가 뜨는 방향으로 진군하는 것이 이상하지 않느냐는 말과, 뭐가 어찌 되었든 잘된 거 아니냐는 말이 부대 여기저기서 떠돌았지만 사무엘의 귀에는 들리지 않았다. 그는 고네를 생각했다. 그녀의 에메랄드빛 눈동자와 주근깨 가득한 갸름한 얼굴과 탐스러운 붉은 곱슬머리와 가슴에 닿는 진실한 목소리를 기억했다. 그때마다 사무엘의 내면은 휘몰아쳤다. 오랜 시간 봉인되었던 심연의 깊은 우물이 요동치며 흘러넘칠 것만 같았다. 그는 통증을 느꼈다. 어딘지도 모를 곳에서 조여드는 가슴 안쪽에서의 아픔에 그는 잠을 이루지 못했다.

서른 명의 병사들과 기사들은 사흘 밤낮으로 행군했다. 밤은 새벽으로 이어지고 안개에 덮인 숲은 형태를 드러내고 잠기기를 반복했다. 지루한 행군, 숙영지에서의 볼품없는 식사, 그리고 다시 행군과 휴식이 계속되었다. 나흘째 저녁, 정찰병이 돌아왔다. 가까운 거리에 목표가 있음을 보고했다. 부대의 지휘기사는 이곳에 숙영지를 설치하고 날이 밝기를 기다려 기습할 것임을 알렸다.

"부대의 절반은 밤을 틈타 이동하여 퇴로를 차단할 것이고 나머지 절반은 신호에 따라 정면돌파할 것이다."

지휘기사는 덧붙여 수습기사들에게 긴장할 것 없다며, 너희는 운이 좋다고 유익한 경험이 될 거라고 말했다. 부대는 둘로 나뉘었다. 사무엘은 퇴로를 차단하는 부대로 분류되어 다시 야간 행군을 시작했다. 발소리를 줄이고 숲 그림자에 몸을 깊게 숨긴 채 멀리 돌았다. 사무엘은 처음으로 적에 대해 생각했다. 어떤 면에서 그것은 웃긴 일이었다. 이것이 옳은 일이기에, 신의 뜻을 위한 길이고 한나가 바라는 모습이기에 이곳에 왔을 뿐, 단한 번도 자신이 칼을 휘두를 적들에 대해서는 관심을 기울이지도, 심지어 생각을 해보지도 않았기 때문이었다.

'네이케스의 말대로 전쟁을 끝내기 위해 우리는 이 전쟁에 참여한 것일까.'

사무엘은 조금씩 심장을 쥐어오는 불안을 느끼며 숲 그림자 안으로 걸음을 옮겼다.

새벽하늘이 파랗게 밝아올 무렵, 멀리서 연기가 피어올랐다.

신호였다. 퇴로에 몸을 숨기고 있던 병력은 풀숲에서 빠져나와 적진으로 돌진했다. 예상대로 도망치는 적들과 정면에서 마주쳤다. 활시위를 벗어난 화살이 가장 앞서 도망치던 자들을 쓰러뜨렸다. 이어 말을 탄 기사들이 뛰어나가 눈에 띄는 대로 창으로 찌르고 칼로 베어냈다. 사무엘도 바짝 그 뒤를 따랐다. 칼을 빼어 들고 그들에게 근접 거리까지 접근했을 때 사무엘은 급하게 고삐를 당겨 말을 세울 수밖에 없었다. 동이 트고 있었다. 숲의 그림자가 옅어졌다. 그 자리에서 사무엘이 마주한 것은 새카만 악마가 아니라 공포에 질린 평범한 노인이었다. 구릿빛 얼굴에 잔주름이 가득하고 비쩍 마른 그는 어린아이를 가슴에 안고 있었다. 검고 깊은 눈이 사무엘을 바라보며 억울함을 호소하고 자비를 구하고 있었다. 무엇인가 잘못되었다. 사무엘은 혼란을 느꼈다.

'여기는 적진이 아니다. 여기는 그저 마을이다. 적은 어디에 있는가?'

그는 주변을 두리번거리며 혼란스러워했다. 그 순간 뒤에서부터 빠르게 스치고 지나간 무언가에 균형을 잃었고, 이에 놀란 말이 앞발을 쳐들면서 사무엘은 굴러떨어질 뻔했다. 간신히 말을 진정시켜 균형을 찾았을 때는 노인의 머리가 몸에서 떨어져 바닥을 뒹굴고 있었다. 지휘기사가 사무엘을 돌아보며 왜 얼빠져 있느냐고 나무랐다. 그의 호통에 사무엘은 자신도 의식하지 못한 채 반사적으로 지휘기사의 뒤를 따랐다. 다만 머리 없이 나 사빠진 노인의 비참한 몸뚱이와, 그 몸뚱이에 달라붙어 자지러 지는 아이에게서 눈을 떼지 못했다.

학살은 오후까지 이어졌다. 이곳이 이교도의 소규모 마을이 고 여기를 약탈하는 것이 이번 전투의 목적이었음을, 마을이 완 전히 짓밟힌 후에야 사무엘은 알게 되었다. 기사와 병사들은 눈 에 띄는 모든 이에게 칼을 휘둘렀고 창을 꽂았다. 농가에서 쓸 만한 것들을 빼낸 후에는 벽과 지붕에 불을 놓았다. 화염의 열기 와 죽어가는 자들의 비명을 처음부터 끝까지 지켜보며 사무엘 은 생각했다.

'이들이 적인가? 이들이 더러운 이단자이고, 주님의 심판을 받아야 하는 자들인가?'

저녁 무렵이 되어 작전이 마무리되었다. 전리품과 식량을 정 리하고 나누는 작업이 이어졌다. 병사들은 폐허가 된 마을 곳곳 에 모닥불을 피우고 그 앞에 모여 앉아 쓸 물건과 쓰지 않을 물 건들에 대해 이야기하고 분배하느라 소란스러웠다. 첫 전투의 성공과 기대 이상의 수확에 부대는 들떠 있었다. 사무엘은 마을 의 잔해 사이를 말을 타고 천천히 둘러보았다. 검게 그을린 서까 래와 바람에 일어나는 재와 무너진 흙벽과 그 아래 비져나온 사 람의 다리를 보았다.

몇 발자국 떨어진 곳에 불을 피우고 병사 서넛이 이야기를 나누고 있었다. 원주민의 털옷을 걸쳐 입은 병사가 나뭇가지를 분질러 화염 속으로 던져 넣었다. 그러다 자기가 분지르고 있는 것을 보더니 흠칫 놀라며 옆에 앉은 병사에게 말을 걸었다.

"뭐야. 이거 사람을 조각해놓은 거네. 여기 이렇게 팔다리가 붙어 있고. 그런데 눈은 왜 이렇게 징그럽게 커다랗게 깎아놨어?"

옆에 앉은 병사가 육포를 씹으며 무미건조하게 답했다.

"재수 없는 물건이야. 악마가 깃들어 있을지도 몰라."

그 말을 들은 병사가 인상을 쓰고 그것을 다시 바라보더니 욕지거리를 하고서는 화염에 던져 넣으려 했다. 그때 사무엘이 그의 팔을 잡았다. 병사가 그를 올려다보았다. 사무엘은 그의 손에서 물건을 빼내었다. 익숙한 조각이었다. 가부좌를 하고 깊은 주름과 커다란 눈을 가진 이것. 사무엘이 입을 열었다.

"아비키야."

"네? 뭐라고 하셨습니까?"

"이것의 이름이… 아비키야."

사무엘은 자리를 떴고, 병사들은 별 이상한 놈을 다 보겠다는 표정으로 그의 뒷모습을 바라보았다. 이때까지만 해도 사무엘은 파도치는 자신의 내면을 간신히 제어하고 있었다. 구토를 참아내려는 사람처럼 집어삼키며 그는 되뇌었다.

'생각할 시간이 필요하다. 생각할 시간이 필요하다. 넘치려는

185

내면의 요동을 잠시 멈춰야 한다.'

파도가 방파제를 부수며 그를 휩쓸어 간 것은 그가 자신도 모르는 사이에 마을의 경계까지 걸어왔을 때였다. 눈앞에 들어온 모습은 바닥에 뒹굴며 바둥거리는 헐벗은 원주민이었다. 그녀는 목에 밧줄이 감긴 채 자신의 목을 조여오는 그것에 맞서 저항하고 있었다. 병사 하나가 길게 이어진 밧줄의 끝을 힘껏 잡아당기고 있었다. 이름은 기억나지 않지만 안면이 있는 수습기사 하나가 여인 위에 올라타 있었다. 단검이 그녀의 상의를 찢어놓아 가슴이 훤히 드러난 상태에서 이제 하의를 찢으려 하고 있었다. 여인의 두 팔은 목을 조여오는 밧줄과 싸우느라 다른 저항을 할 수 없었다. 그 광경은 순간적으로 사무엘의 숨통을 조여 왔다. 밑도 끝도 없이 하나의 역한 냄새가 폐부 안쪽에서부터 새어 나왔다. 그 냄새는 아주 오래전에 폐 안쪽으로 스며들었다가 이제야 잊혀진 기억들의 멱살을 잡아끌며 식도를 타고 올라오고 있었다. 사무엘은 하늘을 올려다보았다.

'그래, 이 하늘빛이었다.'

숲이 긴 그림자를 만드는 시간, 숲과 마을의 경계, 외진 흙길 위에, 목에 매어진 밧줄, 부드러우면서 역했던 살이 썩는 냄새, 그리고 그 옆에 누운 비쩍 마른 아이.

내면의 파도가 폭풍으로 일어선 것은 그저 작은 하나의 소리 때문이었다. 숲의 안쪽 아무도 보지 못한 보리수나무에서 열매가 떨어졌던 것이다. 그것은 꽤나 큰 소리를 울리며 들을 귀가 있는 모든 것들의 마음을 잠시 들었다 놓았다. 찰랑이던 사무엘의 내면에도 미세한 진동이 닿았다. 진동은 물결을 만들고 물결은 수면의 표면을 밀어냈으며 밀려난 표면은 출렁이기 시작하더니 이내 균형을 잃고 그것을 담고 있던 무언가를 뒤엎어 버렸다. 뒤엎어진 내면은 저릿한 통증을 깊게 만들어내며 산산이 부서졌다.

밧줄을 당기던 자는 자신이 죽는 것을 알아채지 못한 채 죽었다. 나체 위로 쏟아진 핏방울에 놀라 고개를 든 자는 장검이 자신의 눈으로 날아든 것까지 보았으나 누구의 공격이었는지는 끝내 알지 못했다. 부대는 숙영을 시작했다. 달이 뜨지 않아 그날 밤은 어두웠다. 어둠을 틈타 발소리를 줄이고 분주히 돌아다니는 자가 있었다. 그가 지나가는 곳마다 승리에 취해 잠든 부대원들은 하나둘 죽음에 이르렀다. 다음 날 동이 틀 때까지 살아남은 자는 오직 그뿐이었다. 그는 밤낮으로 말을 몰아 왕립기사단으로 향했다.

자기 목에 칼을 겨눈 그림자가 사무엘임을 알아본 기사단장은 소스라치게 놀라 허튼소리를 쏟아냈다. 사무엘이 물은 것은 이 전쟁의 목적이었다. 하지만 의자와 함께 뒤집어져 집무실 바닥에 처박힌 거대한 몸뚱이의 기사단장은 호흡이 가빠지고 오금이 저려와 허겁지겁 자신의 잘못이 아니라고 더듬었다.

"채찍에 독을 바른 건 헤렌의 계획이었어요. 절대 그래서는 안 된다고 말린 사람이 접니다. 저는 정말 몰랐어요. 억울합니다. 헤렌과 다닐로가 독단적으로 한 일이라고요!"

사무엘이 무슨 말이냐고 차갑게 물었다. 기사단장은 느낌이 좋지 않았다. 뭔가 잘못 말했다는 생각이 들었다. 고네 때문이 아니냐고 줄어드는 목소리로 물었다. 사무엘이 되물었다.

"고네는 지금 어디에 있나?"

기사단장은 주저하며 답했다.

"이미 묻었습니다."

그때 문이 열리더니 다닐로가 들어왔다. 칼을 겨눈 사무엘을 확인하자 곧바로 칼을 빼 들고는 외쳤다.

"네놈을 진작에 죽였어야 했다."

다닐로가 경멸에 찬 얼굴로 곧장 달려들며 칼을 내리쳤다. 사무엘이 칼을 들어 막아내었지만 내리치는 무게를 이기지 못했다. 칼을 놓치며 집무실 집기들과 함께 바닥에 나뒹굴었다. 다닐로가 그 위로 다시 칼을 내리쳤다. 사무엘이 재빨리 칼을 집어 막아내었지만 다닐로의 공격은 계속되었다. 기사단장은 그 틈을 타 집무실 밖으로 내달렸다. 다닐로의 장검이 떨어지는 무게와 속도를 받아내기가 버거웠다. 그의 마지막 일격에 사무엘은 또다시 집기들과 함께 어지러이 자빠졌다. 문제는 이제 도저히 집어 들 수 없는 거리만큼 칼이 나가떨어졌다는 것이었다. 다닐로는 가쁜 숨을 몰아쉬며 말했다.

"너같이 더러운 피를 이곳에 들인 것부터 나는 마음에 들지 않았다. 네 시커먼 얼굴을 보는 것도 역겨워. 네이케스가 너를 죽일 때까지 기다릴 수는 없지. 어차피 네 여자도 지옥에 가 있을 테니, 자비를 베풀어 너도 그곳으로 보내주마."

다닐로의 칼이 위로 들리더니 그대로 떨어졌다. 사무엘은 손에 잡히는 아무것으로나 칼을 받아냈다. 그가 손에 쥔 것은 황금빛 활이었다. 찰나의 시간 동안 사무엘은 그 활에 그려진 무늬를 알아볼 수 있었다. 어지러이 그어진 선이라고 생각했던 적색과 녹색의 장식은 눈과 귀였고 코와 입이었으며 살갗이었다. 다섯 가지 감각기관의 모습이 서로 이어져 하나의 선과 곡률로 활대를 휘감고 있었던 것이다. 사무엘은 그것이 스스로 빛을 내고 있으며 그 빛이 참으로 아름답다고 느꼈다. 그러자 그의 마음이 깊게 가라앉으며 편해졌다. 사무엘은 활이 걸리지 않은 빈 시위를 당겼다. 그저 그렇게 하고 싶은 느낌이었다. 시위가 기분 좋은 긴장감을 일으키며 편안히 구부려졌다. 다닐로의 붉게 충혈된 눈동자를 향해 검지를 펼치는 순간에 긴장을 풀어내며 무언가 쏘아 올려졌다. 무엇을 쏘았는지 알 수 없었으나 그것은 친근했고 그렇기에 궁금하지 않았다. 다닐로의 머리는 관통되어 공중으로 붕 떠올랐다. 잠시 후 급격하게 몸이 고꾸라지며 바닥에 나뒹굴었다.

헤렌은 갈림길에서 고삐를 당겼다. 말이 급하게 멈추었다. 새빨리 뒤를 돌아보았으나 이미 밤이 깊어 멀리까지 보이지는 않았다. 숨도 제대로 쉬지 못하고 달려왔다. 온몸이 땀에 흠뻑 절었다. 그는 생각했다.

'분명 사무엘은 내가 아버지의 성으로 향할 거라고 예상할 것이다. 그래서 빠른 길로 가서는 잠복하고 있을지 모른다. 차라리 저택으로 가서 몸을 숨기는 것이 낫겠다. 그곳에서 지원 병력을 기다려야겠다.'

그는 저택 방향으로 말고삐를 돌렸다.

하지만 그날 밤 사무엘은 저택으로 왔다. 총동원되어 안팎을 경계하던 하인들 중 하나가 지붕 위에서 사람의 그림자를 봤다고 호들갑을 떨었다. 다른 하인은 뒤뜰로 이어지는 숲 그림자 아래서 무언가 나타났다 사라지는 것을 보았다 했고, 또 다른 이는 이미 집 안으로 숨어든 것 같다고 떠들어댔다. 시종장은 자신의 주인들을 안심시켰다. 헤렌과 한나, 엘가나를 침실로 안내하며 말했다.

"건장한 이들 중에 추려서 집 안팎과 침실 문앞을 밤새 지키게 할 것입니다. 너무 염려하지 마십시오."

그가 문을 닫고 나간 후에 세 사람은 밖으로 빛이 새어나가지 않도록 초도 켜지 않았다. 하지만 오래지 않아 문 밖에서 달그락거리는 소리와 마루 결이 뒤틀리는 소리, 무거운 것이 바닥에 떨어지는 소리가 들려왔다. 그리고 침실의 손잡이가 삐걱거리며 돌아가더니 문이 열렸다. 헤렌과 엘가나가 자리에서 일어나 칼을 빼 들었다. 어두운 방안에 달빛은 문간까지 닿지 않아서 사무엘의 얼굴은 그림자에 묻혀 보이지 않았다. 다만 그가 들고 있는 피 묻은 칼이 달빛에 선홍색으로 번쩍였다. 한나가 헤렌을 막아서며 그림자를 향해 말했다.

"사랑하는 아들아. 너에게 어떤 일이 있었는지 나는 알지 못한다. 하지만 그것이 무엇이든 네 형제를 해쳐서는 안 된다."

사무엘이 칼자루를 고쳐 잡으며 공격할 자세를 취하자 한나의 목소리는 울음과 섞이며 다급해졌다.

"나의 아들아. 내 마지막 부탁을 잊진 않았겠지? 나는 네가 동생을 지켜줄 거라 믿는다. 네가 나를 원망할 수도, 미워할 수도 있겠다는 생각을 한다. 하지만 이 못나고 비참한 어미를 위해서 다시 한 번만 생각해다오."

그때 계단을 급하게 뛰어오르는 소리가 들렸다. 곧이어 커다란 기합과 함께 누군가 사무엘을 향해 칼을 휘둘렀다. 사무엘이 뒤로 돌며 반사적으로 그것을 받아쳤다.

"사무엘!"

네이케스의 목소리였다. 그가 가쁜 숨을 몰아쉬며 찢어질 듯한 목소리로 외쳤다.

"너에게 책임을 물으러 왔다! 다만 그 전에 네 입에서 나오는 말로 똑똑히 들어야겠다. 변명할 기회를 주마!"

사부엘은 울음을 터뜨릴 듯한 얼굴로 그를 바라보았다. 그러고는 아무 말도 듣지 못한 사람처럼 되물었다.

"너도 알고 있던 거야? 너도, 고네도. 이 전쟁이 무엇인지. 알고 있었으면서 나에게 정의가 어떻다느니 사회가 어떻다느니 그딴 소리를 지껄였던 거야?"

검을 쥔 사무엘의 손이 미세하게 회전하는 걸 네이케스는 신경 썼다. 양손으로 칼을 고쳐 잡고 자세를 잡았다. 머릿속이 복잡했다. 복도가 너무 어둡다. 사무엘이 먼저 공격하면 제때 받아칠 수 없을지 모른다. 어쩔 수 없이 먼저 공격해야 하는 것인가. 그는 냉정하게 생각하려 애썼다. 하지만 그와 동시에 북받쳐 오르는 감정을 감당할 수가 없었다. 어서 아니라고 답하라고, 고네를 죽인 게 네가 아니라고 그렇게 변명하라고 네이케스는 마음속으로 외쳐댔다. 사무엘이 자신 쪽으로 몸을 반쯤 돌리자 네이케스는 긴장했다. 사무엘이 소리쳤다.

"답해! 너도 알고 있었던 거야?"

네이케스도 소리쳤다.

"꼭 그랬어야 했어? 고네를 비참하게 죽였어야 했냐고!"

사무엘이 울음 섞인 목소리로 대답했다.

"나는 고네를…"

그때 말이 끝나기도 전에 뜨거운 무언가가 허리춤으로 욱여

들어오는 것을 느꼈다. 반사적으로 사무엘은 칼을 휘둘렀다. 고개를 돌렸을 때 엘가나가 팔을 움켜쥐고는 뒷걸음치다 쓰러졌다. 아래로 고개를 내리자 허리에 꽂힌 단검의 칼자루가 보였다. 고통을 느낄 새도 없이 헤렌이 휘두르는 칼을 다시 받아내야 했다. 이번에는 네이케스가 발로 사무엘의 무릎을 걷어찼다. 사무엘은 몸의 균형을 잃고 침실 안쪽으로 넘어졌다. 일어서려 했으나 배에 힘이 들어가지 않고 고통이 너무도 깊어 휘청거렸다. 침실의 가구를 손으로 짚고서야 몸을 일으킬 수 있었다. 재빨리 칼을 겨누었다. 그 상태에서 천천히 몸을 움직였다. 네이케스와 헤렌도 방어 자세를 취했다. 가구와 벽을 짚으며 창틀까지 이동한 사무엘은 창밖을 흘깃 내다보더니 그대로 몸을 날렸다. 반쯤 열려 있던 문이 부서지고 빨랫줄에 얽히며 그는 땅으로 떨어졌다. 네이케스가 창밖으로 얼굴을 내밀었다. 쓰러진 모습을 확인하고는 빠르게 아래층으로 뛰어 내려갔다. 그가 건물을 돌아 뒤뜰에 도착했을 때 그곳에 사무엘은 없었다. 핏자국이 나무 그늘 아래까지 길게 이어져 있었다. 네이케스는 흔적을 쫓았다. 하지만 숲은 어두웠고 때마침 달은 구름 뒤로 모습을 감추었다.

"사무엘!"

네이케스의 목소리만이 짙은 어둠 속으로 퍼져나갔다.

13

허리의 통증보다 참기 어려운 것은 끊임없이 재깔이며 따라 붙는 낮은 목소리였다.

'따라오지 좀 말라.'

상흔을 누르고 있던 손을 떼어 허공에 대고 손사래를 쳤다. 피에 절은 손에서 핏방울이 방울방울 떨어졌다. 척추를 타고 묵직한 통증이 올라와 정신이 아득해졌다. 재빨리 손으로 상흔을 다시 짓눌렀다. 목소리가 다시 말을 걸었다.

'죽지 않을 이유가 무엇인가?'

못 들은 체했다. 어떤 대꾸도 하지 않고 무거운 발을 옮기는 것에만 신경을 썼다. 어디로 향하는지 자신도 알 수 없었으나 멈춰서는 안 된다는 집요한 의지가 금방이라도 흩어질 듯한 의식을 간신히 부여잡았다.

'고통이다.'

목소리가 다시 신나서 외쳐댔다.

'고통뿐이다. 남은 것은 오직 고통뿐이다. 그런데도 죽지 않을 이유가 도대체 무엇이란 말인가? 너에게는 가족도 없고 친구도 없고 사랑하는 이도 없다. 네가 살기를 바라는 자는 이 세상 어디에도 없다. 그런데도 마치 고향에라도 돌아가는 사람처럼 어디를 향해 그리 애를 쓰며 다리를 끌고 있단 말인가?'

순간 뭐 그 말도 일리가 있다는 생각이 들었다.

'그래. 나에게는 갈 곳도, 가야 할 이유도 없다.'

씁쓸한 미소가 지어졌다.

'나는 그저 추방된 이방인이요, 버려진 개다.'

생각에 사로잡혔던 것일까. 어느새 주위는 희뿌연 안개로 가득 차 있었다. 우유 거품처럼 진한 그것은 머리 위부터 발아래까지 온 세상을 뒤덮고 있었다. 언제부터 이러했던 것인가. 한 두 걸음 앞도 제대로 보이지 않았다. 다만 어둡지 않았던 것은 이것이 스스로 빛이라도 내는 듯 주위가 온통 흰빛이었기 때문이다. 손을 앞으로 길게 뻗어보았다. 손끝이 보이지 않을 정도로 안개는 짙었다.

'완전히 길을 잃었구나. 여기는 어디고 나는 어디로 가고 있었던가.'

마치 꿈을 꾸는 듯했다. 허리의 상처도 괜찮아져 통증이 있었다는 것도 어느새 잊고 있었음을 깨달았다. 모든 것이 그저 옛일처럼 느껴졌다.

'죽음이란 무엇인가?'

목소리가 너무도 가까이에서 울려온 탓에 어쩐지 친근하게까지 느껴졌다.

'글쎄. 죽음이 무엇이지.'

그에게 이 단어는 그저 두려운 감정만을 불러일으킬 뿐, 그것이 도대체 무엇인지 대답할 수 없었다. 그러자 목소리가 대신 답을 주었다.

'무엇을 그리도 두려워하는가? 죽음은 악이 아니다. 죽음은 고통이 아니다. 죽음은 부정이 아니다. 차라리 그 반대라 할 수 있지. 죽음은 악의 소멸이고, 고통의 종식이며, 그래서 긍정이다. 죽음은 안식과 평화다. 그럼에도 너는 왜 죽음으로부터 도망치려 발버둥 치고 있는가? 네가 한때 그토록 원하고 갈망하던 것이 아니던가? 그래, 그래서 내가 왔다. 이제 나와 함께 가자. 네가 원하던 것을 오늘 이루자.'

목소리가 멈추자 사방은 온전히 고요해졌다. 그때 느낌이 들었다. 무언가 이곳으로 빠르게 다가오고 있다는 느낌. 사방을 가득 채운 안개 저 너머에 알 수 없는 무엇이 근처까지 이르렀음이 느껴졌다. 그는 보이지 않았지만 볼 수 있었고, 들리지 않았지만 들을 수 있었다. 그는 집중했다. 그러자 그것이 안개를 뚫고 드디어 모습을 드러냈다. 손이었다. 가늘고 긴 하얀 손. 팔의 주인은 보이지 않았으나 그는 선명히 알 수 있었다.

'가늠할 수 없이 머나먼 곳에서 팔을 뻗어 지금 나의 눈앞에 이르렀구나.'

그는 그러했음이 조금도 이상하지 않았고 의심스럽지 않았다. 어서 잡으라는 듯 가볍게 젖혀진 손짓을 보자 그의 마음은 동요했다. 억누를 수 없는 감정이 울컥 솟아올랐다.

'아무래도 이 손은 내가 아는 손이다. 이것은 어쩌면 고네의 손이다. 아니, 어쩌면 한나의 손이다. 그것도 아니라면 잊혀진 기억 저편에서 나를 들어 올렸던 익숙한 손이다. 혹은 내가 손목을 비틀어 빠져나왔던 그토록 그리운 손이다. 그래. 무엇을 망설이는가. 이 손을 잡아야지. 어서 안식을 얻어야지.'

그는 손을 내밀었다. 그리고 그것을 잡고자 했다.

하지만 순간 무어라 말할 수 없는 아쉬움과 안타까움의 감정이 가슴 깊은 곳에서부터 뻗어 나와 그를 사로잡았다. 손을 잡지 못하고 주저하자 목소리가 재촉했다.

'무엇을 기다리는가? 무엇을 얻고자 하는가? 무슨 미련이 그리도 크기에 이 고통을 끝내지 못하는가?'

그는 생각했다.

'왜일까. 나는 왜 여정을 끝내지 못하는 것일까. 왜 문을 닫지 못하는 것일까. 왜 안식에 이르지 못하는 것일까. 다가오지 않은

내일에 내가 그토록 얻으려 하는 것은 도대체 무엇인가?'

　그는 그것을 알고자 했다. 자신이 이미 알고 있지만 지금은 알지 못하는 그 답을 얻고자 했다. 그러자 우윳빛 안개는 비로 변하고 바람이 휘몰아치며 그에게로 퍼부었다. 따갑게 얼굴을 때리는 빗줄기와 고막을 찢는 바람 소리를 막고자 양팔로 머리를 감싸 안았다. 곧이어 비바람은 폭풍이 되고 몸을 날려버릴 듯 위협적으로 휘몰아쳤다. 다리를 벌리고 몸을 구부려 폭풍에 맞섰다. 두 발이 버티지 못하고 점차 뒤로 밀려나자 그는 안간힘을 쓰고 온몸에 힘을 주었으며 얼굴을 찌푸리고 고래고래 악을 썼다.

　'그래! 이제 알겠다! 이 비바람이 어디서 휘몰아치는지를. 이 풍랑이 어디서 시작했는지를. 나의 몸뚱이를 날려버릴 듯한 이 동요의 정체를. 이것은 내 마음의 폭풍이다. 그래, 내가 찾고자 하는 답은 이것이다. 내가 안식과 평화를 미루고 내일 얻고자 하는 것은 이것이다. 이 초라한 삶을 멈추지 못하는 모든 이유는 바로 이것이다. 나는 죽음을 원한다! 하지만 그 죽음은 내가 아니라 나의 적들의 죽음이어야만 한다! 내가 사랑했던 이들을 짓밟았던 자들을 나는 짓밟아야만 하겠다. 내가 아꼈던 이들의 안식을 깨뜨린 자들을 나는 깨뜨려야만 하겠다. 적들의 심장에 칼을 꽂아 넣지 못한다면, 그들의 얼굴에 새겨지는 일그러진 고통을 보지 못한다면 나의 생은 무가치할 것이고, 나의 죽음은 안식에 이르지 못하리라.'

그래서 그는 핏빛 환희를 들이켰다. 적들의 심장 하나하나에 비수를 꽂아 넣으며 죽음의 열망에 춤을 추었다. 영원에 이르는 시간 동안 복수는 끝나지 않았다. 무한에 이르는 시간 동안 그 것은 계속되었다. 그는 지치지 않았다. 억겁의 시간이 흐른 뒤에 목소리가 말을 걸었다.

'그것은 옳은 일인가?'

적의 가슴에 박힌 칼을 뽑아내자 적은 색을 잃더니 재가 되어 무너져 내렸다. 이어 잿더미 속에서 다시 새로운 적이 색을 얻으며 일어섰다. 그는 적의 가슴에 다시 칼을 찔러 넣으며 비웃었다.

'무엇이 말인가? 이렇게 적의 죽음을 지켜보는 일이 옳으냐 묻는 것인가?'

그는 죽어가는 적의 얼굴에 자신의 얼굴을 들이밀었다.

'자, 이자의 얼굴을 보라. 일그러진 주름과 초점 잃은 동공과 고통에 경직된 혀를 보라. 이것은 이자의 고통인 동시에 이자가 나의 사람들에게 주었던 고통이다. 이자의 죽음으로 나의 부채 는 줄어들고 멍에는 가벼워진다. 나는 받아야 할 값을 받는 것이 고 이자는 치러야 할 대가를 치른 것이다. 이것이 옳은 일이 아니라면 그 무엇이 옳은 일이란 말인가? 이것이 정의가 아니라면 무엇이 정의란 말인가?'

그가 칼을 뽑아내자 고통에 몸부림치던 적은 재가 되어 무너져 내렸다. 그리고 다시 적이 일어섰다. 그는 또다시 적의 심장에 칼을 찔러 넣었다. 시간은 무한으로 수렴하고 그의 복수는 끝나지 않았다.

충분한 시간이 지난 어느 때에 목소리는 다시 말을 걸었다.

'그래서 만족하는가?'

적의 심장에 꽂힌 칼의 손잡이에 매달려 그는 숨을 몰아쉬고 있었다. 땀에 젖은 얼굴과 살기 어린 눈으로 고개를 들어 자신의 눈앞에서 고통스럽게 일그러져가는 적의 얼굴을 들여다보았다. 고통으로 벌어진 입과 그 안으로 축축하고 더럽게 꿈틀대는 혀를 보았다. 부풀어 오른 코와 그 주위로 팽팽히 잡아당겨진 잔주름을 보았다. 강렬히 고통을 체험하고 있는 확장된 동공과 실핏줄이 남김없이 터진 흰자위를 보았다. 마지막 힘을 짜내어 칼의 손잡이를 비틀었다. 적의 눈은 돌아가고 동공은 빛을 잃었다. 그 검고 텅 빈 동공은 그 안에 더 이상 어떤 영혼이나 정신이나 의식이나 그 무어라 부를 수 있는 고통을 체험하는 육신의 주인이 들어 있지 않음을 알려오고 있었다. 목소리는 말했다.

'그 안에는 아무도 없다. 고통을 당해야 하는 자는 이제 그 안에 없다. 그는 떠나버렸다.'

'그럴 리 없다!'

고개를 저으며 목소리를 부정했다. 그는 인정할 수 없다는 듯이 적의 동공 안으로 고개를 들이밀었다. 껌껌한 그 안을 샅샅이 뒤져보았다. 아무것도 보이지 않자 상체를 더 구부려 넣었다. 이어 다리를 걸치고 결국 몸 전체를 밀어 넣었다. 빛의 경계를 넘어 어둠의 영역으로 넘어섰다. 사방의 깊은 어둠 속에서 그는 마땅히 고통받아야 할 몸뚱이의 주인을 찾아 굶주린 짐승처럼 어둠의 냄새를 들이켰다. 들이켜진 어둠의 냄새는 그의 폐부를 물들이고 혈관을 따라 살과 뼈와 심장을 잠식했다. 그러자 그의 눈이 어둠에 밝아져 저 멀리 앞에서 걸어가는 자의 뒷모습을 알아볼 수 있게 되었다.

'너는 도망치지 말라! 마땅히 받아야 할 고통을 받으라!'

그는 외치며 칼을 뽑아 들고는 혼신의 힘을 다해 달려갔다. 적은 아무 동요도 없이 가던 길을 계속 걸어갔다. 점차 거리가 좁혀오고, 이제 칼을 휘두르면 닿을 만한 거리까지 따라온 그가 손을 쳐들어 적의 목을 잘라내려 할 때, 그는 적의 얼굴을 보았다.

'사무엘. 그래, 사무엘. 이자는 내가 아는 자가 아닌가.'

그의 얼굴에 반가움과 허탈함이 서렸다.

'나는 이자를 잘 안다. 너무나도 잘 알고 있다. 무기력하고 나약한 자. 상처 입은 짐승처럼 공포에 사로잡혀서는 적으로부터 도망친 자. 누가 자신의 적인지도 모르면서 겨우 상상 속에서 복수를 꿈꾸는 자. 그래. 너였구나. 네가 나의 고통을 만들어낸 자이고, 동시에 고통받아야 할 자구나. 이 고통의 영원한 순환 고리를 끊을 수 있는 길은 두 가지밖에 없다.'

그러자 마음의 심연에서 굵고 청명한 목소리가 솟아올랐다. 목소리가 말했다.

'이제 선택했는가.'

그가 웃었다.

'그래, 선택해야지. 내가 죽을 것인지, 아니면 내 앞의 초라한 청년이 죽을 것인지. 고민할 것도 없다. 어떤 선택을 하든 결과는 같을 테니까.'

그는 손에 쥔 칼을 바라보았다. 그러자 앞에 선 사무엘도 거울에 비치듯 자기 손의 칼을 바라보았다. 그가 사무엘을 바라보자, 사무엘도 그를 바라보았다. 그리고 칼은 심장에 꽂혔다. 그는 천천히 칼을 깊게 밀어 넣었다. 얼굴과 얼굴이 닿을 거리에서 사무엘이 웃는 것을 그는 보았다. 그리고 사무엘은 천천히 뒤로 쓰러졌다. 동시에 누군가 그의 어깨를 잡았다. 손이었다. 자신을 오랜 시간 기다리고 있던 손은 그새 수많은 손들로 가지를 뻗어 그의 팔과 어깨를 움켜잡았다. 그러고는 미친 듯이 흔들기 시작했다. 그가 발 딛고 있던 세계가 흔들리고 공간이 요동쳤으며 그의 몸이 선명한 중압감에 짓눌렸다.

누군가 정신의 멱살을 잡아 신체 안으로 패대기친 것만 같은 느낌이었다. 순간 망치로 복부를 내려치듯 상처의 고통이 한꺼번에 쏟아져 그는 비명을 내질렀다. 소리에 놀란 새들이 급하게 날개를 털어내며 나무 위로 날아오르는 것이 보였다. 흐릿했던 눈앞의 사물들이 점차 형태를 갖추고 색을 뒤집어쓰기 시작했다. 다시 시야가 열렸다. 눈앞에 낯선 이가 있었다.

'처음 보는 자다.'

그는 생각했다. 낯선 이가 무어라고 말을 걸고 있었으나 그는 잠이 다 깨지 않은 사람처럼 흐릿한 정신으로 주위를 살폈다.

'이미 동이 텄구나. 숲을 빠져나왔나 보다. 나는 길가에 누워 있었구나.'

눈앞의 낯선 이가 어깨를 흔들어대는 통에 생각을 집중할 수 없고 참으로 성가시다고 느껴졌다. 아무래도 이 사람은 나에게 괜찮냐고, 내가 누구냐고 묻고 있나 보다고 그는 생각했다.

'그래, 그럼 답을 해주어야지.'

그가 입을 떼려 했으나 처음에는 쉽지 않았다. 혀는 메말라 있고 목구멍은 건조했으며 폐는 거칠어져서 힘이 들어가지 않았다. 겨우 쉰 소리를 내었을 뿐이었다. 하지만 한번 쉰 소리가 빠져나가자 입을 열 수 있겠다는 생각이 들었다. 그가 눈앞의 낯선 이에게 또박또박 말했다. 낯선 이는 어깨를 흔드는 것을 멈추고 귀를 열어 죽음으로부터 돌아와 새롭게 눈뜬 사람이 처음으로 내뱉는 말을 들었다. 첫 말은 나는 괜찮다는 것이었고, 두 번째 말은 이것이었다.

"나는 소마다."

4부

14

서측 전선에서 이동하던 부대가 멈춘 건 아직 해가 능선에 걸려 있을 무렵이었다. 선두에 선 병사들이 행군을 거부했다는 전령의 보고가 닿았다. 부대 지휘관은 그게 무슨 말이냐고 욕설을 퍼부었다.

"군법에 따라 죄를 묻겠다."

이를 갈며 선두로 말을 몰았다. 그는 여덟 해 동안의 견습 기간을 마친 정규기사로, 지휘관으로서는 처음으로 부대를 맡은 자였다. 멀쩡해 보이는 겉모습과는 달리 미천한 참전 경험과 통솔 능력 부족으로 주위를 불안하게 만드는, 주변에서 흔하게 볼수 있는 인물이었다. 그것이 스스로도 신경 쓰였던 그는 이번 일을 자신의 권위를 세우고 기강을 잡을 기회로 삼아야겠다고 생각했다. 짐짓 엄한 태도로 과실과 허물을 물으려던 그때, 그의 눈에 들어온 것은 두려움에 오금을 저려 하는 병사들과, 그 앞에 놓인 아군 병사의 시체였다. 그것은 그리 오래되어 보이지 않았으나 상반신과 하반신이 나뉘고 배 속이 텅 빈 상태로 나무 기둥에 묶여 있었다.

"아틸라의 짓이다!"

누군가 소리쳤다. 천 년 전에 죽은 훈족의 왕이 죽은 자들과 함께 살아 돌아왔다는 소문이 진짜였다고 그는 지껄였다. 병사들이 웅성이며 동요했다. 숲속 생활을 오래 했다는 늙은 병사 하나가 이것은 그저 떠돌이 들개들이 파먹은 것이라며, 이렇게 오래 멈춰 있는 것이 차라리 위험하다고 말했지만 이미 공포에 휩싸인 병사들과 변변치 않은 지휘관의 귀에는 그 말이 들어오지 않았다. 이제 곧 날이 저무는데 어찌 해야 하느냐는 병사들의 절박한 물음에 그는 섣불리 대답을 할 수가 없었다. 부패한 사체의 자극적인 냄새 때문인지 말이 자꾸 머리를 흔들며 제자리를 뱅글뱅글 도는 바람에 그는 지휘관답게 병사들을 다독이거나 설득할 기회조차 갖지 못했다.

그러는 사이에 주위를 둘러싼 숲의 그늘이 짙어지고 발밑은 어둠에 잠겨갔다. 후미의 전령이 숨이 턱까지 찬 상태로 달려와 새로운 소식을 전했다.

"병사 몇이 어둠을 틈타 도망쳤는데, 그들을 뒤쫓던 수습기사와 수색대가 돌아오지 않고 있습니다!"

그게 무슨 소리냐고 똑바로 전하라고 지휘관은 전령을 윽박질렀다. 그때 길게 늘어선 부대의 중앙 대열이 와해되는 모습이 보였다.

"기습이다!"

누군가 외쳤다. 그와 동시에 병사들이 여기저기서 비명과 함께 추수철의 밀처럼 쓰러지기 시작했다. 화살이었다. 지휘관은 어두워진 숲의 안쪽에서 그것이 날아오는 것을 확인했다. 당황한 그는 본능적으로 이를 피하려 고삐를 내려치며 방향을 틀었다. 하지만 두어 발을 떼기도 전에 말의 앞다리를 낚아채는 밧줄에 걸렸다. 말이 앞으로 고꾸라지며 중심을 잃더니 그를 바닥에 내동댕이쳤다. 그는 손목을 크게 접질리며 습한 흙바닥에 강하게 얼굴이 처박혔다. 바닥에 드러누워 손목을 부여잡고 고통스럽게 절규했다. 다만 누운 상태로 하늘을 보게 된 그는 통증을 잊을 만큼 공포에 사로잡혔다. 머리 위에 나무에서 나무로 건너다니는 수많은 검은 그림자를 보았던 것이다. 그는 그것이 악마임을 조금도 의심하지 않았다. 머리 위에만 있는 것이 아니었다. 그것들은 숲의 그림자에서도 몸을 일으켰다. 검은 망토를 두른 채 어둠으로부터 튀어나와 병사들을 살육했다. 지휘관이 어찌할 바를 모르고 완전한 공황 상태에 빠졌을 때 그의 목에 밧줄이 감기더니 숨통을 끊을 듯 잡아당겨졌다. 갑작스레 호흡이 막힌 그가 할 수 있는 일이라고는 겨우 발버둥 치는 것뿐이었다. 마지막으로 그가 본 것은 얼굴 가리개가 자신의 머리 위로부터 뒤집어 씌워지는 장면이었다.

가리개가 벗겨졌을 때, 그는 처음으로 아틸라를 보았다. 잿빛 수염이 뒤덮은 갈색 얼굴, 사자 갈기처럼 뻗어나간 검은 머리카락, 심장을 꿰뚫을 것만 같은 강렬한 회색 눈을 부릅뜬 채, 중년의 남성이 나무둥치에 걸터앉아 있었다. 기름 먹인 가죽 갑옷이 매끈하게 그의 온몸을 감싸고 있고, 짐승의 털로 어깨를 덮은 두껍고 커다란 망토가 바닥까지 흘러내렸다.

지휘관은 급히 눈을 내리깔고 주변을 살폈다. 시간은 이미 한밤중을 지나고 있어 하늘은 칠흑같이 검은데, 곳곳에 불이 피워져 있어서 이곳이 숙영지임을 짐작하게 했다. 오른편으로 눈을 돌렸을 때 아틸라의 병사들이 보였다. 칼과 활을 정비하는 자들이 있고 거대한 냄비를 화덕에 걸어 물을 끓이는 자도 있었으며 경계 근무를 서는 자들도 있었다. 왼편으로 눈을 돌렸을 때는 포승줄에 묶여 무릎을 꿇고 있는 자신의 병사들이 보였다. 서른 명 정도였는데 모두 공포에 사로잡힌 얼굴과 원망 어린 눈빛으로 자신을 바라보고 있었다.

"나는 강한 자를 원한다."

지휘관이 화들짝 놀란 것은 아틸라의 낮고 선명한 목소리 때문이었다. 그가 느끼기에 아틸라가 입을 열어 말을 할 때면 마치 숲이 숨소리를 줄이고 세상이 침묵하며 그의 말에 귀 기울이는 것만 같았다.

"강한 자만이 우리와 하나가 될 수 있다."

아틸라가 자세를 고쳐 앉으며 물었다.

"그래서 너는 강한 자인가?"

지휘관은 이것이 도대체 무슨 말인지 감을 잡을 수 없었으나 그런 가운데서도 지금이 어쩌면 목숨을 보전할 기회일지 모른다는 막연한 기대감이 들었다. 그가 머뭇거리자 아틸라가 지루하다는 듯 퉁명스럽게 말했다.

"네 옆에 있는 너의 부하들은 강한 자가 아니다. 저들은 나약하다. 저들은 적의 심장을 도려내 본 적도 없고, 이단자를 불태워본 적도 없으며, 그저 농사나 짓고 소일거리나 하던 모래알 같은 자들이다. 저들을 내 곁에 둘 필요는 없겠지."

지휘관은 영특하게도 아틸라가 무슨 대답을 원하는지 분명히 알 수 있었다. 그가 살며시 고개를 들어 아틸라의 눈치를 보고는 짐짓 차분하고 당당한 목소리로 대답했다.

"저는 평생 주님의 뜻에 따라 불신자와 이단자의 목을 치고 더러운 혈통을 가진 자와 방종한 자들을 불태웠습니다. 저는 일개 병사들이나 용병과는 다릅니다. 악으로부터 선을 지켜낸 무수한 공을 인정받아 기사 작위를 받았습니다. 만약 당신께서 저를 받아만 주신다면 그것을 주님의 뜻이라 생각하고 저의 목숨을 다해 충성을 맹세하겠습니다."

그의 말을 차분히 경청하던 아틸라가 입을 열었다.

"얼마나 많은 이단자와 불신자의 목을 베었는가?"

"족히 백여 명은 될 것입니다!"

그러자 아틸라가 고개를 끄덕였다.

"진정으로 내가 원하던 자다. 너는 강하다. 우리와 하나가 될 것이고 우리를 건강하게 할 것이다."

아틸라의 손짓에 옆에 섰던 병사들이 그를 일으켜 세웠다. 상의를 벗겨서는 나무 기둥에 손과 발을 뒤로 해서 묶었다. 사지가 단단히 고정되자 아틸라가 자리에서 일어나 그에게 다가갔다. 지휘관은 이것이 하나의 시험인 건지 아니면 뭔가 잘못된 건지 머리는 복잡하고 가슴은 두려워져 아무 소리나 내뱉으며 몸부림치기 시작했다. 아틸라가 이마와 이마가 닿을 거리까지 다가가 공포에 사로잡힌 그의 머리를 쓰다듬었다. 땀에 절은 그의 귀에 입을 가까이 대고는 속삭였다.

"불안해할 것 없다. 몸부림칠 필요 없다. 네 안에 앉아 고통을 보는 자는 곧 떠날 것이다."

말이 끝남과 동시에 지휘관의 얼굴이 일그러지며 흰자위는 붉게 달아오르고 이마의 핏줄은 터질 듯 부풀어 올랐다. 입은 벌어졌으나 신음은 밖으로 나오지 못하고 안으로 말려 들어갔다. 그때 이미 아틸라의 손은 그의 배 안에 있었다. 예리하게 벼린 작은 칼날이 검지 길이만큼 그의 배를 열었고, 아틸라의 팔은 손목을 넘어설 만큼 미끈하게 들어갔다. 손은 배 안의 뜨끈한 장기를 휘저으며 익숙하게 생명의 선을 찾아 더듬어 올라갔다. 질기고 단단하며 팽팽하게 긴장되어 있는 그것이 손끝에 닿았을 때 아틸라는 잠시 눈을 감고 전율했다. 이 감각이다. 전장에서 스무 해를 보내며 무뎌질 만큼 무뎌지고 혼탁해질 만큼 혼탁해진 그의 감정을 자극하는 유일한 감각은 삶과 죽음의 팽팽한 경계에 아슬아슬하게 닿은 오직 이 순간뿐이었다. 검지로 그것을 말아 힘 있게 움켜쥐고 아래로 천천히 잡아당기자 지휘관은 자기 안에서 멱살을 잡힌 사람처럼 극단적으로 목을 움츠렸다. 눈은 초점을 잃어 헤매이고 온몸에는 땀이 흥건했다. 아틸라는 그의 이마에 자신의 이마를 대고 그의 고통을 상상했다.

'인간은 진짜 고통에 이르기 전까지는 삶으로 돌아오고자 하지만 진짜 고통에 이른 후에는 어서 빨리 그것을 넘어 죽음에 이르기를 소망하게 된다. 너는 어떠한가. 죽음을 갈구할 만큼의 고통에 이르렀는가.'

아틸라의 손이 그의 배 안에서 짧고 묵직하게 움직이며 선을 끊어냈다. 그 순간 지휘관의 근육은 뒤틀리고 사지는 경직되었으며 절정을 경험하는 것처럼 보였다. 그것은 매우 짧은 시간이었고 이내 그의 텅 빈 눈동자는 그 안에 고통을 경험하는 자가 더 이상 남아 있지 않음을 드러내고 있었다.

이후에는 주방장이라 불리는 기골이 장대한 병사에 의해 정성스레 발골의 과정이 이어졌다. 발가벗겨진 몸뚱이는 땅 위에 뉘어졌다. 주방장은 대지 위에 피를 적시지 않도록 조심스레 가죽을 벗기고 내장을 들어내고 살과 근육을 도려냈다. 잘 손질된 살과 기름과 내장은 여러 야채와 함께 끓고 있던 큰 솥으로 들어갔다. 이 모든 과정은 지휘관의 병사들이 보는 앞에서 천천히 이루어졌다.

아침까지 오래 끓인 진한 수프가 포로들에게도 나누어졌다. 그들의 얼굴은 사색이 되었다. 바들바들 떨리는 손으로 그것이 담긴 나무 접시를 들고 있었다. 아틸라는 편안한 얼굴로 그들을 위로했다.

"그의 건강함이 우리에게 흘러 들어올 것이다."

한 사람도 빠짐없이 그것을 들이켠 모습을 본 후에야 이 말을 남기고 아틸라는 그들을 풀어주었다.

"너희는 너희가 온 곳으로 돌아가라. 그리고 가서 전하라. 너희 땅에서 가장 강한 자를 취하러 내가 곧 가겠노라고."

그때 나이 든 포로 하나가 머리를 조아리고는 떨리는 목소리로 물었다.

"당신께서 부활한 아틸라이십니까?"

아틸라가 그의 얼굴을 내려다보았다. 잿빛 수염과 사방으로 흐트러진 머리카락은 그를 마치 먹잇감을 발아래 둔 맹수처럼 보이게 했다. 하지만 그의 눈빛은 호수처럼 차분하고 고요했기에 나이 든 쪼로는 무언가 어긋나 있다는 인상을 받았다. 그가 답을 주었다.

"가서 소마가 왔다고 전하라."

내뱉은 말은 귀로 들어가서 입으로 나오고, 그것은 다시 귀로 들어가 입으로 뱉어졌다. 말은 사람과 사람을 거치며 강처럼 이어지고 길처럼 뻗어나갔다. 계곡을 넘고 광야를 건너 대륙 전역에 닿지 않는 곳이 없었다. 다만 입에서 나온 말은 강이나 길과는 달랐다. 그것을 잇는 자들의 뱃속이 제멋대로였기 때문이었다. 겁쟁이의 뱃속을 지난 말은 겁쟁이가 되었고 한심한 자의 뱃속을 지난 말은 한심해졌다. 어떤 이는 부풀리고 다른 이는 지어냈다. 여러 뱃속을 지나며 소마는 사람이 아니라 역병을 주관하는 악마가 되었고, 반대로 주님이 보낸 심판자가 되었다. 성 요한이 계시한 비처럼 내리는 분노였으며, 또 북쪽 숲을 지키는 늑대의 왕이었다. 어떤 이들은 그가 실제로는 먼 이방의 왕자였는데 자기 아버지를 죽이고 왕이 되었다가 저주를 받아 괴물이 되었다고 했다. 다른 이들은 그가 테오센의 성주와 계약을 맺은 짐승의 왕이고 성주를 위해 대신 싸우는 대가로 인간이 되려 한다고도 했다. 수많은 말들을 관통해서 변하지 않는 것은 두 가지뿐이었다. 천 년 만에 아틸라가 부활했다는 것과, 이번 생에 그

214

의 이름이 소마라는 것이었다. 그것 말고는 공통된 것은 아무것
도 없었으나 사람들은 모든 이야기 속에서 똑같이 공포를 느꼈
고 혐오를 보았다.

하지만 실제의 사실은 떠도는 이야기처럼 극적이지 않았고 대
단하지도 않았다. 소마는 그저 전향자였다. 스무 해 전의 그날, 쓰
러져 있던 소마를 발견한 적군에 의해 소마는 전쟁 포로가 되었
다. 상처를 치유하고 건강을 회복하는 동안 소마는 적의 실체가
무엇인지를 그때서야 비로소 알게 되었다. 그의 추측과는 달리
아데사의 땅이 싸우고 있는 적은 동쪽 지대의 이교도 원주민들이
아니었다. 바가렐라가 국왕 엘디귀즈 4세를 앞세워 서른 해째 대
립하고 있는 진짜 적은, 서쪽의 신생 국가인 크레도니아였다.
이 나라는 흑해와 카스피해에 인접한 국가 중에서는 처음으
로 의회제를 채택한 곳으로, 이를 가능하게 했던 인물은 크레도
니아 건국의 아버지로 일컬어지는 레메니오스 대공이었다. 그
는 교회로부터의 분리를 선언한 이후에 고대 로마의 정치 체제
를 모방해서 스스로 집정관의 자리에 올랐다. 이후 원로회를 소
집하여 행정과 입법을 분리하고 집정관이 행정을, 원로회가 입
법을 담당하게 함으로써 권력이 서로를 견제하게 만들었다. 그
가 기득권이었던 귀족 가문들과 군벌의 무력 저항 없이 급진적
인 정치 개혁을 단행하고 세속주의라는 자신의 이념적 이상을

실현할 수 있었던 근본 요인은 대대로 이어져온 막대한 부에 있었다. 그는 놀라운 자금 조달 능력을 과시함으로써 기존의 기득권을 원로회로 재편할 수 있었다. 부의 원천은 상업 항구였다. 레메니오스의 가문은 흑해에서 지중해로 출입할 수 있는 통로인 차쿠날레와 겔리볼루 지역을 장악하고 있었다. 강력한 군사력을 기반으로 이곳의 치안을 안정시킴으로써 상인들의 거래에 대한 막대한 세금을 징수할 수 있었던 것이다.

바가렐라는 차쿠날레 항구를 원했다. 대륙 안에서의 고립을 벗어나 바다로 나갈 수 있는 길은 이곳이 유일했다. 그가 전쟁의 명분으로 삼았던 것은 크레도니아가 교회의 권위를 인정하지 않을 뿐만 아니라 의회제 국가라는 점이었다. 그는 어린 국왕 엘디귀즈 4세에게, 왕이 없는 나라가 인접해 있다는 것은 왕권에 위협이 되고 동시에 신의 뜻에 어긋난다며 어린 왕을 흔들었다. 바가렐라는 말했다.

"의회제는 도덕적 퇴폐의 결과이고 하나의 질병입니다. 이 질병은 이웃에게, 곧이어 우리에게 옮겨 붙을 것입니다. 그것이 의미하는 바는 왕이 없는 세계, 신의 질서가 무너진 적그리스도 세계의 도래입니다."

엘디귀즈 4세는 총명한 왕이었으나 아직 어렸고 또 주변의 모든 이가 이미 바가렐라의 사람들이었다. 어린 왕은 교회를 인정하지 않는 나라를 이단으로 규정하고 성전을 선포했다. 그리고 바가렐라에게 전권을 넘겼다.

바가렐라는 신생 국가의 정치적 불안정과 의회제 자체의 태생적 비효율성이 전쟁의 빠른 종결로 귀결될 것이라 믿었다. 그는 참모들을 불러 모은 자리에서 자신 있게 말했다.

"국왕의 이름으로 제후국들로부터 대규모의 병력과 군자금을 모아 초기에 기선을 제압하면 유리한 위치에서 협상을 진행할 수 있을 것이다. 차쿠날레의 항구를 얻어낼 것이다."

그는 확신했다. 하지만 당시의 젊은 바가렐라는 노련하지도 치밀하지도 못했다. 그의 예상과는 달리 크레도니아 의회는 절차적 비효율성과 내부 갈등을 외부의 적이 등장한 것을 계기로 빠르게 수습해갔다. 결과적으로 전쟁은 지리멸렬하게 서른 해를 끌었다.

전쟁이 장기화되자 문제가 된 것은 군자금이었다. 크레도니아 의회의 상황은 나쁘지 않았다. 전쟁의 비용은 상업항에서 조달할 수 있었다. 난처한 건 바가렐라였다. 여러 제후국은 전쟁이 끝나지 않는 이유가 바가렐라의 의도라고 의심하기 시작했다. 이단에 맞선 성스러운 전쟁이라는 것은 애초에 믿지도 않았고, 전쟁의 과정에서 바가렐라의 주머니만 두둑하게 채워줄 것임을 몰랐던 것도 아니었다. 하지만 이것은 해도 너무하다고 제후들은 불평했다. 그들은 드러나지 않게 반발했다. 이 핑계 저 핑계를 대며 지원을 줄였다. 결국 바가렐라는 이미 집결한 대규모의 병력을 유지하고 관리하는 문제에 봉착했다. 군수품과 식량이 부족해지고 봉급은 밀렸다. 병사들의 불만은 사기를 저하시켰고 지휘 체계의 혼선을 가져왔다. 위기를 극복하기 위해 그가 선택한 해결 방안은 약탈이었다.

아데사의 땅 동쪽 지역은 예부터 열려 있는 땅이었다. 그 끝 모를 대지에는 한 번도 접촉해보지 못한 이민족의 거주지가 수없이 분포되어 있다고 알려져 있었다. 바가렐라는 일정한 주기와 순서에 따라 부대를 약탈에 동원했다. 전리품에 대한 병사들의 사적 소유를 일시적으로 풀어주고 이민족의 원주민들에게 행한 어떤 행위도 군법으로 처벌하지 않겠다고 약속했다. 그러자 경쟁하듯 약탈이 이루어졌다. 급여가 밀린 병사들과 기사 계급의 불만은 누그러졌다. 바가렐라는 발등에 떨어진 위기를 극복할 수 있었다.

크레도니아 의회는 이를 유리한 기회로 삼았다. 바가렐라의 임시 처방은 원한을 갖고 떠돌게 된 대규모의 이민족 무리를 만들어냈던 것이다. 거주지를 잃은 이민족의 원주민들은 사방으로 흩어졌고 일부가 서쪽으로 흘러들었다. 크레도니아 의회는 공적 노동이나 군 입대를 조건으로 이들을 받아주고 임시 체류 허가증을 발급해주었다. 특히 이들로 구성한 비정규 부대는 예상보다 쓸모가 있었다. 비록 이 부대가 체계적인 훈련과 전쟁 경험이 부족하여 무참히 격퇴되는 경우가 대부분이었지만, 그럼

에도 불구하고 비교할 수 없이 싼 값에 적을 귀찮게 만드는 수단
이 되었기 때문이다.

　이러한 대립적 정세에서 자기 조국의 배신자인 소마의 존재
는 크레도니아 의회의 입장에서는 나쁠 것이 없었다. 게다가 그
가 왕립기사단 출신이라는 점만으로도 이용 가치는 충분했다.
아직은 사용처가 분명하진 않았으나 우선은 그에게 이민족으로
구성된 비정규 부대의 지휘관 자리를 제안했다.

　소마를 찾아와 의회의 제안을 전달한 이는 레메니오스였다.
그는 크레도니아를 건국한 레메니오스 대공의 손자로 할아버지
의 이름을 물려받았는데, 당시에는 원로회의 의원이었으나 차
기 집정관 후보로 거론되는 의욕 넘치는 인물이었다. 그는 이목
구비가 뚜렷하지 않고 특징 없는 평범한 얼굴을 하고 있었다. 다
만 훤칠한 키에 절제된 손동작과 말투 때문에 부드러우면서도
믿음직한 인상을 주었다. 소마가 지금까지 알지 못했던 전쟁의
배경과 경과를 설명해주고 그럼으로써 그가 가졌던 오해를 바
로잡아 준 인물이 레메니오스였다.

　의회의 배려로 소마가 군병원에서 치료받고 있을 때, 부대의
지휘관 자리를 제안했던 것을 계기로 레메니오스가 종종 찾아
왔다. 그는 자신이 이민족의 아픔에 관심이 많다며 소마가 이민
족의 아이로 태어나 어떻게 왕립기사단에 들어갈 수 있었는지

를 궁금해했다. 소마는 과장도 변명도 없이 덤덤하게 자신의 이야기를 들려주었다. 이야기는 종종 밤을 지나 새벽으로 이어지고, 많은 날에 걸쳐 전해졌다. 그때마다 레메니오스는 경청했다. 그리고 만남이 이어질수록 그는 이것이 운명임을 강하게 느꼈다. 마음속에 막연히 품어왔던 집정관의 꿈을 실현할 수 있는 구체적인 실타래가 여기서 풀리는구나 생각했다.

'내가 그의 후견인이 될 것이다.'

레메니오스는 어둠 속에서 빛줄기를 본 것만 같았다.

당시는 실질적인 군 권력을 등에 업고 나서야 집정관이 될 수 있는 상황이었다. 문제는 레메니오스에게는 자신을 지지해줄 마땅한 군사력이 없다는 것이었다. 원인은 그의 할아버지인 레메니오스 대공에게 있었다. 건국 초기에 대공은 집정관이 세습되지 않기를 원했다. 그에 따라 임기가 종료되는 동시에 가문의 사병을 해산하고 군 권력과의 관계를 단절했다. 문제는 그 이후에 있었다. 시간이 흘러 새롭게 집정관의 자리를 노리는 이들에게서는 대공이 가졌던 의회주의에 대한 신념이나 권력 분산에 대한 의지를 기대할 수 없었던 것이다. 집정관의 자리는 그저 국가의 부와 권력에 가장 빠르게 접근할 수 있는 합법적인 수단이 되었다. 후보들은 무력과 재력으로 의회를 설득하고 지지를 얻어내었다. 그러했기에 더 이상 군과 결탁되지 않은 레메니오스에게 집정관이 되겠다는 꿈은 현실적이지 못했다.

그때 운명처럼 소마가 나타난 것이다. 레메니오스는 가능성을 보았다.

'소마는 시작이 될 것이다. 내가 그를 만들어낼 것이고, 내가 그를 키워낼 것이다.'

자신 외에 그 누구와도 정치적 관계를 맺지 않기를 원했기에 그는 소마가 들려준 이야기를 아무에게도 전하지 않았다. 오랜 시간이 흘러 세상이 소마에 대한 수많은 오해와 왜곡된 소문으로 어지러울 때도 마찬가지였다. 무엇이 사실이고 무엇이 거짓인지 구분할 수 있는 유일한 증언자는 레메니오스뿐이었지만 그는 결코 입을 열지 않았다. 대신 평생 오해와 왜곡된 소문을 이용했다. 사람들이 갖고 있는 소마에 대한 막연한 공포와 혐오를 부풀리고 자극했다. 그의 입을 거치면서 소마는 무자비하고 난폭한 전쟁의 신이 되었다. 레메니오스는 의회 연설에서 소마를 통제할 수 있는 유일한 인물이 자신임을 강조했고, 그러함으로써 소마가 이끄는 이민족 부대에 대한 재정적 지원을 다른 의원들의 반대 속에서도 이끌어냈다.

하지만 이것이 양날의 검이 될 것임을 그도 소마도 알지 못했다. 레메니오스의 노력으로 소마는 대규모의 부대를 안정적으로 지휘할 수 있었으나, 그의 압도적이고 잔혹한 승전 소식은 적을 공포에 떨게 했을 뿐만 아니라 아군까지도 두렵게 만들었던 것이다.

15

자네가 오지 않을 것임을 아네. 아주 작은 걱정조차 없으리라는

것도. 그럼에도 내가 이 소식을 전하는 것은 앞으로의 일이 나의

작품임을 자네가 알아주었으면 해서일세. 자네는 늑대처럼 강하

지만 아쉽게도 날개가 없지. 그래서 내가 자네에게 그것을 선물하

려 하네. 늑대에게 날개를 달아주겠네.

-자네의 오랜 친구 레메니오스

레메니오스의 편지는 원로회로부터 회군 명령이 도착한 그

다음 날에 왔다. 전령이 전해준 원로회의 명령서에는 즉시 회군

할 것, 수도에서 반나절 떨어진 평원에 부대를 주둔시킬 것, 소

마 홀로 입성하여 의회에 출석할 것, 그리고 지난 하스코보 평원

전투에서 아군을 지원하라는 명령을 거부한 이유를 해명하라는

지침이 명시되어 있었다. 곁에서 소마를 보좌하는 참모 우만이 신경 쓸 것 없다며 말했다.

"그들은 깨끗한 옷을 입고 푹신한 의자에 앉아서 입으로 전쟁을 말하는 자들입니다. 가짜는 진짜를 시기 질투하는 법입니다. 잔뜩 약 올라 있는 벌통에 굳이 손을 넣어볼 필요는 없습니다."

소마가 대답 대신 우만의 얼굴을 바라보았다. 전장에서 단련된 단단한 체격에 짙게 그을린 얼굴과 두껍고 거친 피부, 검은 뱀처럼 뻗어나간 눈썹 아래 깊게 숨어 있는 검은 눈동자를 보았다. 지난 시절 자신이 그 눈을 두려워했음을 소마는 기억해냈다.

"우리가 안 지가 벌써 스무 해가 지났던가?"

소마의 물음에 우만이 눈가에 수많은 잔주름을 지으며 진저리를 쳤다.

"또 시작이십니까?"

"그날 밤에 자네가 나를 죽였다면 나와 자네는 지금쯤 어디서 무엇을 하고 있을까?"

우만이 귀찮다는 듯 대수롭지 않게 답했다.

"저야 뭐, 이름 모를 들판에서 이름 모를 병사로 죽었거나 아니면 깊은 숲으로 도망쳐서 짐승처럼 살았겠지요."

스무 해 전의 그날 밤, 목에 닿은 금속의 서늘한 한기를 느끼며 소마는 눈을 떴다. 이민족 부대의 지휘관으로 부임한 지 겨우 닷새째 되는 날이었다. 젊고 혈기 넘치던 우만은 그 전까지 서른 명 남짓의 초라하고 지친 이 부내를 이끌고 있었다. 그는 소마의 등 뒤에서 왼손으로는 그의 머리채를 휘어잡고 오른손으로는 목에 단도를 바짝 밀어 넣었다. 소마의 귓가를 턱으로 짓누르며 우만은 이를 갈았다.

"네가 첩자임을 안다. 왕립기사단을 떠나서 이 누추한 곳까지 숨어들었을 때는 다 그만한 이유가 있었을 테지. 첩자이거나 죄인일 것이니 그 어떤 것이 되었든 죽지 않을 이유가 되지 않는다."

좁은 막사 안은 어두웠다. 눈앞에 살며시 열린 차양 밖으로 사그라든 모닥불의 잔해가 보였다. 숲은 고요하고 기온은 낮아져 목에 닿은 예리한 찬기에 소마는 잠시 몸서리를 쳤다. 그러다 순간 웃음이 터졌다. 우만은 예상하지 못한 반응에 당황한 기색을 감추려, 수작부리지 말라고 외치고는 더 강하게 그의 목을 쥐어 쌌다.

"그때 왜 웃으셨습니까?"

우만이 눈도 마주치지 않고 별 얘기 아니라는 듯 물었다.

"살고 싶어서."

"예?"

우만이 어이없다는 듯 소마를 돌아봤다.

"대범해 보여서 살려줬더니 완전 겁쟁이였고만?"

소마가 답했다.

"그러게."

그날 소마가 웃은 건 정말 삶에 대한 애착 때문이었다. 날카로움이 묵직하게 목을 누르자 소마의 마음속에서 예상치 못했던 공포가 일어났다. 이미 자신의 절반은 죽었고 나머지 절반도 잠시 생을 유예시킨 것이라 여겼는데, 복수를 위해 잠시 죽음과 타협한 것이라 믿었는데, 그것이 아니었나 보다. 나는 살고 싶은가 보다. 그 생각이 들자 소마는 자기 자신이 웃겼다. 나는 정말 겁쟁이였구나. 웃는 자의 목에 우만은 칼을 찔러 넣을 수가 없었다. 애처롭게 애원하고 볼썽사납게 변명하기를 바랐다. 그러면 통쾌한 감정으로 아무 거리낌 없이 그의 목에서 피를 뿜게 했으리라. 하지만 지금과 같은 상황에서는 그럴 수가 없었다. 우만은 물러났다. 날이 밝은 후에 소마가 부대를 소집했을 때에도 우만은 도망치지 않았다. 소마는 누구에게도 지난밤의 이야기를 꺼내지 않았다. 다만 우만이 괜찮은 사람이라고 여겼다.

"시간이 참으로 빠르네. 그동안 우리가 잘 해왔던가?"

소마의 말에 우만은 무슨 나약한 소리를 하느냐는 표정으로 그를 바라보았다.

"저들을 보게."

소마가 눈짓으로 멀리서 각자 정비를 하고 있는 전우들을 가리켰다.

"혼기도 놓치고 아이도 못 보고. 나도 이제 늙었나. 내 사람들 먹이고 재우는 일에 제일 마음이 쓰여."

"장군님!"

우만이 짐짓 큰 소리를 냈다.

"서운합니다. 우리가 무슨 용병입니까? 우리가 언제 출세나 부귀가 필요하다고 했습니까? 지금 의회가 지원을 끊을까 봐, 그래서 그리 나약한 소리를 하시는 겁니까?"

소마가 그의 눈빛을 피한 채로 생각에 잠겼다. 우만도 부대의 상황을 아는 까닭에 더는 뭐라 잔소리를 하지 않았다. 멀리서 병사들이 웃고 떠드는 소리가 간간이 들렸다. 침묵 뒤에 소마가 말을 꺼냈다.

"혹시 꿀을 얻을 수 있다면 벌통에 손을 넣어봐야 하지 않겠나. 게다가 내 손을 넣는 것이라면, 내가 아끼는 다른 이들의 손이 아니라 내 것으로 충분하다면 차라리 다행이지 않겠나."

우만의 반대에도 소마는 참모들을 소집했다. 의견을 들은 뒤 결정을 내렸다.

"부대는 회군하지 않고 나만 호위병들과 함께 본국에 입성한다. 더 이상 다른 말을 붙이지 말라. 내가 없는 동안 우만이 부대를 지휘할 것이다."

다음 날 동이 틀 무렵 소마가 호위병들과 함께 말에 올랐을 때 전령이 도착했다. 레메니오스의 편지였다. '늑대에게 날개를 달아주겠네.' 우만은 얼굴이 하얀 자는 그게 레메니오스라도 믿지 말아야 한다고 말했다. 다만 이번만큼은 그가 무엇을 하는지 지켜보는 것도 좋을 듯하다고 말을 붙였다.

"장군님. 사방이 어두울 때는 움직이지 않는 것이 가장 현명한 방안입니다. 그리고 지금은 사방이 어두울 때입니다."

우만의 충고에 소마는 깊게 고개를 끄덕였다. 그러고는 말에서 내렸다.

"흘러가는 상황을 보고 움직여도 늦지 않으리라."

소마의 영을 부대에 전하는 자가 호위병들을 향해 큰 목소리로 영을 전달했다.

"입성은 취소되었다! 각자의 위치에서 대기하라!"

그 시각, 레메니오스는 의회 단상으로 올라섰다. 자신을 둘러앉은 동료 의원들의 얼굴을 느긋하게 바라보았다. 친근한 얼굴들과 불편한 얼굴들이 뒤섞여 있었다. 다만 그 어떤 얼굴이 되었든 권태와 욕심이 주름이 되어 눌어붙은 표정은 비슷했다. 그중에서 가장 앞줄에 앉은 최고 군사령관 헤이더스의 얼굴이 눈에 들어왔으나 그는 짐짓 못 본 체했다.

"존경하는 동료 원로회 의원 여러분. 오늘 제가 제안하고 싶은 의제는 소마 장군을 최고 군사령관에 임명하는 것입니다."

그의 단도직입적이고 도발적인 발언에 의원들이 술렁이기 시작했다. 회의장의 소란에 노년의 의장이 주의를 주며 청중을 집중시켰다. 의원 중 하나가 큰 소리를 치며 일어섰다. 작은 키에 단단한 체구를 가진 자였다.

"뭔가 오해하고 있나 본데, 이 자리는 소마 장군을 포상하는 자리가 아니라 그를 문책하는 자리요."

그는 가장 강력한 차기 집정관으로 거론되는 릭이라 불리는 자로, 군사령관 헤이더스의 후견인이었다.

"당신도 알다시피 그의 명령 불복종은 아군에 치명적인 피해를 입혔소."

그러더니 주위를 둘러보며 외쳤다. 목소리가 쩌렁쩌렁 의회당에 울렸다.

"친애하는 동료 의원님. 내 말을 들어보십시오. 모두가 아시는 것처럼 소마는 그의 상관인 헤이더스 사령관의 명령을 무시했습니다. 하스코보 평원 전투에서 네이케스의 부대에 의해 고립된 아군 부대를 도우라는 그의 명령을 소마는 따랐어야 합니다. 하지만 그는 무시했습니다. 그 결과 역시 모두가 아시는 것처럼 우리는 세 명의 고위급 지휘관을 잃었고 부대는 거의 전멸했습니다.”

릭은 잠시 미간에 손을 올리며 자신이 지금 슬프다는 것을 온몸으로 표현했으나, 곧이어 기세등등해져서는 단단한 체구에서 뻗어 나온 짧은 팔로 레메니오스를 손가락질했다.

“당신이 아무리 소마를 변명한다고 해도 이번만큼은 그의 책임을 무마하기가 결코 쉽지 않을 것이오!”

그는 승리에 취한 표정으로 자리에 앉았다. 레메니오스의 표정은 덤덤했다. 그가 입을 열었다.

“의원 여러분. 우리가 잊고 있는 것이 있습니다. 적의 수장인 네이케스의 직속 부대 병력은 일만입니다. 거기다 제후국의 지원까지 합하면 현실적으로 그는 사만의 군사를 지휘할 수 있습니다. 그렇다면 우리 소마 장군이 움직이는 병력은 얼마입니까? 삼천이 채 되지 않습니다. 그는 이길 전쟁에서 크게 이기고 질 전쟁에서 적게 지는 자입니다. 그는 질 것이 뻔히 보이는 적진으로 무작정 뛰어드는 무책임한 인물이 아닙니다. 결국 소마 장군은 자신의 부대를 지켜낸 것입니다. 존경하는 의원 여러분. 현실을 객관적으로 봅시다. 하스코보에서의 패전 이후 지금 우리가 가진 창은 어떻게 되었습니까? 안타깝게도 모두 무뎌졌습니다. 이제 우리에게 남은 예리한 창은 무엇입니까? 오직 소마 장군의 부대뿐입니다.”

회의장은 다시 술렁이기 시작했다. 의장이 목소리를 높여 정돈시켰다. 그때 턱이 길고 빼빼 마른 의원이 일어나 절제된 몸짓과 쇼성으로 외쳤다. 그는 엘 케인으로 그 역시 다음 집정관의 자리를 노리는 자였다.

"친애하는 레메니오스 의원의 현실적인 조언을 잘 들었습니다. 다만 나와 우리 동료 의원들이 우려하는 바는 차라리 의원님의 조언에서 비롯됩니다. 말씀하신 것처럼 이제 우리가 의지할 곳은 소마 장군뿐입니다. 그가 이민족이라는 것을 차치하고서도 남는 우려는, 저 외에도 여러 의원님들이 동의하실 테지만, 소마 장군이 네이케스와의 전투를 의도적으로 피하고 있는 것은 아닌가 하는 점입니다. 이번 전투뿐만이 아닙니다. 일부 떠도는 소문에 의하면 소마 장군과 네이케스가 젊은 시절에 친분 관계가 있었다고 합니다. 그로 인해, 이런 말을 직접 입 밖으로 꺼내는 것조차 불경스러우나, 둘 사이에 모종의 거래가 있었던 것은 아닌가 의심스럽다는 것입니다. 의혹이 불거진 자에게 우리가 힘을 실어주고 그에 의지하는 것이 과연 괜찮은지 동료 의원님들께 여쭙고자 합니다."

장내는 다시 소란스러워졌다. 레메니오스가 고개를 천천히 끄덕이고는 여유 있는 표정으로 말했다.

"저는 조금 놀랐습니다."

그가 입을 열자 모두가 그의 입에서 무슨 해명이 나올지 주목했다.

230

"존경하는 엘 케인 의원님께서 시정잡배들이나 떠들어대는 악의적인 소문을 이 신성한 의회에서 옮기실 줄은 상상도 하지 못했기 때문입니다. 아마도 무미건조한 장내의 분위기를 풀어 주시고자 유머를 의도하신 것이라 생각합니다. 그저 유머에 익숙하지 않으셔서 그런가, 이번에는 실패하신 듯합니다."

몇몇 의원들이 웃음을 터뜨렸다. 엘 케인은 얼굴빛이 붉그락 푸르락하며 팔다리를 떨었다. 혼자서 무어라 웅얼거리는 듯했으나 주변 몇 명을 제외하고는 그의 말을 들은 이는 없었다. 레메니오스가 말을 이었다.

"물론 저도 잘 알고 있습니다. 대부분의 존경하는 의원 여러분들께서는 현재의 전쟁 상황을 꼼꼼하게 살피고 계실 테지만 일부 의원님들은 그렇지 않다는 사실을 말입니다. 전술에 문외한이신 분들도 있고, 또는 아직까지는 자신의 이익과 직접적으로 결부되지 않는다며 스스로를 속이시는 낙관적인 분들도 있습니다. 그러다 보니 막연한 공포와 근거 없는 오해가 원로회를 장악하고 있습니다. 그리고 그러한 오해에서 비롯된 멍청한 결과가 바로 오늘의 이 문책 자리입니다. 하지만 친애하는 의원 여러분, 진실은 정반대입니다. 하스코보 평원 전투의 진실은 소마 장군이 네이케스를 피한 것이 아니라, 네이케스가 소마 장군을 피해 병력을 돌린 것입니다."

레메니오스는 긴 시간을 들여 당시의 전황을 설명했다.

네이케스의 대군이 소마의 부대와 만난 날은 사흘째 비가 내린 날이었다. 강이 불어 건널 수 없는 상태에서 그는 두 길 중 하나를 선택해야 했다. 이틀이면 건널 수 있는 로도피 계곡을 돌파할 것인가, 아니면 십 일이 족히 걸리더라도 하스코보 평원으로 돌 것인가. 소마가 계곡에 있다는 정보는 마음을 그쪽으로 향하게 했다.

'수많은 날에 그를 쫓지 않았던가. 이제 이틀이면 닿을 거리에 그가 있다.'

네이케스는 말 위에 앉아 로도피 계곡으로 들어서는 숲의 입구를 바라보았다. 빗줄기는 줄었으나 이미 경량 갑옷 사이로 물이 스며들어 등줄기에서 올라오는 열기와 함께 온몸을 습하게 만들었다. 그는 열기를 느끼며 생각했다.

'무엇이었던가. 그를 쫓는 이유가.'

물론 머리로는 기억하고 있었다. 그의 목을 베어 고네의 무덤 앞에 바치겠다는 다짐을. 인생의 절반을 그 목표 하나를 위해 달려왔던 것이다. 하지만 정말 그것이 이유였던가. 이제는 기억이 가물가물했다. 그저 삶의 습관이 되어버린 것은 아닌가. 혹은 그에게 듣고 싶은 대답이 있어서는 아닌가. 네이케스는 빗속에서 잠시 생각에 잠겼다.

하지만 아무리 마음이 이끈다 해서 충동적으로 그것에 사로잡힐 나이는 이미 지난 지 오래였다. 수많은 승리와 패배를 경험하며 네이케스는 충분히 신중해져 있었다. 그는 가늠해보았다.

'대군을 이끌고 좁은 계곡을 건널 수는 없다. 대열은 길어져 선두와 후미의 소통은 어려워지고 제때에 영이 이르지 못할 것이다. 그만큼 측면이 취약해질 것이고 분명 소마는 측면에서의 기습을 준비할 것이다. 숲에 불을 지른다면 매복을 와해할 수 있고 비교적 안전하게 계곡을 통과할 수 있을 테지만, 사흘간 내린 비에 숲은 뿌리까지 젖어 불이 붙지 않을 것이다. 그렇다면 매복을 피할 마땅한 수단이 없다.'

생각이 여기까지 이르자 네이케스는 시간이 걸리고 그만큼 보급이 소모될지라도 하스코보 평원을 선택하기로 했다. 다만 개활지를 돌파하기 위해서는 대규모 군대가 유리했다. 네이케스는 제후국의 증원 부대가 오기를 기다리기로 했다.

하지만 바가렐라의 명령이 떨어졌다.

[시간을 지체 말라. 증원 부대가 통과할 수 있도록 계곡의 통로를 우선 확보하라.]

네이케스는 참담했다.

"혜렌이 나를 내치려고 하는구나."

네이케스는 보지 않아도 눈에 훤했다. 전장에서 잔뼈가 굵은 바가렐라가 이렇게 멍청한 명령을 내릴 리가 없었다. 그는 욕심이 많은 자였으나 그 욕심을 이루기 위해 자신을 망치는 자는 아니었다. 바가렐라는 아무리 작은 전투라도 그것이 전세를 한 번

233

에 역전시킬 수 있음을 누구보다 잘 알고 있었고, 그만큼 공과 사의 구분은 엄격했다. 군을 건강하게 할 자가 자신의 아들이 아님을 확신하게 된 이후부터는 주위의 참모들에게 이렇게 말하곤 했다.

"전쟁을 끝내고 아데사의 대지를 가꿀 자는 네이케스다."

문제는 언제나 시간이었다. 전쟁은 길어지고 바가렐라는 늙어갔다. 노련하고 치밀했던 바가렐라는 사라졌다. 이제 흐릿해진 정신으로 바지 하나 제대로 추켜올리지 못하는 늙고 병든 노인만이 있을 뿐이었다. 그의 생각은 더 이상 그의 생각이 아니었고, 그의 말은 더 이상 그의 말이 아니었다. 헤렌의 생각과 말이곧 바가렐라의 생각과 말이 되었다.

하지만 어쩔 수 없는 일이었다. 네이케스는 계곡으로 진군할 것을 지시했다. 부대는 막사를 걷고 행군 준비에 돌입했다. 전장을 함께 누빈 노련한 참모 하나가 그에게 다가와 주위에 들리지 않을 만한 목소리로 말했다.

"건너지 못할 것입니다."

네이케스가 답했다.

"명령은 명령이다. 거역할 수는 없다. 우리는 해야 할 두 가지를 모두 해내야 할 것이다. 명령을 따르고, 동시에 부대를 지킨다. 이번 전투는 승리를 위한 것이 아니다. 우리는 잘못된 명령의 값을 최대한 적게 치르고 다시 빠져나온다."

참모가 고개를 끄덕였다. 의도를 이해한 그가 말했다.

"징병된 농민과 용병에게 정규군의 옷을 입혀 선두에 세우겠습니다."

네이케스는 아무 대답도 하지 않았다.

선두의 병사들은 쉽게 앞으로 나아가지 못했다. 계곡은 깊고 나무는 울창하여 시야 확보가 어려웠다. 이미 계곡의 건너편을 아군이 장악했고 그래서 안전이 확보되었다고 거짓으로 병사들을 달래보아도 마찬가지였다. 다만 네이케스가 선두 그룹을 이끈다는 것이 병사들에게는 작은 위안이 되었다. 뒤에서 재촉하듯 따라붙는 그의 깃발이 보였던 것이다. 하지만 그마저도 곧 보이지 않게 되었다. 계곡 안으로 들어설수록 어둠은 짙어져 사방은 칠흑처럼 어두웠다. 걸음을 옮길 때마다 젖은 흙이 발에 달라붙으며 점차 무거워졌다. 마치 죽은 자들이 잡아끄는 것만 같지 않느냐는 입이 헤픈 어느 병사의 말은 감기처럼 퍼져 나가 병사들을 공포에 젖어들게 했다. 길고 지루한 행군이 이어졌다. 어둠 속에 보이는 것이라곤 앞에 걷는 자의 찐득하고 무거운 종아리뿐이었다. 그때 선두 그룹이 멈추며 부대는 숲의 어둠 한가운데 정지했다. 선두를 책임진 초임 기사가 맨 앞으로 달려갔다. 무슨 일이냐는 물음에 병사 하나가 금방이라도 울음을 터뜨릴 듯한 표정으로 휘파람 소리를 들었다고 말했다. 초임 기사는 걱정할 것 없으니 앞으로 더 나아가라고 강하게 명령하고는 자신이 왔던 길을 따라 돌아갔다.

하지만 시작된 행군은 얼마 안 가 다시 멈추었다. 선두가 발견한 것은 아군 병사의 시체였다. 상반신과 하반신이 나뉘고 배 속이 텅 빈 채로 그것은 나무에 매달려 있었다. 몇몇 병사가 두려움에 다리가 풀려 진창에 주저앉았다.

"아틸라다! 아틸라의 짓이다! 천 년 전에 죽은 훈족의 왕이 지금 이 숲에 있다!"

누군가 소리를 질렀다. 일부 병사가 대열을 이탈하여 계곡 아래로 도망치다가 미끄러지며 비명만을 남기고 시야에서 사라졌다. 그 소리는 메아리처럼 이곳저곳으로 번져갔고 부대는 혼란에 빠졌다. 그나마 간신히 정신을 붙잡고 있는 병사들은 자신들을 통제해줄 기사가 오기를 초조하게 기다렸으나 그 누구도 나타나지 않았다. 머리 위로 묵직한 바람이 가지를 크게 흔들며 이나무에서 저 나무로 건너갔다.

"사람이다! 머리 위에 사람이 있다!"

누군가 외쳤다. 동시에 여기저기서 외마디 비명과 함께 병사들이 쓰러졌다. 놀란 자들은 사방으로 흩어졌으나 계곡은 깊고 발은 무거워 아무도 멀리 가지 못했다. 그때 우레 소리와 지진 같은 땅의 울림을 동반하며 계곡 위쪽으로부터 토사가 쏟아져 내렸다. 운 좋게 쓸려나가지 않은 병사들이 정신을 차렸을 때,

그들은 부대의 중간이 완전히 사라졌음을 보았다. 다시 머리 위로 무거운 바람이 휘몰아치더니 하늘에서 밧줄의 고리가 내려왔다. 그것은 목숨을 부지한 이들의 목을 휘감아 하늘로 끌어 올렸다. 네이케스의 목에도 고리가 감겼다. 순식간에 그가 하늘로 끌어 올려지며 그의 깃발은 진창을 뒹굴었다. 그날 숲에 발을 들여놓은 자들 중에서 살아나간 자는 아무도 없었다.

소마는 그럴 리가 없다며 웃었다. 네이케스를 사로잡아 주둔지로 이송하고 있다는 소식을 접하고도 그는 기대하지 않았다. 꿇어앉은 네이케스의 투구를 벗겼을 때, 그 안에는 겁에 질린 비쩍 마른 농민이 있을 뿐이었다. 소마는 아쉬워하지 않았다. 이렇게 쉽게 잡힐 일이었다면 이십 년을 끌지도 않았을 거라며 그는 마치 놀이를 즐기는 아이 같은 표정을 지었다.

그 시각에 네이케스도 비슷한 표정을 지었다. 병력 손실이 사백 명 정도에 그쳐 다행이라는 참모의 말에 그는 소마가 아직도 조급하다며 웃었다. 그리고 참모에게 말했다.

"이제 두 가지를 다 이루었다. 영을 따랐고, 부대를 지켰다. 이제 명분을 얻었으니 실리를 얻을 차례다. 증원군과 함께 하스코보 평원으로 간다."

의원들이 술렁였다. 가까이 앉은 동료들과 머리를 맞대고 이것저것 떠들어댔다.

"이것이 하스코보 평원 전투의 실제 경위입니다."

레메니오스가 목소리를 가다듬고는 힘주어 말했다.

"소마 장군은 명령 불복종자가 아니라 주요 진입로를 막아낸 영웅입니다. 제가 의아한 것은 왜 군사령관 헤이더스가 소마 장군에게 하스코보 평원으로 지원을 가라고 명령했는가 하는 점입니다. 산과 계곡에서는 병력의 차이를 극복할 수 있지만 광활한 개활지에서는 어렵다는 것은 전략과 전술을 조금이라도 아는 사람이라면 기본적으로 알고 있는 상식입니다. 다시 말해, 평원에서 네이케스의 대군에 맞서겠다는 생각은 처음부터 상식에 어긋나는 것이요, 지휘관의 오만과 안일함이 부른 참담한 실책인 것입니다. 그렇다면 헤이더스 사령관은 왜 소마 장군에게 평원으로의 지원을 지시한 것일까요? 합리적으로 추론하건대 그가 자신의 전략적 실책에 대한 책임을 외부로 돌리고자 했던 것은 아닌지 의심스럽습니다. 특히 그 대상이 이민족에다가 내부에서도 공포의 대상인 자라면 관심을 돌리는 데 수월했겠지요."

의회가 다시 술렁였고 몇몇이 무슨 괴변이냐며 소리를 질렀으나 의장이 목소리를 높여 그들을 강하게 제지했다. 그러고는 의장이 직접 자리에서 일어나 레메니오스에게 말했다.

"친절하면서도 열정적으로 전쟁의 경과를 보고해준 우리 동료 의원 레메니오스에게 감사의 말씀을 우선 전합니다. 다만 제가 우려하는 것을 여쭙고자 합니다. 의원님의 생각을 듣고자 합니다. 저는 그가 의회에 대한 존경과 예의가 있는지 묻고 싶습니다. 그는 의회의 호출에도 응하지 않고 독자적인 행보만을 하고 있습니다. 그와 가까운 의원님께 묻습니다. 그는 의회주의자입니까? 어떤 이들은 그가 왕정으로의 복귀를 꿈꾼다고도 하고, 또 다른 이들은 그가 스스로 왕위에 오르려 한다고도 합니다."

레메니오스가 질문에 감사를 표하며 답했다.

"의장님. 그리고 동료 의원 여러분. 개가 짖도록 내버려 두는 것은 그것이 주인이어서가 아닙니다. 그것이 단지 집을 지키기 때문입니다. 문제는 지금 집 앞의 울타리까지 도적 떼가 이르렀다는 것입니다. 게다가 도적 떼의 우두머리는 명장 네이케스입니다. 언제까지 체면과 명분을 들먹이며 그들이 담을 넘어 우리의 집을 약탈할 때까지 지켜보기만 하실 겁니까? 우리는 선택해야 합니다. 직접 나가 싸울 것인지 아니면 당신 집을 지키는 개를 사자로 키울 것인지. 저는 후자를 선택하고자 합니다. 소마 장군을 크레도니아 최고 군사령관에 임명할 것을 제안합니다."

의회가 폐한 뒤, 일부 의원들은 안도했고 다른 의원들은 우려했다. 대부분은 후에 소마의 권력을 제어하지 못할 수도 있음을 떠올렸으나 당장 다른 묘안은 없었다. 의원들 사이에 여러 다양한 견해와 의견이 오갔다. 다만 정치에 잔뼈가 굵은 그들 모두가 동의한 한 가지는 오늘 이 자리가 사실은 레메니오스가 차기 집정관 출마를 선언한 자리였다는 것이었다. 나이 많은 의원들 중 일부는 그가 너무 조급하다고, 아직 젊으니 그렇게 서두를 필요가 없는데도 불장난에 심취한 듯하다고 투덜대었다.

16

소마는 최고 군사령관의 자리를 수락했다. 다만 의회에서의 취임 연설은 거부했다. 거만하고 예의가 없다며 투덜대는 의원들이 있었지만 그렇다고 드러내놓고 불만을 제기하는 자는 없었다. 그것은 첩보 때문이었다. 적이 가용한 모든 병력을 집결해 공격을 준비하고 있다는 정보였다. 전군을 지휘하게 되어 첫 번째 맞는 전투가 전쟁이 시작된 이래 가장 거대한 규모의 전투가 될 수도 있는 상황이었다. 소마는 곧장 전장으로 향했다. 다만 그는 처음에는 첩보를 믿지 않았다. 우만도 같은 생각이었다.

"그렇게 멍청하게 들어올 리가 없습니다. 계략일지 모릅니다. 다른 첩보가 도착할 때까지 움직이지 말고 기다려야 합니다."

이윽고 두 번째 첩보가 들어왔을 때 우만은 웃었다. 소마는 이번에 전쟁이 끝날지도 모른다고 생각했다. 첩보의 내용은 세 가지였다. 첫째, 현재 적의 전군을 지휘하는 건 헤렌이다. 둘째, 헤렌이 바가렐라의 이름으로 네이케스를 군법에 회부했다. 죄명은 로도피 계곡을 뚫지 못하고 하스코보 평원으로 군을 돌린 무능이다. 셋째, 네이케스는 좌천되어 후방의 교육직으로 물러나고 헤렌이 왕립기사단장의 지위에 스스로 올랐다.

우만이 소마에게 말했다.

"아무래도 승리의 신이 장군님을 선택하기로 했나 봅니다."

소마는 그 말에 별다른 대꾸를 하지 않고 대신 이렇게 말했다.

"내가 우려하는 건 두 가지네. 우선은 네이케스도 분명 이것이 자멸임을 알고 있을 거야. 그가 정치가 되었든 군이 되었든 움직이게 해서는 안 되네."

우만이 답했다.

"민첩하고 집요한 자들로 뽑아 그의 발을 묶어두겠습니다."

소마는 간단히 고개를 끄덕였다. 그러고는 두 번째 우려를 이야기했다.

"가을이 끝나면 동쪽에서 불어오는 마른바람도 멈출 거야. 헤렌이 가을이 끝나기 전에 움직여줄까?"

우만이 답했다.

"그는 전략과 전술을 모르고 본성이 조급하기에 며칠 내로 움직일 겁니다. 다만 그가 조금 더 서두를 수 있도록, 장군님이 부임 초기라 아직 군을 장악하지 못해 허둥대고 있다고 소문을 풀어두겠습니다."

소마가 듬직한 표정으로 우만의 눈을 바라보며 마지막으로
물었다.

"그럼 이제 우리가 할 일은 무엇인가?"

우만이 답했다.

"불을 다루는 데 익숙하고 경험이 많은, 입이 무거운 자들로
추려놓겠습니다."

헤렌의 부대는 예상에서 한 치의 오차도 없이 움직였다. 참모
들은 강의 수위가 낮아질 때를 기다려 길이 열리면 도하하는 것
이 가장 안전하다고 조언했으나 헤렌은 그들을 불같이 비난하
고는 가르치듯 말했다.

"전투에는 다 때가 있음을 모르는가? 소마가 군을 장악하지
못하고 허둥대는 이 절호의 기회를 놓쳐선 안 된다."

참모들은 그렇다면 병력의 우위를 이용해야 한다고 말했다.
병력을 분산하여 로도피 계곡과 하스코보 평원으로 동시에 진
군하자고 제안했다. 하지만 헤렌은 그것마저 허락하지 않았다.
두 번 다시 그 얘기는 꺼내지도 말라고 역정을 내었다. 그가 이
토록 예민하게 반응했던 것은 네이케스 때문이었다. 만약 자신
도 계곡을 건너는 데 실패한다면 네이케스를 무능으로 처벌한
명분을 잃을 것이 뻔했다. 그렇다면 네이케스의 정계 복귀는 시

간문제가 될 것이다. 그것은 적보다도 우려스러운 일이었다. 헤렌은 번복의 여지가 없는 명령을 내렸다.

"전군은 하스코보 평원으로 진군한다!"

사만에 이르는 대군은 그 끝이 눈에 들어오지 않았다. 하스코보 평원을 거대한 천막으로 뒤덮는 것처럼 행렬은 이어지고 이어졌다. 군악대의 북소리가 하늘 위로 퍼져나가고 병사들의 발소리가 땅 아래로 진동했다.

"개활지에서 대군을 막을 수는 없다."

전투용 사두마차에 앉아 헤렌은 기세가 등등해졌다. 그때 지형을 잘 아는 참모가 마른 동풍에 대지가 건조해서 불에 취약할 수 있다고 조언했다. 헤렌은 다른 참모들과 수많은 병사들이 보는 앞에서 그를 비난했다.

"동풍이라면 우리가 등진 바람이 아니냐? 그렇다면 바람에 위험한 것은 우리가 아니라 저들이다. 모든 행동에는 다 위험이 섞여 있는 법인데, 노인네처럼 이건 안 된다 저건 안 된다 걱정만 쏟아내기 시작하면 세상에서 이룰 수 있는 것이 아무것도 없다. 그러니까 네가 지휘관은 하지 못하고 평생 참모만 하고 있는 것이다."

이후 더 이상 그 어떤 참모도 입을 열지 않았다.

그 시각 헤렌이 전군을 모아 평원을 가로지른다는 소식을 접한 네이케스는 엘디귀즈 4세를 찾아가기로 결심했다.

'국운이 달린 일임을 알려야 한다.'

왕이 여전히 아데사 가문의 영향 아래에서 숨을 죽이고 있음을 모르는 바는 아니었지만 지금 네이케스가 할 수 있는 일은 그것이 전부였다. 그나마 다행인 것은 최근 들어 엘디귀즈가 자신의 목소리를 내고 조금씩 영향력을 확대하고 있다는 것이었다. 청년으로 성장한 그는 조금씩 주변에 자신의 사람을 배치하고 있었다. 네이케스도 그가 불러들인 사람 중 하나였다. 왕은 그에게 의지했다. 이번에는 자신이 왕에게 의지할 때라고 네이케스는 말의 고삐를 내려치며 생각했다. 하지만 마을을 벗어났을 때부터 알 수 없는 소수의 무리에게 시달리기 시작했다. 검은 망토에 두건을 두른 그들은 집요하게 진로를 막고 공격해왔다. 네이케스는 어쩔 수 없이 고삐를 돌릴 수밖에 없었다.

갈라졌던 여러 지류가 하나의 거대한 강으로 모여들듯, 모든 준비는 마쳐졌다. 소마는 언덕 위에 섰다. 평원을 가로질러 다가오는 헤렌의 대군을 바라보았다. 빽빽이 대열을 갖추고 끝없이 늘어선 무리가 넘실대는 파도처럼 밀려왔다. 고개를 들어 하늘을 올려다보았다. 해는 정오에 이르렀고 투명한 하늘에는 구름 한 점 없었다. 아군의 기수가 들고 있는 깃발이 서쪽을 향해 맹렬히 펄럭였다. 우만이 말했다.

"때가 무르익었습니다."

소마의 표정엔 아무 변화도 없었다. 메마른 흙먼지가 바람에 섞여 얼굴을 훑고 사라짐을 느꼈다. 그가 입을 열었다. 묵직한 음성이 그의 병사들에게로 퍼져나갔다.

"저들의 재가 거름이 되리라. 평원을 기름지게 하리라. 나는 오늘 기나긴 전쟁을 끝낼 것이다. 저들의 희생 위에 우리의 삶의 터전을 가꿀 것이다."

평원을 건너는 헤렌의 병사들은 무언가 이상한 점을 느꼈다. 건조한 바람에 풀이 마를 때가 된 것은 알겠는데 그것 말고도 누가 베어서 뿌려놓은 것처럼 잘 마른 건초들이 대지에 펼쳐져 있었던 것이다. 또 건초들이 자꾸 종아리와 허벅지까지 붙어대는 것이 이상했는데 몇 개 뜯어서 살펴보니 무언가에 절어 있었다. 행군 중인 병사 하나가 건초 하나를 코로 가져가 냄새를 킁킁대더니 불안한 표정으로 옆의 동료에게 말했다.

"기름인가?"

옆의 동료도 자기에게 붙은 건초를 한 무더기 떼어내서는 냄새를 맡아보았다.

"그런 것 같은데."

같은 때에 참모들도 자신들이 기름에 절은 건초 위를 건너고 있음을 알게 되었지만 그 누구도 나서서 헤렌에게 보고하려 들

지 않았다. 헤렌의 마차에는 어느새 차양이 쳐졌다. 한낮의 태양
과 병사들이 뿜어내는 더운 열기와 그들의 역한 땀냄새에 지친
그는 지루한 행군에 짜증을 내던 참이었다. 행군 속도를 높일 수
는 없느냐고 참모들을 향해 언성을 높이던 그때, 전투는 시작되
었다.

　멀리 부대의 후미에서 들려오는 비명에 행군하던 병사들은
반사적으로 걸음을 떼며 뒤를 돌아보았다. 검은 연기가 피어오
르고 있었다. 누군가 불이 붙은 것 같다고 떠들어댔으나 대부분
의 병사들은 행군을 계속했다. 뭔가 지시가 있겠거니 하며 서로
눈치를 살폈다. 별다른 소란이 없으니 별문제가 아닌가 보다고
그들은 서로에게서 위안을 얻고자 했다. 하지만 걷고 있어도 걷
는 것이 아니었다. 병사들의 귀와 신경은 온통 뒤로 향해 있었
다. 그들을 더 불안하게 만드는 것은 뭔가 혼란스러운 소리가 등
뒤에서 빠르게 가까워지고 있다는 점이었다. 정신 사납게 연신
뒤를 돌아보던 병사 하나가 "어, 어…" 하고 소리를 내더니 곧이
어 얼굴빛이 사색이 되어서는 대열을 이탈하여 앞으로 달려나
갔다. 그를 시작으로 뒤를 돌아본 병사들은 정신없이 사방으로
도망쳤다. 화염이 동풍을 타고 빠르게 번져오고 있었다. 그때까
지도 상황 파악을 하지 못하고 머뭇거리던 병사들은 화염보다
먼저 들이닥친 말과 병사들에 치이고 넘어지며 얽히기 시작했
다. 대열은 흩어지고 발과 발이 얽히고 몸과 몸이 겹쳤다. 말들

이 놀라 날뛰는 바람에 병사들을 밟고 넘어지며 땅 위를 뒹굴었다. 그러는 사이에 기름에 절은 건초가 병사들의 상의와 손과 얼굴에 뒤범벅이 되었다. 더 이상 군령은 전달되지 않았다. 병사들은 무작정 앞을 향해 내달렸다. 하지만 이내 선두에도 불길이 올라오더니 이어서 측면에서도 불길이 치솟았다. 곧이어 하늘에서 수많은 불화살이 여기저기 떨어졌다. 불이 붙은 자들의 비명과 몸부림에 서로의 창이 서로를 찌르고 칼이 서로를 베었으며 말이 병사들을 짓밟아댔다.

화염은 순식간에 평원을 뒤덮었다. 땅 위에 발을 대고 있는 모든 것을 집어삼켰다. 두껍고 시커먼 연기가 울컥대며 솟아오르더니 이내 태양을 가렸다. 어둠이 평원에 내려앉고 살이 타는 냄새와 비명 소리가 대지를 울렸다. 후에 살아남은 자들은 이 이야기를 이렇게 전했다.

"멀리 언덕 위에 아틸라가 우리를 내려다보고 있었다. 그의 눈에서 불길이 번쩍일 때마다 대지는 화염을 뿜고 사람과 말을 집어삼켰다. 아틸라가 검은 망토를 펼치자 그 크기는 하늘을 덮을 만하고 해를 가릴 만했다. 그는 지옥을 지상에 불러오는 능력이 있었다. 아무도 이곳이 지옥임을 의심하지 않았다. 아무도 그가 살아 있는 아틸라임을 의심하지 않았다."

헤렌의 시신은 찾을 수 없었다. 바가렐라는 침상에 누운 채로 막내아들이 죽었다는 소식을 들었으나, 그것의 의미까지 알아듣지는 못했다. 눈치 빠른 자들은 이미 엘디귀즈 4세의 사람들에게 줄을 대었고, 눈치 없는 이들도 이제는 바가렐라의 성을 찾지 않았다. 엘디귀즈는 바가렐라가 쥐고 있던 모든 권한을 빼앗아 네이케스에게 넘겼다. 조졸한 재상 임명식에서 엘디귀즈는 근심 가득한 얼굴로 그에게 말했다.

"우리는 모든 병력을 잃었고 나라의 운명은 소마의 칼 아래 있습니다."

네이케스가 답했다.

"이제 전쟁을 끝낼까 합니다. 칼이 아니라 말이 그것을 해낼 것입니다."

그날 밤 네이케스는 서둘러 전령을 보냈다. 전령은 세 밤과 세 낮을 달려 크레도니아 의회에 도착했다.

이후에 의회로부터 소마에게 하달된 명령은 모든 군사적 적대 행위를 잠정적으로 중단한다는 것이었다. 우만은 불같이 화를 냈다.

"지금 아데사의 땅은 비어 있는 것이나 마찬가지인데 전쟁을 입으로만 하는 놈들이 절호의 기회를 망치려 합니다. 저 얼굴 하얀 놈들의 허락을 기다릴 것이 아니라 독자적으로 행동해야 합니다."

소마는 예감이 좋지 않았다. 대답 대신 생각에 잠겼다.

그때 의회의 모든 쟁점은 네이케스의 문서에 집중되었다. 그의 제안은 명료했다. 전쟁을 종식하자는 것. 그는 우선 엘디귀즈 4세의 이름으로 크레도니아의 의회제를 존중함을 밝혔다. 다음으로는 길고 긴 전쟁의 근본 원인이었던 항구 차쿠날레에 대한 배타적 소유권 주장을 영구적으로 포기한다고 선언했다. 대신 상업항에 대한 평화적 이용을 제안했다. 차후 정당한 조건과 적절한 세금을 협의하여 상호 이익에 부합하게 계약을 맺고 이를 5년마다 갱신하는 방법으로 영구적 평화를 이루자는 것이었다. 네이케스의 문서는 실무적이고 절제되어 있었으나, 원로회 의원 중에서 이것이 실질적인 항복 문서임을 이해하지 못하는 자는 없었다.

다만 이 문서가 논쟁의 중심이 되었던 이유는 현재 집정관의 임기가 곧 끝나서였다. 차기 집정관 자리를 노리는 이들은 어떻게 하면 이 문서를 자신에게 유리하게 이용할 수 있을지를 고민했다. 특히 발등에 불이 떨어진 자는 레메니오스였다. 2차 하스코보 평원 전투에서 소마가 크게 이기며 자신에게 유리한 상황이 조성될 것으로 기대했지만 결과는 그 반대였기 때문이다. 문제는 소마가 너무 과하게 이겼다는 데 있었다. 동료 의원들은 소마와 같은 절대적 공포를 등에 업은 집정관의 탄생을 우려했다.

그것은 행정과 입법의 균형을 잃게 하고 결국 의회제를 무너뜨릴 것이다. 이것이 그들이 레메니오스를 지지하지 못하는 이유였다. 시민들도 마찬가지였다. 보통의 사람들은 하스코보 평원의 참상에 기겁했다. 이제 그 드넓던 평원은 그을린 뼈와 썩어가는 살만이 널려있고 풀 한 포기 나지 않는 죽음의 무덤이 되어 있었다. 사람도 동물도 더 이상 그곳에 발을 들이려 하지 않았다. 아틸라의 잔혹함은 적과 아를 구분하지 않고 모든 사람들로부터 혐오를 불러일으켰다. 레메니오스의 지지와 인기는 급격히 줄어들었다. 그는 이 위기를 돌파해야 했다. 그런 그에게 네이케스의 문서는 분위기를 반전시킬 마지막 기회였다.

레메니오스는 원로회 각 계파의 수장들에게 비밀리에 만남을 요청했다. 의장의 주선으로 그의 응접실에 여섯 명의 원로들이 모였다. 그중 일부는 선거를 앞두고 이런 비밀 회동은 적절하지 않다며 대놓고 불만을 표시했다. 하지만 불만을 토로하든 그렇지 않든 그와는 무관하게 이 자리에서 무엇을 얻고 무엇을 내어주게 될지를 가늠하는 것은 여섯 명 모두가 동일했다. 레메니오스가 입을 열었다.

"동료 의원님들께서 무엇을 우려하시는지 잘 알고 있습니다. 저의 할아버지인 레메니오스 대공께서는 모두가 아시는 것처럼 초대 집정관 임기를 마치시며 권력이 세습되어 의회제를 위협하게 될까 우려하셨습니다. 그래서 사병을 해산하고 군과의 관계도 단절하셨습니다."

그때 원로 하나가 지겹다는 듯이 그의 말을 끊고 성급하게 물었다.

"도대체 하고자 하는 말이 뭐요?"

레메니오스가 애써 미소를 지었다. 이어 신중한 표정으로 단호하게 말했다.

"제가 드리고 싶은 말씀은 저도 의회를 존중하신 할아버지의 뜻을 계승하려 한다는 것입니다. 우리 원로님들께서 저를 지지해주시면 집정관이 된 직후에 군과의 관계를 단절함으로써 무력을 앞세운 장기 집권의 우려를 원천적으로 차단할 것입니다."

성급하게 입을 열었던 원로가 조금 누그러진 어투로 다시 반박했다.

"뭐, 우리 레메니오스 의원님의 뜻은 알겠는데, 좋다 이겁니다. 하지만 의원님과 특별한 관계인 소마가 저렇게 시퍼렇게 눈을 뜨고 있지 않습니까? 우리는 우리 의원님을 믿습니다. 다만 우리가 걱정하는 건 의원님이 아니라 소마 아니겠습니까? 그는 크레도니아의 잠재적 위협입니다."

다른 원로들이 그 말이 맞다며 맞장구를 쳤다. 레메니오스가 동의한다는 얼굴로 고개를 끄덕이며 답했다.

"모두 맞는 말씀입니다. 하지만 오해는 풀어야겠습니다. 저와 소마 장군은 크레도니아의 안전과 평화라는 동일한 목적을 성취하기 위해 임시로 묶인 사이일 뿐, 그 이상도 이하도 아니라는 것입니다. 만약 그가 우리의 위협이 된다면 그건 용납할 수 없는 일일 것입니다."

레메니오스는 잠시 목을 가다듬고는 한층 더 목소리를 낮춰 말했다.

"네이케스가 제안한 종전은 새로운 시대를 말하고 있습니다. 반세기 동안의 불안과 공포는 종식되고, 우리는 새로운 안정과 풍요를 얻을 것입니다. 삼십 년 전쟁을 마감하는 화해의 선물을 보냄으로써 종전에 대한 제안을 받아들인다는 우리의 진심을 전할 것입니다."

여섯 원로의 몸짓과 태도는 변함이 없었으나 그들의 침묵과 눈빛은 그들이 긴장하고 있음을 숨기지 못했다. 레메니오스가 말을 이었다.

"우리가 성의를 보였다고 저들이 느끼게 하는 동시에, 우리가 가지고 있어봤자 독이 되는 것을 보내려 합니다. 집정관 임명식이 끝난 직후에 말입니다. 저들은 아틸라의 머리를 받게 될 것입니다."

"오랜만에 꿈을 꾸었네."

옆에서 검을 정비하던 우만이 소마를 힐끔 쳐다보았다.

"검고 긴 망토를 걸치고 있었는데 너무도 차갑고 미끈한 거야. 가까이서 보니 망토의 날실과 씨실이 물로 짜여 있었지. 뒤를 돌아보았는데 밤의 호수처럼 시커먼 그것이 내 목에서 시작해서 끝없이 이어져 있었어. 눈으로 그 끝을 따라가니, 그것은 하나의 굽이치는 강이었다가 나중에는 바다가 되었지. 나는 그 검은 바다에 몸을 던져 풍덩 빠져들었네. 거기서 뭔가를 찾고 있었는데 너무 어두워서 보이지가 않았어. 분명 눈앞에 뭔가가 있긴 있는데, 그것이 무엇일까 들여다보고 들여다보았지. 그러다 곧 알게 되었어. 나는 너무도 놀라서 숨이 막혔네. 개미 떼처럼 시커멓게 죽은 자들이 바닥에 깔려 있고 그들에게서 흘러나온 검은 피가 바다를 이루고 있었던 거야. 너무 놀라 허우적대고 있는데, 수면 위에서 누군가 내려다보고 있다는 것을 알 수 있었어. 빛을 등지고 있는 그의 실루엣이 보였고, 나는 제발 도와주기를 간절히 원했는데, 그는 나에게 손을 뻗지 않았지. 대신 물속에 손을 넣어 나에게 무엇인가를 쥐여주었어. 나는 이게 아니라 나의 손을 잡아주기를 바랐는데 말이야. 아침에 눈을 뜬 후에도 원망과 아쉬움의 감정이 계속 남아 있더군."

우만이 정비하던 손을 멈추고 생각에 잠겼다. 소마가 물었다.

"자네 생각은 어떤가? 길한가, 아니면 흉한가?"

우만이 다시 손을 움직이며 아무렇지 않다는 듯 대답했다.

"위대한 아틸라에게는 모두 좋은 것 아니겠습니까. 길하면 길

하니까 좋고, 흉한 것은 원래 흉이란 놈 자체가 아틸라의 부하
요, 아틸라는 세상 모든 고통의 주인이니 그 또한 좋지 않겠습니
까. 그래서 어쩌실 겁니까? 가실 겁니까?"

우만의 표정이 어두워졌다. 소마가 말했다.

"자네는 내가 가지 않기를 바라는가?"

"얼굴이 하얀 자들을 믿어서는 안 됩니다."

우만은 소마의 탁자 위에 놓인 문서에 불쾌하다는 듯 눈을 흘
겼다. 동이 틀 무렵 도착한 전령이 전해준 의회의 명령서였다.
레메니오스의 집정관 취임식에 참석하라는 내용이 담겨 있었
다. 모든 장관급 인사는 의무적으로 참석해야 하고 특히 커다란
공을 세운 최고 군사령관으로서 소마가 참석해야 식을 거행할
수 있다는 것이었다.

"가지 마십시오."

우만이 내뱉었다. 소마가 그를 친근한 눈으로 바라보았다. 우
만은 화를 내기 시작했다.

"그들이 전쟁을 멈추려고 한다는 걸 잘 아시지 않습니까? 적
진은 비었고, 보름이면 점령하고도 남는데도, 저들은 정치 놀음
이나 하면서 자기들끼리 어영부영 전쟁을 끝내려는 겁니다. 어
차피 적군이나 저들이나 똑같이 얼굴 하얀 놈들입니다. 그들의
종자는 처음부터 우리와 다른 겁니다."

우만이 갑자기 몸을 돌려 소마에게 간곡하게 말했다.

"장군님. 저들과 갈라설 때가 됐습니다."

소마가 물었다.

"저들과 갈라서서 우리가 할 수 있는 건 무엇인가?"

"무엇이라니요? 전쟁을 마무리 지어야 하지 않겠습니까?"

소마가 다시 물었다.

"무엇을 위해서?"

"무엇을 위해서라니요? 영원한 복수 때문이 아닙니까?"

소마가 또다시 물었다.

"우리가 남은 적들 하나하나를 모두 참수한다면 그때 우리가 얻는 것은 무엇인가?"

우만의 인상이 찌푸려졌다. 그러더니 목소리를 높였다.

"장군님. 변하셨습니다. 그럼 가셔서 이제 전쟁 끝났으니 한자리 마련해달라고 얼굴 하얀 놈들에게 구걸이라도 하십시오!"

우만은 꼴도 보기 싫다는 듯 돌아앉았다. 둘은 아무 말 없이 한참을 그대로 있었다. 열려 있는 천막 밖으로 무기를 정비하는 전우들의 모습을 소마는 바라보았다. 그리고 먼저 입을 열었다.

"우만. 이제 어머니를 뵈러 가야지. 아들이 살아 있는지도 모르고 하루하루 늙어가고 계시지 않겠나."

우만은 아무 대꾸도 하지 않았다. 소마가 말을 이었다.

"나는 이제 피를 나눈 전우들이 늦게나마 혼인을 하길 바라네. 아이를 낳고, 가정을 이루고, 푹신한 침대에서 잠들기를 바라네. 가서 자리를 구걸해보려고. 여러 자리를 얻어내서 나의 소중한 벗들이 나머지 인생 동안은 풍요롭고 풍족하게 살 수 있으면 좋겠어. 그때야 비로소 나는 안식을 얻을 수 있을 거야. 그래서 의회에 가려 하네."

소마가 호위병을 거느리고 의회로 떠나는 날, 그보다 먼저 우만이 떠났다. 고향을 잃은 난민들이 정착해 살고 있는 마을로 가서 홀어머니를 모시고 돌아오라고 소마가 등을 떠밀었던 것이다. 우만은 내키지 않는 표정으로 안장에 앉아 연신 뒤를 돌아보며 지평선을 넘어갔다.

17

"어머니, 불편하지 않으시냐고요?"

우만이 목소리를 높여 물었지만 그의 늙은 어머니는 아무 대답이 없었다. 우만의 말이 끄는 작은 수레 위에 담요를 둘둘 말고 앉은 그녀는 비쩍 말라 한 줌도 되어 보이지 않았다. 거의 다왔다고, 이제 곧 도착한다고 우만이 유쾌하게 소리쳤다.

닷새 전, 그는 스무 해 만에 난민촌을 찾았다. 마을 입구에는 누더기를 걸친 아이 서넛이 물이 고인 흙바닥에 아무렇게나 앉아 놀고 있고, 진창길마다 판자로 조잡하게 엮은 초가 안쪽으로 누추한 살림살이가 드러났다. 삶의 여건은 나아진 것이 없었으나 못 보던 얼굴은 많아졌고 그를 알아보는 이는 거의 없었다. 어머니의 행적을 수소문하는 과정에서 우만은 한 청년을 만났다. 잠시 이야기를 나누며 그가 전우 소이누의 아들임을 알게 되었다.

"너의 아버지는 살아 있고, 그는 영웅이다."

우만은 청년에게 반가움을 전했지만 그의 표정은 싸늘해졌다. 청년은 자신에게는 아버지가 없으며, 그의 싸움은 자기 자신을 위한 것이지, 우리를 위한 것이 아니라고 쏘아붙였다.

"그가 영웅이든 패잔병이든 누추한 우리의 삶은 달라지지 않는다."

청년은 이 말을 남기고 차갑게 떠났다. 어머니가 기거하는 곳을 찾았을 때도 마찬가지였다. 그녀의 병환이 깊어진 지난 다섯 해 동안 자신이 보살폈다는 몸집이 큰 아낙네는 그에게 돈부터 요구했다. 그 전까지는 데려갈 수 없다며, 어디서 숨어 살다가 이제야 나타나 아들 행세냐고 빈정대었다. 우만은 그녀가 요구한 금액의 스무 배를 던져주고 어머니를 데려왔다.

도시 중심부의 완만한 구릉에 우뚝 선 의회당은 크레도니아의 부와 번영을 상징했다. 고대 그리스 양식을 본 뜬 도리스식 기둥이 웅장함을 드러냈고, 고전을 재해석한 밝고 우아한 주랑은 지중해에서 들여온 대리석으로 덮여 있어, 그 위를 걷는 자를 신들의 세계로 안내해줄 것만 같았다. 소마와 호위병들은 관리자의 안내를 받으며 주랑 위를 걸었다. 마른 몸매에 품위가 묻어나는 관리자는 점잖고 느긋한 목소리로 직접 영웅을 뵙게 되어

진심으로 영광이라며, 취임식을 빛내기 위해 찾아주신 노고에 원로회의 모든 의원님들이 감사해하고 있다고 전했다. 소마는 가볍게 고개를 끄덕여 답례를 했다. 관리자가 말했다.

"레메니오스 의원님께서 취임식 전에 오랜 친구분을 따로 뵙고 싶어 하십니다."

그는 응접실로 안내하겠다고 했다. 긴 복도를 걸어 응접실 문 앞에 도착했을 때 관리자가 말했다.

"호위병들을 대동하는 것은 친구에 대한 예의가 아니고 격식에 어울리지도 않습니다. 응접실 맞은편에 대기실이 있으니 잠시 대기시키는 것이 어떠신지요?"

호위대장이 무어라 말을 하려 했으나 소마가 손을 올려 그의 말을 막고는 괜찮다며 잠시 대기하라고 명했다. 호위대가 대기실로 들어가고 문이 닫히는 것과 동시에 응접실의 문이 열렸다.

소마는 한 걸음 내디뎌 안으로 들어섰다. 텅 빈 응접실이 눈에 들어왔을 때, 그는 무언가 잘못되었음을 본능적으로 느꼈다. 그 순간, 양옆에서 밧줄 올가미가 던져졌다. 소마는 반사적으로 왼편의 올가미를 손으로 쳐냈지만 오른편의 올가미가 그의 목에 감겨 당겨지는 것을 막을 수는 없었다. 소마가 크고 둔탁한 소리를 내며 바닥에 쓰러졌다. 대기실로 막 입장했던 호위병들이 소리에 놀라 문을 열려고 했으나 두껍고 견고한 문은 꿈쩍도 하지 않았다. 소마는 바닥에 부딪히는 순간 차고 있던 칼을 빼어 들었다. 숨이 쉬어지지 않아 얼굴이 터질 듯 붉게 일그러진 상태에서 그는 자기 위로 쏟아지는 쇠몽둥이를 급하게 쳐냈다. 하지만 병사들의 숫자를 이겨낼 수는 없었다. 몽둥이 하나가 그의 머리를 연신 가격하자 피떡이 된 그는 의식을 잃었다.

우만은 자신의 눈을 믿을 수 없었다. 숙영지는 잿더미가 되어 있었다. 여기저기 아직 꺼지지 않은 화염에서는 매캐한 연기가 뿜어져 나오고 병사들의 시신과 무기들이 널브러져 있었다.

'소마.'

우만의 머릿속에 가장 먼저 떠오른 것은 그의 이름이었다. 고민 없이 수레에서 말을 떼어냈다. 어머니에게 잠시만 기다리시라고 크게 소리쳤다. 그리고 급하게 말을 몰았다. 한 번 뒤돌아봤을 때 주름으로 오그라든 그녀의 얼굴이 보였다. 두 번째 뒤돌아봤을 때 어머니가 올라앉은 수레는 잿더미가 된 공터 위에 덩그러니 서 있었다. 세 번째 뒤돌아봤을 때 수레는 나무 그늘에 가려 더 이상 보이지 않았다. 잠깐이면 된다고 잠깐이면 된다고 우만은 되뇌었다. 말에 박차를 가하고 고삐를 내려치며 그는 몰아치는 바람처럼 달렸다.

계절은 겨울에 가까웠고 해는 금세 저물었다. 주위가 파랗게 내려앉자, 수레 주위로 코요테 무리가 모여들었다. 새벽녘까지 어머니의 숨은 붙어 있었다. 그나마 다행인 것은 고통을 느끼는 자가 이미 그 안에 담겨 있지 않았다는 것이었다. 후에 우만은 그렇게 믿었다.

  재판소 지하 감옥에 묶이기 전에 소마는 똥오줌을 뒤집어썼다. 아틸라가 들어왔다는 소식에 겁을 먹은 교도관이 악마의 힘을 빼는 방법이라며 오물을 들이붓게 했던 것이다. 하루가 지나자 온몸의 상처에서 고름이 쏟아졌다. 쇠사슬로 사지가 벽에 고정된 상태에서 소마는 자다 깨다를 반복했다. 벌어진 상처에서는 쇠꼬챙이로 후비는 듯한 욱신거림이 이어졌다. 온몸의 관절은 끊어질 것만 같이 주기적으로 통증을 쏟아냈다. 통증이 심해지면 의식은 미끄러지듯 아득해졌으나 곧이어 사라지지 않는 통증 때문에 정신이 돌아왔다. 정신이 돌아올 때마다 소마는 어떻게든 그것을 붙잡으려 애썼다. 피와 오물이 눌어붙은 눈꺼풀을 수없이 깜빡거려 주변의 상황을 인식하고자 했다. 희미하게 드러나는 것은 축축한 검은 벽뿐이었다. 방 안에는 창이 없어 시간을 가늠할 수 없었다. 소리는 어떠한가. 소마는 숨을 고르고 귀를 기울였다. 멀리 사람의 발자국 소리가 웅웅거리는 낮은 소음과 뒤섞여 희미하게 울려왔다. 하지만 이내 정신은 다시 미끄러졌다.

  몇 번이나 깨었다 잠들었다를 반복했는지 알 수 없을 만큼 시간이 흘렀을 때, 눈앞에 낯선 병사가 나타났다. 그는 멀찍이 서

서 소마가 눈을 뜬 것을 확인하고는 당황한 듯 감옥 밖으로 소리
쳤다.

"깨어난 것 같습니다!"

밖에서 소리치지 말라는 핀잔이 돌아왔다. 곧이어 큰 키에 홀
쭉한 남성이 머뭇머뭇 안으로 들어섰다. 희고 깨끗한 옷을 걸친
그는 더러운 것이 없는지 발끝으로 바닥을 짚어보면서 조심스
레 걸음을 뗴었다. 안으로 몸을 완전히 들이밀었을 때 오만상을
찌푸리며 강하게 구역질을 한 번 하고는 손으로 코와 입을 막았
다. 턱이 긴 그가 자신을 원로회의 엘 케인이라고 소개하는 소리
를 소마는 들었다. 그는 옆에 선 병사에게 돈을 쥐여주고 열쇠를
받았다. 손짓을 하자 병사는 감옥 밖으로 나갔고 곧이어 계단을
뛰어 올라가는 소리가 울려왔다.

"이게 다 레메니오스가 계획한 일입니다."

입을 연 그는 내일 취임식 직후에 광장에서 소마의 머리가 잘
려 네이케스에게 보내질 것이라고 말했다. 소마는 그 와중에도
정신을 붙들기 위해 애쓰고 있었다. 그는 소마에게 도우러 올 자
는 아무도 없다고, 당신의 부대도 소마가 의회로 떠난 직후에 정
규군에 의해 와해되었으니 잘 생각해야 한다고 말했다.

"당신의 목숨을 구해줄 사람도 나고, 당신의 병사들 중 살아
있는 자들이 어디에 숨었는지 아는 사람도 나뿐입니다."

소마의 입꼬리가 올라갔다. 천천히 입술이 벌어지며 치아를

드러내고는 미소 지었다. 어둠 속에서 누런 치아만이 번쩍였다. 엘 케인은 섬뜩함을 느꼈으나 자신의 신경이 지금 과민하기 때문일 거라고 스스로를 안심시키고는 다시 차분히 말을 이었다.

"정치와 군사는 마치 뭐랄까, 남녀 간의 혼인 같은 겁니다."

그는 스스로가 생각해도 적절한 비유라는 생각이 들었는지 유려하게 말을 쏟아내기 시작했다.

"내외가 함께해야 비로소 제대로 된 힘을 발휘할 수 있다는 말입니다. 군인과의 결탁이 없는 정치인의 말은 무게감이 없고, 정치인의 지원이 없는 군은 들개의 무리와 다를 게 없지요. 그게 문제입니다. 릭 의원에게는 전 군사령관이던 헤이더스가 있고, 버릇없고 무례한 레메니오스에게는 가당치 않게도 영웅 소마 장군이 있지요. 하지만 저에게는 괜찮은 사병 조직이 있으나 명장이 없습니다. 소마 장군. 레메니오스는 야비한 인물입니다. 자신을 믿어준 장군님을 이렇게 배신하다니요. 그는 천벌을 받을 겁니다. 장군. 나와 손잡고 레메니오스를 몰아냅시다. 내가 집정관에 오르면 의회를 움직여 당신이 다시 전군을 맡을 수 있도록 힘쓸 것입니다."

소마가 다 죽어가는 목소리로 힘없이 말했다.

"나는 이제 군을 맡고 싶지 않소."

엘 케인이 빠르게 답했다.

"그렇다면 일이 마무리되는 즉시 당신을 원로회 의원으로 추대하겠습니다. 사실 장군님 정도의 공을 세운 인물이라면 원로회에 들어오는 것이 더 어울릴 것입니다."

소마가 말했다.

"그럼 나는 됐으니 일이 끝나면 전우들에게 한 자리씩 줄 수 있겠소?"

"그렇고말고요!"

엘 케인이 신나서 확답했다.

"자, 그럼 된 겁니다! 이렇게 서로의 이익을 위해 합의를 이룬 겁니다!"

엘 케인은 밝은 얼굴로 열쇠를 들고 소마에게 다가왔다가 잠시 멈춰 섰다. 그가 정색을 하고는 물었다.

"그런데 당신이 지금 나를 속이지 않는다는 것을, 그러니까 당신이 우리의 약속을 지킬 거라는 것을 내가 어떻게 확신할 수 있겠소?"

소마가 그를 꾸짖었다.

"우리는 당신네들처럼 한 입으로 두말을 하는 자들이 아니야!"

엘 케인의 얼굴이 다시 밝아졌다. 그건 그렇다며 무안한 듯 낄낄대고는 소마에게 다가왔다. 하지만 이번에는 냄새 때문에 접근하지 못하고 주저했다. 손을 있는 대로 뻗어 최대한 몸이 닿지 않게 하고는 한참을 허우적대다가 간신히 소마의 팔과 다리를 옥죄던 자물쇠를 풀었다. 굳어 있던 관절이 삐걱거리며 시원한 통증을 발산했다. 정신이 돌아오는 것만 같았다. 소마는 짓눌리고 쓸렸던 손목을 어루만지며 물었다.

"그래서 내 부하들은 어디에 있소?"

"북쪽 소보네 숲에 있습니다."

소마는 고개를 간단히 끄덕이고는 말했다.

"이제 나갑시다."

그러자 엘 케인이 뒤쪽의 문으로 나가기 위해 몸을 돌렸다. 그 순간 소마의 거친 손이 그의 머리카락을 움켜쥐고는 모가지를 뒤로 젖혔다. 동시에 균형을 잃은 그의 허리춤에서 단도를 뽑아내어 깊고 빠르게 목을 훑었다. 엘 케인의 입에서 바람 소리가 빠져나오는가 싶더니 열린 목에서 검붉은 피가 쏟아져 나왔다. 그는 구겨지듯 더러운 바닥에 처박혔다.

소마가 경비병들의 피를 뒤집어쓴 채 강가에 도착했을 때는 이미 밤이 깊어 있었다. 피로 흥건한 단도를 물가에 내던지고 그는 망설임 없이 강으로 걸어 들어갔다. 겁에 질린 경비병들은 함부로 가까이 다가오지 못했다. 차라리 그를 놓치기를 바라며 멀찍이서 억지로 따라붙고 있을 뿐이었다.

'강을 건너야 쉴 수 있을 것이다.'

소마는 휘적휘적 걸어서 허리까지 몸을 담갔다. 차갑고 거센 물살이 온몸의 상처를 쓸어내며 살 속으로 파고드는 것만 같았다. 강가에 이른 병사들은 소마가 이미 강을 건넜을 거라고 여겼다. 휘몰아치는 급류가 다른 모든 소리를 먹어치우고 깊은 어둠은 자취를 지워냈다. 어디에도 소마의 흔적은 없다. 안심한 병사들은 강을 향해 아무렇게나 화살 몇 발을 쏘아대다가 돌아갔다. 화살은 근처에도 닿지 않았으나 강물이 가슴까지 차오른 상태에서 다리에 힘이 풀려 소마는 그만 미끄러지고 말았다. 찬 물살 속에 풍덩 머리가 잠기며 다리가 떠오르자 균형을 잡지 못하고 이내 떠내려가기 시작했다. 유속은 빠르고 다리는 계속해서 바닥에 닿지 않았다. 무엇이든 움켜쥐려고 허우적대는 중에 소마는 무언가에 머리를 크게 부딪혔고 그대로 물속에서 뒤집어졌다. 얼굴을 수면 위로 들어 올릴 수가 없었다. 한참을 그렇게 떠내려가던 그는 결국 숨을 참지 못하고 크게 한 번 물을 들이켰다. 코와 목구멍을 쩽하게 훑어내는 강물의 차가움은 폐에 고이며 찢어내는 고통으로 변했다. 그리고 그 고통은 안쪽에서 관자놀이를 강하게 내리쳤다.

그때였다. 빠르게 지나치는 녹색의 섬광 한줄기를 본 것은. 소마는 곁에 무언가 있음을 느꼈다. 하지만 이내 다시 물을 들이켜고 말았다. 가슴 속으로 불타오르는 극심한 통증이 밀려들었다. 곧이어 정신이 아득해졌다. 그러자 오히려 마음이 한결 편해졌고 무언가 가까이 지켜보고 있다는 느낌이 강해졌다.

'무엇인가?'

그는 주위를 둘러보았다. 고요한 물속에서 녹색의 작은 빛이 긴 꼬리를 남기며 몸을 휘감다가 사라졌다. 곧이어 다시 나타나고 사라지기를 반복했다. 소마는 그것이 언어가 아닌 다른 무언가로 말을 걸어옴을 느꼈다.

'결정했는가?'

'무엇을?'

'결정했는가?'

소마는 생각했다. 생각할 시간은 충분하고 결정이 오롯이 자신에게 달렸음을 이해했다.

'그렇구나. 내가 결정해야 하는 것이구나. 여기서 멈출 것인가, 더 걸을 것인가. 나는 결정해야 하는구나.'

소마는 스스로에게 물었다.

'그렇다면 무엇이, 어떤 동인이 여행자를 멈추게 한단 말인가? 그를 멈춰 세우는 동인은 무엇인가? 그것은 분명하다. 그것은 지나온 여정에 있다. 충분했는가, 만족했는가, 이만하면 되었는가, 아니면 지쳤는가. 그것이 그를 멈춰 세운다. 그렇다면 무엇이, 어떤 동인이 여행자를 더 걷게 한단 말인가? 그의 걸음을 더 재촉하는 동인은 무엇인가? 그것은 분명하다. 그것은 아직 오지 않은 내일에 대한 기대에 있다. 볼 것이 남았는가, 해야 할 것이 남았는가, 닿아야 할 곳이 있는가.'

가슴의 통증이 한 번 더 소마를 덮쳤다. 그 순간 자신이 아직도 강물 속에 있음을 알아차렸다. 하지만 평온이 그의 다리를 강하게 끌어당겼고 그는 중독되듯 다시 안심했다.

'멈추면 안 될 이유가 무엇이겠는가. 잠에서 깨었는데 다시 꿈으로 돌아가야만 할 이유가 어디 있겠는가. 그래, 멈추자. 멈춰 서자.'

하지만 소마는 머뭇거렸다. 멈춰야겠다는 생각이 들다가도 그때마다 입을 꾹 다물었다. 급할 건 없었다. 충분히 머뭇거려도 된다는 걸 그는 알 수 있었다. 그렇게 소마의 시간은 세계의 거대한 시간에서 지류로 갈라져 나와 무한히 펼쳐진 공간 위로 새로운 물길을 내며 굽이굽이 헤매었다. 누구도, 그 무엇도 그의 항해를 막을 수는 없었다. 다시 세계의 시간으로 돌아가는 결정은 온전히 그에게 맡겨져 있었다.

영원의 시간이 흐른 어느 때에, 무한의 시간이 지난 어느 때에, 풍요로운 머뭇거림을 끝낸 후에 소마는 비로소 결심할 수 있었다. 그의 온몸을 감싸 안은 녹색의 불빛이 고개를 끄덕이고 있었다. 소마가 변명했다.

'단지 몇 걸음만, 단지 몇 걸음만 더 나아가겠습니다.'

미련은 동인이 되었다. 수레는 움직였다. 여행자는 자리를 털고 일어섰다. 헤매이던 지류의 시간이 다시 세계의 시간으로 흘러들었다.

머리 위로 찰랑거리던 수면은 잠잠해 있었다. 수면 밖으로 흐릿하게 그림자가 나다닜다. 빛을 등진 검은 실루엣이 점차 선명해졌다.

'나에게 무엇을 주려는 것인가.'

그림자에서 손이 뻗어 나왔다. 소마는 기다렸다.

'무엇을 주려는가.'

손은 수면을 뚫고 내려오더니 빠르게 소마의 멱살을 움켜쥐었다. 그러고는 강하게 그를 끌어 올렸다. 빠른 속도감에 소마의 정신은 다시 차디찬 물살을 느꼈다. 가슴의 불이 고통스러운 기침으로 뿜어져 나와 물로 토해졌다. 그는 괴기스런 울음와 함께 첫 숨을 들이마셨다.

"우만."

소마는 그의 얼굴을 알아보았다. 걱정과 눈물로 범벅이 된 우만의 얼굴 뒤로 새벽빛이 밝아오고 있었다.

후에 우만은 어떻게 소마를 찾았는지 이야기했다. 의회당을 향해 말을 달리던 중에 소마의 꿈을 기억해냈고, 그길로 고삐를 돌려 강의 하류부터 훑었던 것이었다. 사람들은 우만의 충정을 높게 샀고 이 이야기는 소마의 영웅적인 면모를 높이는 데 적극적으로 이용되었다. 다만 우만은 소마가 회복하자 그를 떠났다. 어머니의 장례를 치른 뒤에 우만은 이제 난민촌으로 돌아가 남은 여생을 그들을 돌보는 데 사용하려 한다고 말했다. 소마는 높은 자리를 권유하고 전리품과 보물을 제안하고 회유도 해보고 화를 내기도 했지만 우만의 결심은 단호했다. 그는 말했다.

"지난날 나는 장군님을 죽이려 했고, 그날 나는 장군님을 살려냈습니다. 값은 다 치렀소."

새벽 강의 하류에서 우만의 어깨에 팔을 걸치고 부축을 받으며 소마는 일어섰다. 젖은 몸에 한기가 들어 턱은 달그락거리고 온몸은 주체할 수 없이 떨렸다. 몸에선 열과 식은땀이 새어 나왔다. 이마와 이마가 닿는 거리에서 소마가 말했다. 그의 목소리는 지쳤지만 선명하고 또렷했다.

"나의 병사들과 적들에게 전하라. 소마가 돌아왔다고."

막아서는 자는 없었다. 소마의 군대가 이르는 곳마다 정규군은 도망쳤고 남아 있던 자들은 항복했다. 성문은 스스로 열렸다. 소마는 부대를 나누어 군사령부와 재판소를 장악했고 직접 진군하여 의회를 점령했다. 원로회는 해산되었다. 소마는 도망치거나 숨은 의원들을 찾아내어 그 자리에서 즉각 처형하도록 했다. 그들의 재산은 몰수되었다. 아내와 자식은 노예로 삼아 참모들과 공을 쌓은 자들에게 나누어주었다. 도망치던 레메니오스는 이름 모를 병사들에게 살해되었다. 병사들은 자신의 공으로 세우기 위해 다투었고 그 과정에서 그의 머리와 사지는 여러 갈래로 뜯겨나갔다. 대대적인 숙청은 보름 넘게 계속되었다. 공터에는 시체가 쌓여가고, 누구인지 알 수 없는 시신들을 아무렇게 나 매장한 공동 무덤이 도시 외곽에 매일같이 새로 생겨났다.

　무겁게 내려앉은 공포의 분위기 속에서 소마는 스스로 통치 자의 자리에 올랐다. 황제나 왕의 명칭 대신 그는 자신을 제1시 민으로 부를 것을 지시했다. 그는 말했다.

　"나는 수많은 보통의 사람들 중 하나일 뿐, 황제도 왕도 아니 다. 새롭고 건강한 의회가 다시 설립되기 전까지만 나는 전권을 위임받아 이 나라를 통치할 것이다. 나의 통치가 이어지는 동안 지금까지 왕이나 고위 관료라는 이름으로 농민과 상인들의 주 머니를 털고 자기 배만 불려왔던 자들은 그 값을 치르게 될 것이 다. 그들이 만들었던 세율과 정책은 이 시간부터 완전히 폐기되 고 이민족을 차별하던 관습도 사라지게 될 것이다. 나를 비롯한 크레도니아의 모든 시민은 이제 다른 이를 지배하지도 지배당 하지도 않는, 우리가 겪어보지 못한 새로운 세상에서 살게 될 것 이다."

　소마의 취임사는 전령들에 의해 크레도니아 전역으로 전달되 었다. 어떤 이들은 지금의 공포가 과도기일 뿐이라며 새로운 세 상이 도래할 것이라 기대했고, 다른 이들은 이것이 공포의 시작 일 뿐이라며 소마를 사람이라기보다는 하나의 질병이나 자연의 힘 또는 죄에 대한 신의 형벌이라 생각했다.

넘쳐흐르는 아틸라의 분노는 크레도니아를 완전히 휩쓸고 지나갔다. 예전 것들은 자취를 감추었고 새로운 것들이 곳곳에 들어섰다. 하지만 그의 분노는 여전히 흘러넘쳤다. 내부 정리가 어느 정도 끝났을 때, 그 분노의 물결은 외부로 향했다. 이제는 마무리를 지어야 할 차례였다. 소마는 전군을 모아 아데사의 땅으로 진군했다.

18

네이케스는 적은 수의 군사를 효율적으로 운영해야만 했다.
전 지역에 흩어져 있던 병사들을 남김없이 불러 모았다. 오직 왕
궁 방어에만 집중하기로 한 것이다. 불안해하는 엘디귀즈 4세에
게 말했다.

"성은 견고하고 지형은 유리하며 식량은 충분합니다. 지난 삼
백 년간 이곳은 함락된 적이 없습니다. 모든 제후국에 전령을 보
내두었으니 우리가 성을 지켜내는 동안 지원 병력이 도착할 것
입니다. 그때 반격을 가한다면 승산이 없는 것은 아닙니다."

엘디귀즈는 네이케스와 같은 명장이 곁에 있어 든든하다며
모든 것을 맡기겠노라고 말했다. 하지만 그 자리에 있던 자들 중
에 왕의 목소리에 묻어나는 불안을 읽지 못한 자는 없었다. 네이
케스도 마찬가지였다. 제후국이 병력을 보내지 않을 것임을 그

누구보다도 정확히 알고 있었다.

소마의 부대가 국경을 넘으며 그 어떤 작은 저항과도 마주치지 않았던 것은 그 때문이었다. 아데사의 땅은 비어 있는 것이나 다름없었다. 엘디귀즈의 성까지 열흘이면 닿을 수 있었다. 다만 그해 겨울은 혹독했다. 눈이 내리기 시작하더니 무릎까지 쌓였고, 칼바람이 살을 에었다. 야외에서 경계를 섰던 병사들은 손가락을 제대로 펴지도 못했다. 참모들은 봄까지 기다릴 것을 제안했다. 소마는 서두르지 않았다. 부대는 평원에 주둔지를 설치하고 긴 기다림에 돌입했다.

겨울이 길었던 만큼 소마에게는 시간이 주어졌다. 시간이 주어진 만큼 생각은 많아졌다. 적막한 막사 안에 앉아 간이 난로의 불꽃을 바라보며 그는 아데사의 땅이 비었다는 말의 의미를 생각하고 생각했다.

'아데사의 땅은 비었고, 나는 지금 아데사의 땅에 있다.'

눈이 멈춘 어느 아침에 소마는 참모들에게 부대의 지휘를 맡기고는 십여 명의 호위병만을 대동한 채 부대를 빠져나왔다. 그들은 동쪽으로 달렸다. 사흘째 되던 날 아침, 목적지에 도착했다. 전날부터 내린 눈이 수분을 머금고 나뭇잎 위로 묵직이 내려앉았다. 진창이 된 흙길을 달려 숲을 빠져나오자 세상은 하얗게 눈에 덮여 있었다. 얼어붙은 호수 너머로 하나의 저택이 나타났다. 맑은 겨울 하늘을 배경으로 언덕 위에 홀로 선 그것은 스무 해 전의 모습 그대로였다. 새하얀 정원을 가로질러 현관 앞에 멈춰 섰다. 소마는 반가우면서도 긴장되는 오묘한 기분에 사로잡혔다. 후드를 벗자 바닥으로 눈이 쏟아졌다. 저택은 기억보다 낡았지만 꾸준히 관리되고 있는 것 같았다.

'문을 열면 한나가 있을까. 옛 모습 그대로일까. 이제는 많이 늙었을까.'

경첩의 마찰음을 밀어내며 문을 열었을 때, 소마는 이곳이 오랜 기간 비어 있었음을 한눈에 알아볼 수 있었다. 빛바랜 가구들과 낡은 나무 계단이 뽀얀 먼지를 뒤집어쓰고 자기 자리를 그저 지키고 있었다. 그때 응접실 맞은편에서 하인들이 사용하는 문이 열리며 중년의 남성이 달려 나왔다. 그가 머리에 쓰고 있던 모자를 벗어 예의를 갖추었다.

"인사를 여쭙니다. 이 집은 아데사 가문의 소유이고 현재는 비어 있습니다. 저는 관리인입니다."

듬성듬성 흰머리가 생겼고 얼굴의 주름이 늘었지만 소마는 그가 치누아임을 알아보았다. 그도 나를 알아보았을까. 소마는 생각했지만 그를 위해서도 자신을 위해서도 서로가 누구인지 모르는 것이 번거롭지 않겠다고 생각했다. 소마가 물었다.

"이 집의 주인은 누구인가?"

관리인이 답했다.

"그는 헤렌 아데사 공작으로 전쟁에 참가한 뒤 소식이 끊어졌습니다."

"그의 부모는 누구인가?"

"그의 친부는 바가렐라 아데사이고 양부는 엘가나 갤배재르구입니다."

"엘가나의 부인은 누구인가?"

"그녀는 한나 갤배재르구입니다."

"그녀는 어디에 있나?"

치누아가 보일 듯 말 듯 고개를 끄덕이더니 답했다.

"엘가나가 고향으로 떠난 후에 홀로 지내다가 병환이 깊어 평소의 희망대로 수녀원 부설 요양원으로 옮겼습니다. 그러다 지난해에 그곳에서 주님의 곁으로 가셨습니다."

그날 밤 소마는 저택에 머물렀다. 바가렐라와 엘가나가 사용하던 집무실 책상에 앉아 업무를 보았다. 새로 공표할 법안의 최종안을 점검하고 이제 곧 크레도니아에 병합될 아데사의 땅의 새로운 행정구역 구분안과 각 지역 담당자의 인사안을 확인했다. 치누아와 그의 아내가 저녁 식사를 가져온 것 외에는 아무도 집무실로 들어오지 않았다. 소마는 늦게까지 업무를 보고 의자에 앉은 채로 쪽잠을 잤다.

눈을 떴을 때는 새벽이었다. 그는 집무실에서 나와 정원으로 향했다. 바람 없이 차가운 기온과 푸르스름한 새벽의 빛깔이 어우러져 저택을 신비롭게 휘감고 있었다. 그는 외투의 옷깃을 여미고는 적막하고 익숙한 그곳을 한동안 거닐었다. 천천히 건물을 돌아 뒤뜰을 지나고 언덕을 가로질러 멀리 마구간까지 눈 위에 발자국을 남기며 산책했다.

동이 틀 무렵이 되어서 소마는 호위병들과 함께 말 위에 올랐다. 머리를 숙인 치누아와 그의 아내에게 돈 주머니를 던져주며 말했다.

"앞으로 이 집은 내가 소유할 것이다. 그 돈으로 필요한 것들을 사고 지금처럼 관리에 힘쓰라."

소마가 말을 돌려 달려나가려 할 때 치누아가 그대로 고개를 숙인 채 답했다.

"언젠가 돌아오실 줄 알았습니다."

소마는 아무 말도 듣지 못한 사람처럼 그대로 말을 몰고 숲속으로 사라졌다.

그들이 하루를 더 달려 도착한 곳은 바가렐라의 성이었다. 젊은 사병 서넛이 감시탑 위에서 외문을 지키고 있었지만 호위병을 거느린 소마가 문을 열라고 호통치자 누구인지 확인도 하지 않고 허둥지둥 성문을 내렸다. 해자를 건너 내문을 지나자 넓은 정원이 펼쳐졌다. 그 끝에 성의 본체가 묵직하게 자리 잡고 있었다. 연회색 벽돌로 쌓아 올려진 벽체 위로 청남색 지붕이 올라앉았다. 눈앞에 드러난 바가렐라의 성은 어린 시절 그 이름만 듣고 막연히 상상했던 모습에 비해 대단하지 않다고 소마는 생각했다. 크고 두꺼운 현관문을 밀고 들어서자 몇몇 하인들이 혼비백산하며 몸을 숨겼다. 소마와 호위병들은 더러워진 흙발 그대로 넓고 화려한 로비로 성큼성큼 들어섰다. 윤기 나는 목재 마루 위로 자색의 기하학 무늬 카펫이 바닥에 깔렸고, 줄지어 늘어선 샹들리에가 천장의 성화를 비추었으며, 기둥 아래마다 세워진 기사의 갑옷과 장식된 무기들이 중후하고 화려한 분위기를 자아냈다.

소란스러운 소리에 성의 여주인이 계단으로 내려왔다. 무슨 일이냐는 짐짓 화가 난 듯한 목소리에 소마는 얼굴을 보지 않고도 그녀가 누구인지 알 수 있었다.

'네그라.'

기억 속에 남아 있던 그 검고 물결치는 머리카락이 잠시 눈앞에 보이는 듯했다. 소마는 궁금하면서도 동시에 피하고 싶은 복잡한 심경에 사로잡혔다. 하지만 그러한 복잡함을 어떤 행동으로 옮기기도 전에 여주인은 얼굴을 드러냈다. 치장이 과한 파란색 드레스를 입은 그녀는 처음에는 소마와 호위병의 모습을 보고 인상을 찌푸렸으나 금세 소마를 알아보더니 세상 반가운 목소리로 달려왔다.

"사무엘? 사무엘 맞죠? 나예요. 나 알아보겠어요? 당신을 보게 될 날이 올 거라고 나는 항상 믿고 있었어요! 제일 친한 하녀 세나에게도 당신 이야기를 해두었지요. 뭐, 모든 이야기를 다 한 건 아니었어요. 당신이 모르는 일도 많았으니까. 여기 사람들은 당신이 무서운 사람이라고 말하지만 나는 주님이 정해주신 성격은 쉽게 안 변한다고 생각해요."

그때 네그라의 뒤로 낯선 청년이 나타났다. 호리호리한 체형에 품위 있게 차려입고 얼굴이 하얀 그는 마치 누가 억지로 잡아끄는 사람처럼 계단 위에서 주저하며 내려왔다. 소마는 낯설면서도 익숙한 그에게 눈길이 갔다. 네그라가 소마의 눈길이 자신의 뒤를 향하고 있음을 눈치채고는 재빨리 뒤를 돌아보았다. 그러고는 웃음 가득한 과장된 표정으로 소마에게 부산스럽게 떠들어댔다.

"내 정신 좀 봐. 정말 중요한 걸 말하지 않았네. 당신이 모르는 것들이 아주 많아요."

네그라는 얼굴을 돌려 청년에게 빠르게 손짓하고는 어서 오라고 재촉했다.

"에다. 인사드려라."

청년이 어색하고 경직된 표정으로 예의를 갖췄다. 그러자 네그라는 흥분을 억제하는 듯 떨리는 목소리로 말했다.

"사무엘. 놀라지 말아요. 당신 아들이에요."

소마는 부자연스러운 네그라의 목소리와 손동작에 불편함을 느꼈으나, 그것을 뛰어넘어 그녀가 해준 말은 소마가 다른 어떤 것에도 신경 쓸 수 없게 그의 멱살을 쥐고 흔들었다. 소마는 반사적으로 청년의 얼굴을 뚫어져라 바라보았다. 그의 머리색은 갈색이라고도 검은색이라고도 할 수 있었고, 하얀 피부는 그의 원래 색깔이라고도 또는 그의 병약함 때문이라고도 할 수 있었으며, 그의 눈동자는 파란색이라고도 회색이라고도 할 수 있었다. 청년은 소마의 시선이 닿자 눈을 피했다. 소마는 그의 무표정한 얼굴에서 어쩐지 자신의 얼굴이 보이는 듯했다.

'나에게도 아들이 있었던 것인가. 내가 돌보지 못한 가족이 있었단 말인가.'

그는 생각했으나, 바로 다음 순간 소름 끼치게 놀라고 말았다. 눈을 치켜뜬 청년의 모습에서 헤렌의 얼굴이 언뜻 스쳤기 때문이었다.

호위병들이 성을 수색하자 네그라는 소마에게 이제 이 성은 누구도 찾지 않는 버려진 곳이고 여기 있는 사람은 자신과 아들 그리고 늙고 병든 바가렐라뿐이라고 말했다. 소마는 네그라를 앞세워 바가렐라가 있는 방으로 찾아갔다. 겨울의 해는 짧았다. 벽이 두꺼워 창이 작은 성의 내부는 그만큼 빠르게 어두워지고 있었다. 그림자가 길게 드리운 긴 복도를 지나 네그라가 가장 끝에 있는 방을 가리켰다. 소마는 아무도 따라오지 못하게 당부하고는 혼자 어두운 복도를 걸었다. 방문 앞에 다가갈수록 그는 발소리를 줄였다. 경첩이 비틀리는 소리를 억제하며 손잡이를 돌렸다. 문을 열었을 때 습하고 텁텁한 냄새가 풍겨왔다. 창문 커튼이 드리운 그림자 아래로 커다란 침대가 놓여 있고 그 위에 사람이 누워 있음을 알 수 있었다. 소마는 조용히 다가가 침대 위에 누운 자의 얼굴을 확인했다. 어둡고 흐릿한 푸른빛 가운데서도 이목구비를 확인할 수 있었다. 이때가 두 사람이 마지막으로 얼굴을 마주한 때였다. 그의 피부는 해골 위에 가죽만 덧씌운 것처럼 바짝 말랐고 광대뼈가 도드라져 보였다. 무성하던 머리카락과 수염은 사라지고 듬성듬성 제멋대로 자라난 흰머리가 초라하게 그 위에 달라붙어 있었다. 그는 방금 잠에서 깨어난 듯했다. 눈동자를 돌려 자신을 찾아온 자를 바라보았다. 하지만 알아보지는 못하는 듯했다. 눈동자는 텅 비어 있었다. 숨쉬기가 불편해서인지 호흡을 몇 번 힘없이 짜내더니 다시 눈을 감았다. 소마는 침대 옆에 놓인 먼지 쌓인 의자에 조심스럽게 앉았다. 그의 시선 높이에 창이 하나 나 있었다. 두꺼운 벽을 뚫고 낸 작은 창이었다. 그것도 창이라고 그 너머로 대지의 한 조각이 시야에 들어왔다. 소마는 그 풍경이 어둠에 잠겨갈 때까지 말없이 오랜 시간을 지켜보았다.

바가렐라의 집무실은 호화로웠다. 화려한 패턴의 카펫이 공간 전체에 깔리고 그 위에 윤기 나는 가구들이 적절하게 배치되어 있었다. 협탁 위와 벽면에는 여러 지역에서 수집한 독특한 조각과 보물들이 가득했다. 상아로 깎은 촛대와 청동으로 제작한 십자가 수난상과 동물들의 조각과 이방의 왕들이 사용했을 법한 왕관이 빛나고 있었다. 그중 소마의 눈길을 끈 것은 황금빛 활이었다. 너무도 익숙한 빛깔과 문양.

　'그래, 이런 것이 있었지.'

　젊은 시절 만져보았고 사용해보았던 바로 그것임을 그는 반갑게 알아보았다. 그는 벽에서 묵직한 그것을 떼어내어 쥐어보았다. 마음에 들었다. 방에 있는 모든 보물들이 그러했다.

　'이제 바가렐라의 성은 나의 것이고 그렇다면 이 방의 모든 것도 나의 것이 아니겠는가.'

　그는 바가렐라가 사용하던 의자에 앉아 새벽까지 업무를 뒤적였다. 하지만 오늘따라 눈에 들어오지 않았다. 잡생각에 마음이 떠다녀 다시 붙잡아 앉히기를 여러 번이었다. 처리했어야 할 것들을 다 확인하지 못했다는 답답함에 그는 집무실을 나섰다. 복도는 고요했다. 군데군데 놓인 촛불만이 성이 어둠에 잠기는 것을 간신히 붙들고 있었다. 넓은 응접실에는 벽난로가 있고 여전히 불이 살아 있었다. 그는 기둥 뒤에 놓인 의자에 몸을 기대었다. 기둥의 그림자가 드리워 눈을 감으니 아늑하고 편안했다.

고요 속에서 마음을 가라앉히자 떠다니던 상념들이 붙들리는 것도 같았다.

그때, 무언가 달그락거리며 조심스레 걷는 소리가 들렸다. 소마는 반사적으로 눈을 떴다. 응접실 넘어 통로에서 벽에 드리운 불빛이 아른거리다 사라지는 모습이 보였다.

'이 밤중에 무슨 일인가.'

전장에서 체득한 습관대로 발소리를 죽여 그 뒤를 밟았다. 중년의 하녀 하나가 주위를 경계하며 하인들이 사용하는 좁은 복도를 돌고 있었다. 적당한 거리를 두고 소마가 따라붙었다. 지하로 내려간 하녀는 복도 중간의 회벽 앞에 섰다. 주위를 두리번거린 후에 벽을 밀자 숨겨진 문이 드러났다. 그녀는 안으로 들어갔다. 소마는 기둥 모서리에 몸을 숨기고 기다렸다. 잠시 후 그녀가 다시 밖으로 나와 반대편 복도로 사라졌다. 발소리가 사라지길 기다려 소마는 벽 앞으로 갔다. 조금 힘을 주니 딸깍 걸리는 느낌과 함께 벽이 안쪽으로 밀렸다. 고개를 숙여 안으로 들어가자 어두컴컴한 공간이 나타났다.

이것이 무엇인가. 처음에는 자신의 눈을 의심했다. 더럽고 작은 침상 위에 가죽이 벗겨진 짐승이 누워 있는 줄 알았다. 하지만 소마는 곧 알아보았다.

"헤렌."

그의 살 껍질은 모두 뒤집어졌고 군데군데 보기 흉하게 아물었지만 어떤 곳은 오염되어 썩어가고 있었다. 헤렌은 고통에 헐떡이고 있었지만 정신만은 온전한 듯했다. 그것은 그의 눈동자가 말해주고 있었다. 두려움과 공포에 사로잡혔음을 소마는 알아보았던 것이다. 병자의 몸을 덮었던 천을 가차 없이 들추었다. 이불 곳곳에 피가 눌어붙었고 붉게 오그라든 성기에서는 오줌이 흘러나오고 있었다. 소마는 그 모습을 피하지도, 인상을 찌푸리지도 않고 그대로 직시했다. 불규칙하게 끓어대는 헤렌의 숨소리만이 좁고 답답한 공간을 을씨년스럽게 채우고 있었다. 소마는 잠시 눈을 감았다. 그 숨소리 뒤에 깔린 고요에 귀를 기울였다. 그리고 생각했다.

'세상은 깊게 잠들었다. 나와 나의 유일한 형제는 서로의 파멸을 꿈꾸다가 스무 해의 시간을 건너 마침내 이곳에서 이렇게 얼굴과 얼굴을 마주했다. 이 밤, 짐승과 새들은 보금자리로 돌아가고 피로한 자들은 휴식을 얻었는데, 헤렌, 너는 아직도 안식을 얻지 못하였는가.'

소마가 긴 침묵을 깨고 포기한 사람처럼 물었다.

"무엇을 원하는가?"

헤렌이 그에게서 눈을 떼지 못하고 숨을 헐떡였다.

"살고 싶은가?"

소마의 물음에 헤렌은 아무 대답도 하지 않았지만 그의 눈에서 벗겨진 살결을 따라 눈물이 흘러내리는 것을 소마는 보았다.

그의 칼끝은 정확하게 헤렌의 가슴 정중앙 위에 올려졌다. 왼손으로 칼자루를 쥐고 오른손을 칼자루 끝에 올렸다. 그리고 몸무게를 실어 지그시 힘을 가했다. 흉골이 쪼개지는 익숙한 진동이 소마의 손을 타고 올라왔다. 헤렌의 눈동자가 위로 돌아가며 입이 벌어졌지만 작은 신음 소리 외에 터져 나오는 것은 없었다. 단단했던 어느 한계를 넘어서자 칼은 부드럽게 가슴을 뚫고 내려갔다. 경직되었던 헤렌의 몸은 서서히 풀어지고 눈동자는 힘을 잃었다. 그때, 인기척에 소마는 빠르게 뒤를 돌아보았다.

'에다.'

그 낯선 청년은 재빨리 몸을 피해 도망쳤다. 소마는 그의 얼굴 표정을 읽어내지 못했다.

19

"이것이 마지막 전투가 될 것이다."

소마는 황금빛 활을 집어 들었다. 적색과 녹색의 어지러운 무늬의 활대가 태양 빛에 반사되며 눈부시게 번쩍였다. 그는 몇 걸음을 옮겨 언덕 위에 섰다. 적을 포위한 아군 병사들의 끝없이 이어진 대열을 둘러보았다. 그들은 바위처럼 결연한 표정과 늑대처럼 용맹한 눈빛으로 자신들의 지휘관을 올려다보며 그의 입에서 떨어질 명령을 기다리고 있었다. 소마는 들판 가운데 포위된 적의 병사들에게로 눈을 돌렸다. 그 중심에서 나부끼는 네이케스의 깃발이 선명히 시야에 들어왔다.

혹독했던 겨울이 끝나고 봄이 되어 대지가 마르자 소마의 대군은 진군했다. 엘디귀즈의 성이 시야에 들어오는 평원에 도착하여 대열을 정비하고 숙영에 들어갔다. 네이케스는 예상대로 성의 방어에만 집중했다.

"그는 나오지 않을 것이다."

참모들이 모인 자리에서 소마가 입을 열었다.

"여름이 올 때까지 버티려 할 것이다. 여름이 오고 먹을 것이 쉽게 부패하기 시작하면 대규모 부대를 유지하기 힘들어질 테니까. 우리가 어쩔 수 없이 병력을 빼내어 소규모 부대만을 남겨두면 그때 기습하여 승기를 잡으려 할 것이다. 지금은 전세도 기울고 국운도 다하여 제후국들마저도 도움을 주길 꺼리고 있지만, 만약 승기를 잡았다는 소식을 접하면 제후국들이 움직일 거라고 네이케스는 그 작은 가능성에 희망을 걸고 있을 것이다."

비록 우만은 떠났지만 소마의 참모들은 수많은 전투를 함께 치르며 손발을 맞춰온 사이였다. 그들은 자기 주인의 말을 즉시 알아들었고 그의 뜻을 정확히 이해했다. 다양한 전략이 논의되었다. 소마는 서두르지 않았다. 치우치지 않고 신중하게 제안된 전략 각각의 타당성을 파악했다. 확실한 것과 불확실한 것을 구분하고 얻는 것과 잃는 것을 따졌다. 그중에서 시간과 비용이 많이 드는 전략은 폐기하고 가장 적은 피해와 가장 큰 승리를 가져올 전략을 추려 순위를 정했다. 이러한 과정을 통해 마침내 결정된 전략은 네이케스에게 속아주는 것이었다.

"우리의 전투는 여름에 시작될 것이다. 저들이 스스로 성문을 열고 나왔을 때, 그때가 시작이다."

봄의 시간은 그렇게 지나갔다. 기다림이 이어졌다. 예상대로 네이케스는 단 한 번도 성 밖으로 나오지 않았다. 그동안 소마는 국정의 제반 사항에 관한 업무를 보며 통치를 위한 치밀한 행정 절차를 다듬었다. 인접한 나라의 왕과 제후들에게 크레도니아와 아데사 땅의 실질적 통치자가 소마임을 밝히고, 외교 사절을 보내 선제적 적대 행위가 결코 없을 것임을 약속했다.

마침내 여름이 되자 그는 직접 전장으로 향했다. 끝마쳐야 할 일을 이제는 끝마쳐야 한다고 느꼈다. 주둔지에 도착하여 참모들에게 이제 때가 되었음을 알리고 계획의 실행을 지시했다.

"긴밀하고 정확하게 이행되어야 한다."

참모들은 예정대로 부대를 나누고 철군 준비에 들어갔다.

아침저녁으로는 아직 선선하나 한낮에는 무더웠다. 열상으로 굽이 짓무르는 말들이 생기기 시작하고 본국에서 수송된 염장 고기와 말린 과일 중에는 이미 상해서 도착한 것들이 늘어났다. 여름의 초입부터 소마의 부대는 순차적으로 전장을 떠났다. 막사를 해체하고 깃발을 걷어냈다. 전쟁물자가 수레에 실려 매일같이 긴 행렬을 이루며 빠져나갔다. 그 모습은 성안에서도 관측되었다. 네이케스는 관측병들의 보고를 토대로 철수 부대의 규모와 잔류 부대의 규모를 가늠하며 반격의 기회를 엿보았다. 다만 그는 신중했다. 두 번의 기회가 없을 것임을 알았다.

'작은 실수로도 성은 함락될 것이다.'

네이케스는 때를 기다리고자 했다. 하지만 성안의 모두가 신중한 것은 아니었다. 계속된 고립은 불편을 만들었고, 불편은 사람들 사이의 갈등을 가져왔으며, 갈등은 이내 불안으로 번져갔다. 엘디귀즈 4세의 귀에도 불안은 흘러들었다. 대신들 중 일부는 네이케스가 패전의 두려움 때문에 제대로 된 싸움 한번 하지 않는다며 공공연하게 지휘관 교체를 주장했고, 또 다른 이들은 네이케스가 식량, 식수, 물품 부족 같은 현실적인 문제는 아랑곳하지 않고 오직 군사적 측면에서의 고립만을 고집한다며 재상으로서의 자질이 의심스럽다고 비난했다.

대신들의 계속되는 압박에 결국 엘디귀즈는 네이케스를 왕궁으로 불렀다. 그는 소마의 부대가 철군을 시작했는데 왜 전투를 개시하지 않는지를 물었다. 네이케스가 답했다.

"설익은 곡식을 추수한다고 해서 배를 채울 수는 없습니다. 우리가 기다리는 것은 전투가 아니라 승리입니다."

엘디귀즈는 알겠다며 목소리를 낮췄지만 그의 불안이 조금도 해소되지 않았음을 네이케스는 알 수 있었다. 그는 제후국의 지원군이 도착하면 전투를 개시할 것이고, 그러면 불편한 고립도 곧 해소될 것이라며 젊은 왕을 위로했다.

소마의 부대에서 더 이상의 철군이 관측되지 않은 지 닷새가 지났을 무렵, 기다리던 전령이 도착했다. 네이케스는 반가움을 숨길 수 없었다. 그것은 펠로 가문의 먼 친척이자 남쪽 고리스 성의 영주인 오르두바트 백작이 보낸 전령이었기 때문이었다. 그가 전한 말은 이것이었다.

"영주께서는 지원군을 보낼 적절한 시기를 기다리고 있었고 여름이 되어서까지 네이케스의 군대가 버티고 있다는 소식을 접하시고는 곧바로 군을 움직이셨습니다."

전령은 백작의 부대가 성의 남동쪽 숲에 이르렀다고 전했다. 반가운 소식은 여기서 그치지 않았다. 나흘 뒤에는 가바란과 시시네 성의 영주로부터 전령이 도착했다. 그들은 자신들이 북쪽 계곡에 도착했으며 주님의 대리자인 엘디귀즈 4세의 영광을 위해 성스러운 전쟁에 참여한다고 알려왔다. 네이케스는 반가움 속에서도 마음 한켠에서 자라나는 의심을 지울 수는 없었다. 물론 그 의심은 마지막 기회를 포기하게 할 만큼 자라나지는 못했다. 다만 그는 신중하고자 했다.

지원군이 도착했다는 소식은 엘디귀즈와 대신들의 귀에도 즉각 들어갔다. 그 후로 열흘째 되던 날에 왕은 다시 네이케스를 호출했다. 그러고는 처음으로 역정을 내며 물었다.

"지원군이 도착한 지 열흘이나 지났는데 왜 전투를 개시하지 않느냐?"

네이케스는 머리를 조아리고 단호하게 말했다.

"신원이 확실하고 믿을 만한 자들로 추려서 남동쪽 숲과 북쪽 계곡으로 보냈습니다. 다만 그들이 아직 돌아오지 않았습니다."

"그렇다면 지원군이 도착했다는 것이 거짓이라는 말이냐?"

왕이 불같이 소리치자 네이케스는 그렇다고도 아니라고도 확언드릴 수 없다고 답했다. 왕이 따져 물었다.

"그렇다면 어떤 다른 대안이라도 있는 것인가?"

네이케스는 아무 대답도 하지 못했다. 주위에 서 있던 대신들이 엘디귀즈를 바라보며 그것 보라는 듯한 표정을 지어보였다. 왕은 화가 났다. 가장 믿고 있는 자가 가장 무능한 대신들의 비난의 대상이 되는 것도 싫었고, 이런 상황에서 아무런 결단도 내리지 못하는 자기 자신도 싫었다. 엘디귀즈는 지금이야말로 자신이 나서야 하는 때라고 느꼈다. 네이케스가 결단할 수 있도록 그에게 힘을 실어주어야 한다고 생각했다.

'내가 더 이상 어린애가 아님을, 나의 나라와 백성들을 책임지는 살아 있는 왕임을 보여주어야겠다.'

그래서 명령이 내려졌다. 엘디귀즈가 입을 열었다.

"내일 성문을 열고 전투를 개시한다. 누구도 더 이상 다른 말을 붙이지 말라."

네이케스는 교회당을 찾았다. 십자가 부조 아래까지 곧장 걸어갔다. 전투화의 굽 소리가 텅 빈 예배당을 울리며 높은 천장까지 퍼져갔다. 세상의 주인이 내려다보는 바로 그 발밑에 앉았다. 그는 어떤 말을 해야 할지 알지 못했다. 머릿속에 혼란스러운 말들과, 뒤섞인 기억들과, 수많은 걱정들이 부유했다. 그는 고개를 숙이고 눈을 감았다. 상념이 가라앉을 때까지 한 걸음 물러나 그저 자신의 내면을 바라보았다. 낮게 내려앉은 무거운 공기와 고요 속에서 한동안 그 상태로 있었다.

"다만 주님의 뜻대로 하소서."

이 말을 남기고 그는 벌떡 일어나 교회당을 나섰다. 참모들에게 내일 새벽 총공격을 준비하라고 지시했다. 그리고 그날 밤 소마에게 급히 전령을 보냈다.

전령은 새벽녘에 도착했다. 참모들은 그것이 당연히 항복 문서일 것이라고 말했지만 소마는 그럴 리가 없다고 생각했다. 전령이 가져온 것은 아무것도 없었다. 그는 앳된 청년으로 그렇게 지시를 받았는지 소마 앞에서 무릎을 꿇지 않았다. 하지만 커다란 눈으로 연신 주위를 두리번거리며 불안해하는 모습이 역력했다.

"내가 소마다. 나에게 전할 것이 있는가."

소마의 말이 떨어지자 전령이 답했다.

"이렇게 전하라고 들었습니다."

그가 전한 말은 이것이었다.

"고네의 죽음에 미안함을 느끼는가?"

정적이 흘렀다. 그곳에 있던 사람들 중에 이 말의 의미를 이해한 자는 소마 외에는 아무도 없었다. 참모들은 소마의 눈치를 봤다. 그의 표정은 아무 변화도 없었다. 노하지도, 웃지도 않았다. 대답을 하려 하지도 않았고, 피하려 하지도 않았다. 그의 회색 눈동자는 초점 없이 허공에 멈춰 있을 뿐이었다.

새벽을 여는 나팔 소리가 바람을 타고 평원으로 퍼져나갔다. 해자 위로 무거운 굉음을 내며 다리가 떨어졌고 그 위로 네이케스의 군대가 쏟아져 나왔다. 그들은 전력으로 적을 향해 돌진했다. 성에서 점차 멀어지며 소마의 부대가 육안에 보일 정도로 가까워졌을 때, 네이케스는 모든 게 잘못되었음을 본능적으로 느꼈다. 남동쪽과 북쪽에서 함께 달려 나오던 지원군은 방향을 바꾸더니 성으로 돌아가는 퇴로를 차단하고 그들을 포위했다. 사방으로 적에게 둘러싸이자 네이케스는 차라리 마음이 편안해짐을 느꼈다. 예상했던 일이 아니던가. 그토록 많은 밤을 걱정과 우려 속에서 잠들지 못했는데, 아마도 오늘만 지나면 완전한 고요 속에서 깊은 안식에 들 수 있을 거라는 생각이 들었다.

그때 적군 쪽에서부터 이곳을 향해 홀로 달려오는 말 한 마리가 눈에 들어왔다. 어젯밤 보냈던 전령이었다. 머리가 떨어지고 사지가 묶여 고정된 채 말 위에 올라타 있었다.

'이것이 너의 대답인가.'

네이케스는 멀리 언덕 위로 휘날리는 소마의 깃발을 올려다 보았다.

소마는 황금빛 활을 집어 들었다. 몇 걸음을 옮겨 언덕 위에 섰다. 활대를 잡은 왼손 엄지 위에 황금빛 화살을 걸치고 활깃을 시위에 걸었다. 팔뚝에 힘이 들어가며 부풀어 오르는 동시에 활대의 나뭇결이 한계까지 뒤틀리는 소리가 났다. 이제 막 떠오른 태양이 소마의 등 뒤에 걸려 마치 온몸에서 빛을 뿜어내는 것만 같았다. 아군과 적군 할 것 없이 대지를 뒤덮은 수만의 병사들이 그 광경을 지켜보았다. 이때 빛나는 실루엣에서 목소리가 들렸다.

"이것이 마지막 전투가 될 것이다."

말이 끝난 동시에 쏘아진 화살은 시위의 긴장을 풀어내는 둔탁하고 청명한 진동을 남기며 창공으로 날아갔다. 그것은 놀랍도록 거대한 포물선을 그리며 평원을 가로질렀다.

그 순간에, 찰나의 시간 동안 소마의 마음에 그리움의 감정이 맹렬히 솟아올랐다. 솟아오른 감정은 소마를 가득 채우고 넘쳐흐를 것만 같았다. 그것은 마치 타향 생활에 지친 여행자가 고향으로 향하는 아련함과 같았고, 죽음을 앞둔 늙은이가 마지막 순간에 자기 삶의 의무를 깨닫게 되는 후회와도 같았다. 찰나의 시간 동안 벅차오른 이 감정은 소마의 눈시울을 조금 적셔냈으나 아무도 그것을 눈치채지는 못했다.

황금빛 화살을 신호로 소마의 대군은 땅을 진동시키는 울림과 함께 포위된 네이케스의 군을 향해 사방에서 물밀듯 쏟아져 들어갔다. 네이케스는 검을 쥔 손에 힘을 주었다. 소마의 깃발을 향해 말을 몰았다. 수많은 상흔이 팔과 다리에 달라붙었다. 쓰러뜨리고 쓰러뜨려도 한 발 앞으로 나가기가 쉽지 않았다. 숨이 턱까지 차오르고 검을 쥔 손이 주체할 수 없이 떨릴 때까지 그는 진창을 나뒹굴었다. 하지만 그런 가운데서도 네이케스의 정신은 너무나 또렷하고 선명하여 이것이 자기 생의 마지막 순간임을 강렬히 느꼈다.

'이것이었구나. 내 삶의 마지막 날은 이런 모습이었구나.'

아쉬울 것도 더 이상 아낄 것도 없었다. 적의 창이 허리를 뚫고 깊게 밀려 들어오자 그는 온몸에 힘이 풀리는 것을 느꼈다. 손이 풀리며 검을 놓치고 말았다. 그는 무릎을 꿇었다. 가까운 거리에서 소마가 자신의 친위대와 함께 말을 몰고 달려오는 것이 눈에 들어왔다. 네이케스는 반가움을 느꼈다. 이런 감정이 드는 것이 우습기도 하여 허탈하게 웃었다. 소마의 말이 그의 앞에 멈춰 섰다. 네이케스가 고개를 들었다.

'많이도 늙었구나.'

그들은 잠시 서로의 눈을 바라보았다. 그리고 네이케스의 목
위로 칼이 떨어졌다.

엘디귀즈는 폐위되었다. 목숨은 지킬 수 있었다. 소마의 참모
들은 이곳에서는 왕이 신의 대리자로 여겨지므로, 처형할 경우
반발과 저항의 구실이 될 수 있다고 조언했다. 소마는 왕을 적절
한 거리에 있는 대저택에 유배하고 병사들을 배치하여 감시하
되, 현재와 같은 화려한 삶을 유지할 수 있도록 지원하라고 지시
했다. 엘디귀즈의 성과 아데사의 땅 전역은 크레도니아에 병합
시켰다. 행정구역을 재편하고 지역별 관리를 그동안의 성과에
따라 오랜 전우들로 임명하였다. 점령과 통치는 다른 문제였기
에 소마는 더 세심하게 살펴야 했고, 인사 문제부터 세금 문제까
지 회의와 업무가 연일 계속되었다. 그런 바쁜 와중에 소마는 첩
보를 담당하는 참모를 호출했다. 그러고는 개인적으로 무언가
를 찾아줄 것을 특별히 부탁했다.

왕궁에 머물며 급한 일들을 마무리했을 때는 한 달의 시간이
흐른 뒤였다. 보고를 받은 것도 그 무렵이었다.

"부탁하신 것을 찾았습니다."

소마는 시종장을 불러 오후 일정을 취소시키고 말을 준비하

게 했다. 서너 명의 호위병만을 대동한 채 말 위에 올랐다. 왕궁으로부터 멀리 떨어지지 않은 곳에 오래된 성당이 있고 그 뒤편으로 고위 관료나 유공자를 위한 묘지가 자리 잡고 있었다. 묘지의 입구에 도착했을 때는 한여름의 해가 기운 시간이었다. 대지의 열기는 남았으나 계곡 아래서부터 시원한 바람이 불어오고 있었다. 호위병들을 남겨두고 소마는 홀로 들어섰다. 오후에 내린 비로 여름 내내 자라난 수풀과 꽃들이 싱그러워 보였다. 돌로 깎은 십자가 비석들이 불규칙하게 늘어서 있었다. 소마는 무릎에 닿는 수풀을 헤치며 그 사이를 천천히 거닐었다. 한적한 곳이었다. 아늑하다는 기분마저 들었다. 높고 낮은 제멋대로의 비석들을 손으로 쓸어보며 비석의 주인이 누구인지, 태어나고 죽은 때는 언제인지 눈으로 훑었다. 아깝도록 짧은 시간을 머물다 간 이들과 충분하도록 긴 시간을 허락받은 이들이 마치 그런 건 전혀 중요하지 않았다는 듯 함께 평온히 침묵하고 있었다. 점차 안으로 들어섰을 때 작고 아기자기한 비석들이 모여 있는 장소가 나타났다. 어려서 죽었거나 업적이 크지 않은 이들을 위한 공간이었다. 그곳 한켠에 자리 잡은 작은 비석 앞에 소마는 멈추었다. 허리를 숙여 비석의 문구를 확인했다.

언제부턴가 소마는 표정을 잃었다. 가늠할 수 없는 고통과 분노의 시간을 거치며 그의 얼굴은 굳어졌고, 빛을 잃었으며, 그래서 이제는 어떤 감정의 변화도 드러내지 못했다. 다만 그의 연회색 눈동자만큼은 아직도 마음이란 것이 조금은 남아 있어서, 내면 깊은 곳으로부터 올라오는 동요의 소용돌이가 가끔은 그의 눈동자를 미세하게 흔들었다.

소마는 고네의 묘비 앞에 무릎을 꿇었다. 그리고 생각했다.

'끝마쳐야 할 것을 끝마쳤다. 여행자는 목적지에 이르렀다. 여정도 여기서 멈추리라.'

그는 침묵했다. 멀리 지평선을 넘어가는 태양이 광활한 하늘과 대지 위로 아낌없이 노을을 흩뿌리고 있었다. 그 빛의 한 조각은 한껏 구부리고 앉은 소마의 어깨에도 손을 올리듯 살며시 닿았다. 시간이 흘러 어깨에 머물던 빛도 사그라지고 주위가 온전히 어둠에 가라앉을 때까지 그는 그 모습 그대로 그렇게 앉아 있었다.

그날 밤 소마의 머리칼은 하얗게 세고, 은빛으로 물들었다. 얼굴에는 깊은 주름이 내려앉더니 지워지지 않는 질긴 뿌리를 뻗어냈다. 손발은 볼품없이 메말랐다. 그렇게 여정의 끝에 이른 자는 하루 사이에 늙은이가 되었다.

5부

20

영웅의 이야기는 여기에서 끝났어야 한다. 영웅은 영웅으로 죽고 이야기는 박제된 이야기로 남았어야 한다. 하지만 이야기는 삶과는 다르고 삶은 지리하게 이어진다. 이유도 의미도 없고, 목적도 방향도 없는 넘치도록 당혹스러운 삶의 잉여를 바라보며, 길을 잃은 자들은 주변을 배회할 뿐이었다. 어떤 이들은 눈에 띄는 아무것이나 움켜쥐고는 그것이 마치 길이라도 되는 양 애써 안심했으나, 그것은 그저 덫에 걸린 짐승이 죽음의 때를 기다리며 겨우 상처나 핥는 것과 다를 바가 없었다.

하지만 다행인 것은 어리숙한 영혼이 이것을 알든 알지 못하든 그것과는 무관하게 세상의 이야기가 끝난 자리에서 비로소 자아의 빛나는 이야기가 시작된다는 것이었다.

소마는 의회 영빈관에 자신의 집무실을 차리고 그 안에 들어가 일 속에 파묻혀 살았다. 내부의 일과 외부의 일을 빠짐없이 점검하였고 시급한 문제와 기다려야 할 문제를 구분하였으며 위부터 아래까지의 권력 분배에 질서를 세우고자 했다. 이를 통해 이루려 했던 것은 누구도 먹고사는 일에 억울함이 없게 하겠다는 것이었다. 받아야 할 이는 받게 하고 내놓아야 할 이는 내놓게 하리라. 소마는 참모와 장관들을 불러놓고 이렇게 말했다.

"칼은 수단이다. 옳게 나누는 것이 목적이다. 지난날 부와 권력을 독점했던 자들은 내놓아야 할 것이고 그들에게 억압받던 자들은 받게 될 것이다."

기존의 귀족은 지위는 남기되 특혜는 인정되지 않았고, 개별 가문의 사병 소유는 금지되었으며, 그들이 소유했던 성과 영토는 새로운 정부에 의해 관리되었다.

저항이 있었다. 주동자는 토비아스라는 인물로, 원로회 점령 직후에 처형당한 부의장의 막내아들이었다. 그는 다른 원로회의 유족들과 힘을 합쳐 서쪽 변방의 아론성을 점령하고 크레도니아의 정통성을 계승한 유일한 독립국가임을 선언했다. 하지만 이들은 두 밤을 넘기지 못하고 제압되었다. 주동자들은 팔다리가 잘리고 배가 갈렸으며 내장을 쏟은 채 광장에 방치되었다. 그들과 조금이라도 관련된 이들은 관계의 경중을 따져 처형되거나 노예가 되었다.

신속하고 무자비한 진압은 효과가 있었다. 더 이상의 저항은 없었다. 귀족들은 드러나지 않는 방법을 강구했다. 한 가지 방법은 가문의 영향력이 미치는 주변 나라에 도움을 요청하는 것이었다. 하지만 이에 응하는 나라는 없었다. 차쿠날레 상업항을 이용하는 데 있어서 소마로부터 낮은 세율을 약속받은 인접 지역의 통치자들은 움직이길 꺼려 했다. 귀족들이 자신의 생존을 위해 선택할 수 있었던 최후의 방안은 소마의 측근에 연줄을 대는 것이었다. 진귀한 보물을 실은 마차가 끊임없이 옛 전우들의 저택으로 들어갔다. 이것은 효과가 있었는데, 참모와 장관들이 소마의 심기를 건드리지 않는 선에서 혁명의 속도를 조절하고 정책 집행을 지연시키게끔 상황을 제어했던 것이다.

시간이 지나도 억압받는 자들은 여전히 억압받았고 차별받는 자들은 여전히 차별받았으며 가난한 자들은 여전히 가난했다. 신뢰하는 옛 전우들의 어지러운 조언과 변명의 말들 속에서 소마는 무거운 짐을 지고 가는 가축처럼 점점 느려졌다. 아무래도 변하지 않는 상황들에 연일 걸려 넘어지며 소마는 세상이란 어쩌면 쉽게 변하지 않는 것이고, 현실이란 생각보다 복잡하게 꼬여 있는 것일지 모른다고 생각하기 시작했다. 그리고 그러한 생각은 점차 익숙해졌다.

그럼에도 소마는 집무실에 틀어박혀 일하던 습관을 버리진 못했다. 종일 문서를 들춰 보고 대신들의 보고를 받고 세세한 내용을 점검했다. 그러는 동안은 까닭 없이 일어나 내면을 흔들어 대는 잡다한 생각들이 흩어졌다. 어디서 오는지 알 길 없는 불안도 사그라들었다. 일이 끊이지 않는다는 것이 차라리 다행이라 느꼈다. 한참을 정신없이 일하다 맞게 되는 새벽 집무실의 고요는 그가 유일하게 만족하는 것이었다. 모두가 잠든 그 적막한 시간에 잠시 정원을 걷는 것 외에 소마가 집무실 밖으로 나가는 일은 거의 없었다.

대부분의 식사는 집무실에서 해결했다. 그의 요청대로 식사는 여전히 단출했지만 그 작은 것에도 변화는 있었다. 보리로 만든 딱딱하고 검은 빵은 밀로 만든 부드럽고 하얀 빵으로 바뀌었고, 염장해서 묵힌 돼지고기가 아니라 바로 잡아 정성스레 조리한 고기가 올려졌다. 전장에서 마시던 거친 와인 대신 깊은 향과 오묘한 맛에 잠시 자신이 무엇을 마시고 있는지 들여다보게 되는 와인이 따라졌다. 마실 물은 항상 깨끗했고 씻을 물은 기분 좋게 덥혀져 손 닿을 거리에 놓였다. 갈아입을 옷에서는 언제나 린넨과 재스민의 향기가 났다. 시야에 닿는 모든 사물은 정갈하고 동시에 화려했다. 커튼의 붉은빛은 쨍하게 붉었고 협탁과 나무 기둥의 무늬는 섬세했으며 소파를 덮은 면직물의 질감은 도톰하면서도 부드러웠다. 이 모든 환경 변화를 진두지휘하는 것은 네그라였다. 그녀는 이곳의 안주인처럼 행동했다. 인부를 고용해 의회당을 왕궁처럼 꾸미고 값비싼 가구들을 들어놓았으며 대규모로 하인들을 들어 세밀하게 관리하게 했다. 비용은 모두 재무장관에게 청구했다. 소마는 그녀의 행동에 어떤 제재도 가하지 않았다. 다만 그녀가 자신의 몸에 닿는 것을 허락하지 않았고, 그녀의 잔소리와 짜증에도 대꾸하지 않았으며, 아들 에다의 직책에 대한 그 어떤 요구에도 응하지 않았다.

주위를 둘러싼 환경은 서서히 변해갔고 소마도 어느새 익숙해졌지만, 마지막까지 주저한 것이 있었다. 그것은 침대였다. 소마는 자신을 위해 마련된 침실에서 자는 것이 어쩐지 내키지 않았다. 크고 높으며 깨끗한 면직물로 터질 듯 채워져 있는 저 낯선 무엇에 누울 수 있는 존재는 따로 있을 거라고, 적어도 자신은 아닌 것이 확실하다고 느꼈다. 대신 소마는 집무실의 책상 위에 엎드려 쪽잠을 잤다. 소파에 누워 잘 때도 있었는데 그것이 그나마 나아진 것이었다. 그가 처음으로 자신의 침대에서 잠든 것은 일 년의 시간이 지난 후였다. 아데사 땅의 합병과 소마의 혁명을 기념하는 전우들과의 만찬 자리에서 소마는 오랜만에 진탕 마셨고 거나하게 취했다. 서방의 이름 모를 나라에서 왔다는 귀한 럼과 코냑을 화려한 유리잔에 가득 채워 전우들과 연신 부딪쳤다. 오랜만에 기분 좋은 밤이었다. 소마가 벌겋게 달아오른 얼굴로 말했다.

"나는 피를 나눈 전우들이 늦게나마 혼인하기를 바라네. 아이를 낳고, 가정을 이루고, 푹신한 침대에서 잠들기를 바라네. 나의 소중한 벗들이 남은 인생 동안 안식을 얻기를 바라네. 그대들의 이런 모습을 보려고 나는 여기까지 온 거야."

깨끗하고 화려한 옷을 걸치고 그사이 살집이 많이 오른 전우들과 어깨동무를 하고는 밤늦게까지 그들을 하나하나 끌어안았다. 그 밤에 소마는 처음으로 마음속에 팽팽하게 긴장되어 있던 무언가가 끊어지며 편안해졌음을 느꼈다. 이제는 웃어도 되고 울어도 됨을 느꼈다. 그래서 그는 통쾌하게 웃어댔고 시원하게 울어댔다. 한껏 취해 전우들의 부축을 받으며 침실에 도착한 그는 자신의 푹신한 침대에서 세상모르게 잠에 빠져들었다.

다음 날 아침에도 소마는 변함없이 자신의 집무실에 앉아 홀로 업무를 보았다. 다만 어쩐지 일이 손에 잡히지 않았다. 집어 들었던 서류를 잠시 내려놓고 고개를 들어 창밖으로 눈을 돌렸다. 청명한 여름 하늘 위로 구름이 천천히 흘러가고 있었다. 그 모습은 어쩐지 가볍고 편안했다. 소마는 구름이 변해가는 미세한 변화를 온종일 바라보았다.

'조금은 천천히 가도 되지 않겠는가. 어깨에 진 의무 때문이 아니라, 한 걸음을 더 내디디려 하는 것이 아니겠는가. 그렇다면 조급할 것 없이 남은 삶의 시간 동안 느리지만 꾸준히 해나가면 충분하지 않겠는가.'

하루아침에 세상을 바꿀 수 있다고 믿었던 지난날이 어쩐지 젊은이의 치기처럼 멀게만 느껴졌다.

시간이 모든 새로운 것을 오래된 것으로 바꿔놓듯, 이후의 몇 년의 시간은 낯설었던 정무를 점차 익숙하게 만들었다. 통치를 시작한 이후 허덕이며 처리해야 했던 문서 위의 글자와 수치들이 이제는 잉크로 써 내려간 글자가 아니라 실제로 무엇을 의미하는지로 체감되기 시작했다. 특히 새삼스럽게 알게 된 것은 상업항 차쿠날레가 매해 벌어들이는 세수입의 크기였다. 소마는 재무장관을 호출했다. 몸집이 크고 수염을 단정하게 다듬은 남성이 예의를 갖추며 집무실로 들어왔다. 소마가 그에게 문서를 내밀었다. 그것이 무엇인지를 확인하기 위해 남성이 몸을 기울이는 동안 소마가 물었다.

"친애하는 다이만, 나는 알고 싶네. 이 숫자가 얼마나 큰 것인지. 지금의 나는 도저히 감을 잡을 수 없다네. 그래서 자네에게 묻는 것일세. 나의 오랜 친구여. 이 숫자로 가질 수 있는 것은 무엇인가?"

남성이 문서에서 눈을 떼고 소마를 바라보며 대답했다.

"원하시는 모든 것입니다."

"그럼 이 숫자로 할 수 있는 것은 무엇인가?"

남성의 얼굴에 미소가 지어졌다.

"하고자 하시는 모든 것입니다."

"그렇다면 이 숫자가 의미하는 것은 무엇인가?"

남성이 표정을 가다듬고는 신중하게 대답했다.

"그것은 소마께서 세상의 주인이라는 뜻입니다."

소마가 등받이에 기대며 눈을 감았다. 다이만이 입을 열었다.

"동쪽에서는 후추와 계피, 생강과 강황, 카다멈과 초과 같은 향신료 그리고 고급 가구를 만드는 흑단과 빛나는 비단과 수많은 직물과 설탕이 들어왔다가 서쪽으로 빠져나갑니다. 서쪽에서는 금과 은, 주석과 양모와 올리브와 과실주와 절인 청어가 들어왔다가 동쪽으로 빠져나갑니다."

소마가 물었다.

"우리가 내어주는 것은 무엇인가?"

다이만이 답했다.

"항구와 안전입니다."

소마가 다시 물었다.

"그것을 내어주고 얻는 것은 무엇인가?"

다이만이 대답했다.

"상품 열에 하나 반입니다."

소마는 그제서야 알 수 있었다. 왜 반세기 가까이 전쟁이 벌어졌는지를, 왜 바가렐라가 평생을 바쳐 이 지역을 얻기 위해 그토록 싸웠는지를, 왜 원로회의 의원들이 그렇게 부유할 수 있었는지를 소마는 비로소 정확히 이해할 수 있었다. 소마가 다시 물었다.

"이 정도의 세수와 지금까지 쌓인 재정만으로도 우리는 십만의 상비군을 보유할 수 있고, 앞으로 백 년은 관료들의 봉급을 내어줄 수 있으며, 농민들에게서 세금을 걷지 않아도 된다. 내가 마지막으로 궁금한 것은 왜 단 한 번도 농민들의 세금이 멈춘 적이 없는가 하는 점이다."

그러자 망설임 없이 다이만이 대답했다.

"그들이 낼 수 있기 때문입니다."

소마가 되물었다.

"아니, 내 물음은 재정이 충분한데 왜 그들이 세금을 내야 하느냐는 것일세."

그러자 다이만은 잠시 무엇인가를 생각하더니 자신의 말을 반복했다.

"그들이 낼 수 있기 때문입니다."

소마는 이 말의 뜻을 이해할 수 없었지만, 그가 이것을 이해하게 되기까지는 그다지 오랜 시간이 필요하지 않았다.

소마가 차쿠날레항을 직접 보게 된 것은 집권 아홉 해 만이었다. 그동안 크레도니아의 내정은 질서를 잡았고 아데사의 땅은 병합이 완료되었으며 외교와 정세는 안정되었다. 장관들과 실무진은 업무에 익숙했기에 언제부턴가는 더 이상 소마가 일일이 신경 쓸 필요가 없을 만큼 체계적으로 운영되었다. 통치 십 주년은 차쿠날레에서 보내는 것이 어떻겠느냐는 상관들의 제안에 소마는 크게 기뻐했다. 그렇게도 궁금하던 곳이 아닌가. 그는 한 해 동안 체류하기로 결심했다.

예전 같으면 호위병 대어섯만 대동하고 밤낮으로 달려 여덟 날이면 갈 수 있는 거리였다. 다만 이제는 그렇게 가볍게 움직일 수 있는 지위가 아니었다. 그의 행차는 요란했다. 맨 앞에서는 호송 장교가 기수와 함께 대규모의 선두 부대를 이끌었다. 그 뒤로 각부 장관의 마차가 따랐다. 이어서 친위대가 소마의 마차를 둘러쌌다. 중앙에 위치한 그의 마차는 열두 마리의 백마가 끄는 거대하고 호화로운 것으로, 외부는 금장으로 화려하게 장식되어 있었다. 내부는 편히 이동할 수 있도록 푹신한 소파가 준비되었을 뿐만 아니라 간이침대와 업무용 탁자까지도 마련되어 있었다. 그 뒤로는 네그라와 에다 그리고 각부 장관의 가족과 여러 지인들의 마차가 따랐다. 이어서 그들의 하인들이 대규모의 무리를 이루었다. 그 뒤로는 여행자들의 짐과 여정에 필요한 물자, 군수품을 실은 수레가 따라붙었고, 다시 그 뒤로는 검과 창과 활을 든 일반 병사들이 끝도 없이 길게 이어졌다. 일만의 인원과 삼천 필의 말은 하루에 반나절을 이동하고 숙영하기를 반복하며 사십 일에 걸쳐 이동했다.

여행은 지루하지 않았다. 소마는 이동 중에 좋은 포도주와 해당 지역의 특산물로 요리한 간단한 별미를 먹으며 마차 밖으로 보이는 풍경을 구경했다. 한낮의 해가 뜨거워지면 마차 지붕 위로 거대한 차양이 드리워지고, 소마는 실내에 마련된 푹신한 침구에 누워 낮잠을 잤다. 아침, 점심, 저녁으로는 기온에 맞는 깨끗한 옷으로 갈아입었다. 숙영지에서는 매일 밤 연회가 열렸다. 정갈하게 모닥불이 피워지고 술과 음식과 음악이 끊이지 않았다. 바람을 막아줄 견고하고 커다란 베이지색 천막과 포근하고 청결한 잠자리가 가장 탁월한 장소와 방향에 차려졌다. 모든 이가 소마가 불편하지는 않은지, 그의 심경이 어떠한지를 신경 썼고 그의 행동 하나하나에 관심을 기울였다. 숙영지에서 눈뜬 아침에 소마는 주위를 산책했다. 밤늦게 잠들기 전에는 별을 보러 거닐었다. 마주치는 모든 관료와 병사와 하인들이 하던 일을 멈추고 머리를 조아린 채 예의를 갖추었다. 소마는 편안했다. 정무에서 자유로워졌고 신경 써야 할 모든 일이 머리에서 사라졌다. 다시 하루의 여정이 시작되면 마차의 창문을 열고 지나치는 낯선 풍경을 감상했다. 숲을 보고 강을 보고 들판을 보고 가끔은 사슴이나 야생마를 보았으며 소박한 농가와 목장을 보았다. 반복되는 시간 동안 소마는 지난날을 추억하기도 하고, 앞으로 남은 나날들을 기대하기도 했으며, 가슴속에 맺힌 것은 풀고 아쉬운 것은 떨어내었다. 그는 자기 삶 안에서 처음으로 깊게 쉬는 시간을 가졌다.

"이제 곧 도착하십니다."

몸종의 알현에 마차 밖으로 고개를 내밀었을 때, 소마는 처음으로 바다를 보았다. 멀리 선명한 수평선을 경계로 위로는 두껍고 새하얀 구름이 솟아올랐고, 아래로는 에메랄드빛 수면이 햇살에 눈부시게 반짝였다. 해안이 초승달을 그리며 바다를 감싸 안은 곳에는 쿠날바히르성이 접하고 있었다. 쌓아 올린 지 삼백 년이 되었다는 거대한 높이의 모래색 흙벽은 완만한 곡선을 이루며 외부의 자연과 내부의 인간 세계를 선명히 가르고 있었다.

소마가 놀란 것은 아치형의 거대한 성문을 지나자 통치자의 행차를 환영하는 인파가 가득했기 때문이었다. 그들의 환호로 거리는 떠들썩했다. 발코니에서 뿌려지는 천여 종의 장미꽃잎이 머리 위로 쏟아져 내렸다. 물론 이들은 차쿠날레의 총독 마렐라가 주민들을 동원한 것이었다. 다만 모두가 억지로 모인 것은 아니었다. 나이 든 이들은 사람을 잡아먹는 악마 아틸라가 정말 눈에서 불을 뿜는 괴물인지를 보고자 모여들었다. 젊은이들은 이 땅의 모든 것을 가졌다는 지배자의 모습이 과연 얼마나 대단한지를 두 눈으로 확인하고자 모여들었다. 어떤 이들은 혐오했고 다른 이들은 숭배했으나 무엇이 되었든 간에 멀리서나마 그 모습을 실제로 보고자 하는 욕망은 동일했다.

반듯하고 넓게 트인 대로를 지나 인파의 끝에 다다르자 총독 마렐라가 행렬을 맞이했다. 그는 말에서 내린 후 소마의 마차까지 두 발로 뛰어와서는 그 앞에 무릎을 꿇었다. 마렐라는 우만과 함께 소마가 가장 가까이에 두었던 오랜 전우로, 소마에 의해 임명된 최초의 총독이었다. 마차에서 내린 소마는 마렐라를 일으켜 세웠다. 그리고 둘은 예전처럼 부둥켜안았다. 오랜만에 만났다는 반가움과 몰라보게 나이 든 그의 얼굴에 소마는 눈시울을 붉혔다. 그러자 긴장했던 마렐라의 마음도 풀어져 장군님은 그 사이에 어린애가 되었다고 놀려댔다.

두 사람은 밤새 술잔을 기울이며 기억 속에서 옛이야기들을 끄집어내었다. 식량도 물도 없이 닷새 동안 진흙 속에서 잠복하며 적을 기다렸던 이야기, 숲속에서 길을 잃고 헤매다가 숨어 살던 낯선 원주민들을 만나 몇 날을 함께 지냈던 이야기, 죽은 전우들의 이름과, 발이 닿았던 도시들의 지명과, 고된 나날 속에서 서로가 하지 못했던 말들을 호탕하게 주고받았다. 소마는 진탕 취했고 풀어졌으며 기분이 한없이 좋았다. 모닥불의 불길은 따스하고 현악기의 소리는 감미롭고 춤추는 무희들의 옷자락과 그 사이로 살짝 비치는 하얀 살결은 야릇했다. 소마는 자신도 모르게 그 모습에 빠져들었다. 그것을 본 마렐라가 머리를 기울이며 말했다.

"차쿠날레는 풍요로운 곳입니다. 모든 것이 넘쳐흐르지요. 이것은 모두 장군님의 은혜입니다. 가장 낮은 자부터 가장 높은 자에 이르기까지, 어린 자부터 늙은 자에 이르기까지, 남자부터 여자까지 소마님께 감사해하지 않는 자가 없고 소마님을 위해 목숨을 바치는 것을 아까워하는 자가 없습니다. 이곳의 모든 영토는 소마님의 것이고, 모든 물건도 소마님의 것이며, 모든 사람도 소마님의 것입니다."

마렐라가 자신의 얼굴을 소마에게 더 가까이 붙이며 은근하게 말했다.

"눈에 보이는 모든 것이 소마님의 것입니다. 취하고자 하시면 취하시고 버리고자 하시면 버리십시오."

무희들의 희고 가녀린 팔이 허공을 휘감아 떨어지며 살며시 들어 올린 치맛자락 아래로 매끈한 허벅지가 드러났다. 한껏 미소 지은 붉은 입술은 굴곡지어 턱과 목선으로 이어지고 그것은 다시 둥근 어깨와 볼록한 가슴으로 구부러졌다. 흔들리는 옷깃 사이로 땀이 맺힌 속살이 언뜻 나타났다 사라졌다.

그날 밤 연회가 파한 뒤에 마렐라가 미리 마련해둔 화려하고 은밀한 침실로 소마는 안내되었다. 그곳에는 여섯 명의 무희가 벌거벗은 채 그를 기다리고 있었다. 창문이 없는 대신 따뜻하고 은은한 불빛으로 밝혀져 있는 그곳은 푹신하고 부드러운 직물로 바닥부터 천장까지 마감되어 있었다. 이국적이고 기분 좋은 향기가 코끝을 사로잡았다. 여인들의 웃음소리는 귓가를 간지

럽혔다. 소마의 뱃속은 달아올랐다. 기름처럼 끓어 넘친 욕정은 너무나 물질적인 것이어서, 마음이나 성신이나 의지나 영혼이나 그것을 무엇이라 부르든 그 모든 것을 무력화했고 굴복시켰다. 허벅지와 허벅지가 섞이고 혀와 성기가 뒤엉켰으며 배와 사타구니가 비벼댔다. 집어삼킬 수 있는 모든 것을 집어삼켰고 들이킬 수 있는 모든 것을 들이켰다. 그의 메마르고 척박했던 내면은 흘러넘친 욕정으로 흠뻑 적셔졌다. 그것은 강이 되고 호수가 되고 바다가 되었다. 그는 채우려고 했다. 채워질수록 더 채우려 했고, 비워낼수록 더 비워내려 했다. 그는 여섯 날 동안 침실에서 나오지 않았다. 그를 먹이고, 마시게 하고, 씻게 하고, 쉬게 할 하인들만이 소리 내지 않고 은밀히 그곳을 드나들었다.

일곱째 날 아침에야 그는 침실 밖으로 걸어 나왔다. 속이 비치는 얇은 실크 가운 하나만을 걸친 채 길고 화려한 복도를 가로질러 테라스로 나갔다. 흰색 대리석 바닥이 깔린 테라스는 둥근 호를 그리며 성벽의 가장 높은 곳에 돌출되어 있었다. 난간 너머로 지중해의 에메랄드빛 바다가 햇살에 반짝이며 광활하게 펼쳐졌다. 짐을 가득 실은 거대한 범선 수십 척이 수면 위를 미끄러지고 있었다. 수평선 멀리 짙푸른 바다 위로 하얀 구름이 넓게 깔리었다. 따뜻한 바람이 바다로부터 불어와 가운을 흔들며 맨살 안으로 파고들었다. 허리를 감아내며 피부의 촉감을 깨어나게

316

했다. 그는 분명히 느꼈다. 세상이 달라졌음을. 너무나도 예민해진 감각 하나하나로부터 그것은 선명하게 체험되었다.

'지금까지 살아왔던 세상은 사라졌다. 투쟁과 대결과 피와 고통으로 가득 찬 혐오스러운 세상은 이제 없다. 이것은 새로운 세상이다. 이것은 너무도 아름답구나. 나는 이것을 가지리라. 이것을 취하리라. 만지고 흠향하고 먹고 느끼리라. 원하는 것을 얻으리라. 하고자 하는 것을 하리라.'

그는 숨을 크게 들이마셨다. 부드러운 바다의 냄새가 열망에 달아오른 내면을 진정시키는 듯했다. 다시 숨을 내쉴 때에 나직한 목소리가 따라 흘러나왔다. 자신의 귀에만 들릴 만한 크기로 그는 이렇게 속삭였다.

"나는 세상의 주인이다."

21

대지를 뒤덮은 녹음은 여름 내내 찬란히 빛났다. 들풀의 생명력은 넘치도록 건강하여 쉼 없이 뿌리와 줄기를 뻗어갔다. 몇 번의 소나기가 지나자 대지는 초록빛 파도로 넘실댔다. 다만 영원할 것만 같았던 계절도 끝을 향해 조금씩 기울어지고 있었다. 아침저녁으로 서늘해지다 이내 서리가 내리자 짙어가던 잎사귀들의 색은 바래졌다. 가을 내내 단풍은 말라 떨어졌다. 쌓인 낙엽 위로 이내 눈이 내렸다. 겨울은 눈 아래 묻힌 모든 것을 썩혀 대지로 돌아가게 했다. 찬바람을 따라 내려온 순록의 무리가 심장에서 덥혀진 뜨거운 숨을 내뿜으며 눈에 덮인 하스코보 평원을 가로질렀다. 봄이 되자 죽었던 것들 위로 수풀이 자라났다. 보초병처럼 껑충하게 금수염풀이 뻗어나왔고 치커리꽃과 나르두스가 듬성듬성 머리를 내밀었다. 다시 폭풍처럼 여름비가 쏟아지고 겨울의 찬기가 잠재웠으며 봄과 가을이 머물다 떠나갔다. 눈만 검은 암컷 오소리가 새끼를 낳았고 다음 해에는 그 새끼가 새끼를 낳았으며 또 다음 해에도 마찬가지였다. 세상은 거대한 순환의 수레바퀴를 굴리며 영원한 젊음을 유지했다.

하지만 시간은 잔인하게도 한 명의 인간에게는 영원한 순환의 고리를 허락하지 않았다. 그는 그저 늙어갈 뿐이었다. 얼굴의 주름은 깊어지고 손등은 척박한 대지처럼 갈라졌다. 살은 늘어져 생기가 사라졌으며 기력은 나날이 쇠해졌다. 그는 허락된 하나의 좁은 길로 걸어갈 수만 있을 뿐, 멈출 수도 돌아갈 수도 없었다. 그래서 그는 조급해졌다. 시간은 그에게서 인내심을 빼앗고 총기를 몰아냈으며 시야를 좁게 만들었다. 거울 앞에 설 때마다 소마는 억울함을 느꼈다. 이제야 세상을 가졌는데, 힘을 가졌는데, 그것을 누려볼 시간도 없이 낡아간다는 것에 그는 분노했다.

자기 자신에 대한 분노는 쉽게 타인에게로 옮겨 붙었다. 그는 언제부턴가 모든 자들이 마음에 들지 않았다. 장관부터 실무진에 이르기까지 자기 보신에만 열중하는 태도가 화를 돋우었다. 새로 구성한 원로회의 무능과 아첨하기 급급한 태도도 그러했다. 근무 중에 입을 크게 벌려 하품을 하는 경비병의 안일함이 꼴 보기 싫었고, 씻을 물의 온도 하나 제대로 맞추지도 못하면서 변명만 늘어놓는 하녀도 짜증을 북돋았다. 네그라의 거만한 눈빛과 아무 곳에나 간섭하려는 습관도 진절머리가 났다. 특히 에다, 그의 유약함이 꼴 보기 싫었다. 저 비굴하고 소심한 얼굴. 원로회 의원 자리 하나 꿰차고 앉아 그들 뒤에 숨어서 눈치나 보는 저 야비함. 저 꼬라지를 볼 때마다 속이 뒤집히는 것만 같았다.

"저것은 나에게서 나온 놈이 아니다. 저놈이 가진 것은 나에게서 간 것이 결코 아니다."

연회 자리에서 술을 진탕 마시고 인사불성이 된 소마는 갑자기 자리를 박차고 일어섰다. 테이블의 음식들이 쏟아지고 잔이 엎어졌다. 주변 이들이 화들짝 놀랐던 그때, 소마는 나에게는 너 같은 자식이 없다고 고래고래 소리를 지르더니 에다를 향해 도기로 만든 술잔을 집어 던졌다. 술잔은 멀리 떨어져 앉은 그에게까지는 닿지 않았다. 바닥에 부딪혀 산산이 부서졌다. 하인들이 급히 달려와 깨진 조각들을 치우고 쏟아진 술을 닦았다. 이후 에다는 그 어떤 연회에도 모습을 드러내지 않았다. 그리고 그것이 또 소마의 화를 치밀어 오르게 만들었다.

"왜 적극적이지 않은가. 왜 진취적이지 않은가. 왜 자신의 능력을 최대치까지 끌어올리지 않는가."

이것은 장관들과 참모들을 불러 모은 자리에서 소마가 매번 반복하는 말이었다. 하지만 그날만큼 이를 갈며 큰 소리를 내었던 적은 없었다. 처음 시작은 내무장관의 보고 때문이었다. 그는 병합된 아데사의 땅 변두리에 기독교인들의 집단 거주 시설이 확산되고 있다고 말했다. 사실 이것은 소마의 심기를 건드릴 만큼의 특별한 사안은 아니었다. 세속주의 이념을 기반으로 교회의 권위에 반대하며 탄생한 크레도니아조차 민간에서 자생적으로 발생하는 기독교인들은 끊이질 않았다. 그러니 크레도니아에 복속된 지 스무 해 남짓 된 아데사의 땅에서 기독교인들의 소규모 집단이 발생하는 건 어떤 면에서는 자연스러운 일이었고 동시에 현실적으로 통제할 수 없는 일이었다. 소마 역시 그것을 모르는 바가 아니었다. 그럼에도 그가 이들을 뿌리 뽑고 말리라 소리치며 탁자를 주먹으로 내리친 직접적인 이유는 내무장관의 태도에 있었다. 그는 두껍게 살이 오른 기름진 얼굴로 친근하게 말했다.

"그들을 박멸할 수 없다는 걸 소마님도 사실은 알고 계시지 않습니까? 이제 연세도 있으시니 그런 일은 다른 이들에게 맡기고 건강부터 챙기시는 게 좋지 않겠습니까? 그래야…"

말끝을 흐리며 내무장관은 은근하게 웃어 보였다. 소마의 얼굴이 급격히 굳어졌다. 상대의 내면까지 꿰뚫을 듯한 특유의 눈빛으로 아무 말 없이 내무장관의 눈을 주시했다. 내무장관의 얼굴에서 웃음기가 사라졌다.

"네가 뭘 아는가. 네가 경험해봤는가? 교회의 권위에 기댄 자들의 머릿속에 담긴 잔혹함을 네가 직접 체험해봤는가? 그들이 선과 악을 나누고 청결과 불결을 나누고 그것으로 자기 자신과 타인을 얼마나 병들게 하는지 알고나 있는가? 그들은 질병이고 뽑아야 할 잡초다. 그들이 지금 나의 정원을 더럽히고 있는데 너는 나더러 모른 척하고 내 몸뚱이나 챙기라는 것인가?"

소마가 자리를 걷어차며 일어났다. 관료들도 반사적으로 그를 따라 엉거주춤 일어섰다. 소마가 결연한 표정으로 소리쳤다.

"크레도니아의 영원한 번영을 위해 나는 다시 칼을 빼어 들 것이다. 나의 드넓은 정원은 다시 깨끗해지리라."

소마가 소규모 기독교 집단을 탄압하는 데 직접 나선 것은 순간적인 충동 때문만은 아니었다. 자기 감정에 휘둘리기엔 이미 그는 나이가 많았고 통치의 경험은 모자람이 없었다. 실제는 노련하게 기회를 잡은 것에 가까웠다. 그는 의회의 지지와 민심이 점차 자신으로부터 멀어지고 있음을 정확히 인식하고 있었다. 가장 주요한 원인 중 하나가 너무도 오랜 기간 유지되고 있는 평화라는 것도 그는 정확히 이해했다. 그는 가까운 이들에게 이렇게 말하곤 했다.

"사람들이 평화와 안정을 원한다는 것은 정치에 미숙한 자들이 갖는 오해다. 사람들은 강력히 통제하는 권위 있는 통치자를 원한다. 정치에 공포가 필요한 것은 공포로 소수의 반란을 찍어 누를 수 있어서가 아니라, 다수가 그 공포를 지지하기 때문이다.

나는 정확히 알고 있다. 크레도니아의 기득권이, 가문들이, 군인들이, 농민들이, 상인들이, 지배하는 자와 지배받는 자 모두가 진심으로 원하는 것은 평화와 자유가 아니다. 그들은 힘에 의해 세워진 강력한 질서를 원한다. 그들은 소마가 아니라, 아틸라를 원한다."

두 번째 이유도 실리적인 것이었다. 상업항의 세입만으로도 십만의 정규군을 유지하는 데 부족함이 없었지만 군은 돈으로만 유지할 수 있는 성격의 것이 아니었다. 대규모 정규군의 오랜 평화는 군을 내부로부터 곪게 만들었다. 고위 지휘관들의 부패 문제가 끊이질 않았고 병사들은 민간에서 지속적으로 자잘한 문제를 일으켰다. 소마는 말했다.

"군대의 넘치는 힘이 안에 고이게 해서는 안 된다. 그것은 밖으로 향해야 한다. 유능한 통치자가 해야 할 일은 명분을 찾아줌으로써 그 힘이 집중할 목표를 정확하게 짚어주는 것이다."

쌓여 있는 이러한 고민의 장작더미에 불씨를 던진 것이 두껍게 살찐 얼굴의 내무장관이 내뱉은 말이었다.

'이들이 나를 늙은이로 얕보고 있구나.'

소마 내면의 불안과 알 길 없는 분노는 자신이 불태워야 할 목표를 그때 정확히 알게 되었던 것이다.

군은 변방을 불태웠다. 여덟 개로 나눠진 특별 부대가 아데사의 땅 너머의 지역을 샅샅이 뒤져 기독교인들이 거주한다고 알려진 마을을 습격했다. 그들은 습격할 지역을 선택하는 데 필요한 정보를 수집했으나 그것은 정확하지 않았고, 사람들로부터 제보를 받았으나 근거는 없었다. 하지만 여덟 명의 지휘관들은 개의치 않았다. 그들의 업적은 잘린 머리 수로 평가되었고 마을에서 습득한 모든 물자는 해당 부대의 전리품으로 인정되었다. 소마는 군법의 적용을 한시적으로 풀어주어 개별 병사들이 민간에 저지르는 약탈과 범죄에 책임을 묻지 않았다.

"짧은 기간 동안의 강렬한 공포. 그것이 목표다. 이 공포가 사람들의 입에서 귀로 이어지고 다시 입으로 빠져나와 널리 퍼져나가야 한다. 질서가 확립되어 있음을 내 땅에 발 딛고 있는 자들은 알게 될 것이다. 나의 힘이 건재함을 내 땅 너머의 모든 왕과 민족이 알게 될 것이다."

소마는 여덟 명의 지휘관들을 불러 모은 자리에서 자신의 의도를 분명히 밝혔다. 오랜 시간 손발을 맞춰온 그들은 주인의 뜻을 정확히 이해했다. 직접 군령을 하달하고 출전을 명령한 직후에 소마는 소수의 호위병만을 대동하고 가까운 언덕에 올랐다. 오랜만에 자신의 부대를 직접 눈으로 보고 싶었던 것이다. 관목 숲을 벗어나자 시야가 트이며 낮은 구릉의 정상이 나타났다. 시선을 내리자 간격을 일정하게 맞춰 끝없이 늘어선 막사의 대열이 펼쳐졌다. 그 사이로 분주히 오가는 병사들의 모습이 눈에 들어왔다. 물자를 나르고 군마를 이동시키고 임박한 출전을 위해 사열하기 시작했다. 주둔지의 중앙에 소마의 문양이 그려진 거대한 깃발이 바람에 펄럭였다. 마치 내가 지금 여기 있노라 선언하는 것만 같아 소마는 벅차올랐다. 저릿한 무엇이 등줄기를 타고 올라왔다. 너무도 오랜만이다. 이 긴장의 감각은. 마치 스무해 동안 숨을 참고 견디다가 질식하기 직전에 원 없이 터뜨리는 것만 같았다. 이 긴장과 설렘이 오히려 익숙하고 편안하게 느껴졌다.

'그래, 내가 있어야 할 곳은 이곳이다. 전장이 나의 고향이다. 나는 전장에서 태어났다.'

소마는 스스로 감격했다.

다만 소마의 전장은 예전의 전장이 아니었다. 스무 해 동안 삶의 방식은 크게 바뀌었고 그의 지위와 무게도 달라져 있었다. 그는 이제 백 명은 족히 들어갈 크고 화려한 막사에서 지냈다. 그안에는 아라비아반도에서 들여온 윤기 나는 양탄자와, 루비와 옥색 보석으로 꾸민 실크 커튼이 둘러져 있었다. 푹신한 의자들을 지나 화려한 발을 늘어뜨린 안쪽에는 왕궁에서부터 가져온 크고 높은 침대가 놓여 있었다.

매일 아침 이곳에서 눈을 뜨면 소마는 하인들이 조심스레 들고 온 적절한 온도의 물로 목욕을 했다. 모슬린 지역에서 들여온 면직물로 세심하게 짠 속옷을 입고, 그 위로 동방의 비단으로 몸에 맞게 제작한 상의와 하의를 입었다. 다시 그 위에 코뿔소의 가죽에다 그 안에 가는 철실을 넣어 마감한 갑옷을 착용했다. 막사의 천막을 걷고 밖으로 나서면 그의 앞에는 이집트에서 들여온 백색의 명마가 기다리고 있었다. 소마가 붉은 가운을 펄럭이며 백마를 타고 나타나면 병사들은 환호성을 질렀다. 그들을 향해 근엄한 목소리로 소마가 외쳤다.

"오늘 우리가 잠자던 검을 깨워 높게 휘두를 것이니, 크레도니아의 검버섯은 도려내지고, 그곳에 건강한 새 살이 다시 채워질 것이다."

소마는 여덟 부대를 각 지역으로 진군시켰다. 자욱한 흙먼지를 일으키며 병사들은 행군을 시작했다. 흙먼지가 가라앉을 무렵 소마는 자신의 직속 부대는 주둔지에 남겨두고 소수의 최정예 습격대만을 선발했다.

"이번에는 내가 직접 지휘하리라."

소마는 팔을 들어 허공에 칼을 휘둘렀다. 최근 첩보가 들어온 근방의 기독교인 집결지를 향해 말을 몰았다.

하지만 출발한 지 얼마 되지도 않아 소마는 귀찮고 지루해졌다. 오랜만에 오른 말안장의 진동은 금세 피로했고 어깨와 배를 압박하는 갑옷의 무게는 불편했으며 무엇보다 이처럼 절제된 자세로 한참을 이동해야 한다는 사실이 엄두가 나지 않았다. 그가 이런 느슨하고 해이한 마음자세를 갖게 된 근본 원인은 자신을 속일 수는 없다는 데 있었다. 이 진군은 간절한 필요 때문이 아니라 스스로 만들어낸 필요 때문임을, 타인을 속일 수는 있어도 자기 자신까지 속일 수는 없었던 것이다. 곁에서 매 순간 소마의 안색을 살피는 나이 든 몸종 하나가 이를 알아채고는 소마의 기분을 해치지 않도록 주의하며 조심스레 물었다.

"말 대신 마차로 이동하시는 것이 어떻겠습니까?"

소마는 주위를 둘러보았다. 병사들은 묵묵한 얼굴로 자기 앞의 병사를 따라 행군할 뿐이었다. 소마가 나이 든 몸종을 바라보며 고개를 끄덕였다. 그가 재빨리 말을 뒤로 빼더니 호위대장과 이야기를 주고받았다. 결국 부대는 둘로 나뉘었다. 선두 부대가 먼저 출발하여 습격을 시작하고 소마의 마차는 후미 부대와 함께 뒤를 따르기로 한 것이다.

소마가 두툼한 방석에 기대어 한숨 자고 일어났을 때는 이미 목적지에 도착한 뒤였다. 나이 든 몸종이 주인이 눈뜨기를 기다려 마차의 문을 열었다. 잠은 깨었으나 입은 바짝 마르고 허리는 뻐근했다. 소마가 부축을 받으며 내릴 때에 몸종은 땅이 진창이라 죄송하다며 굽신대었다. 소마는 손을 저어 괜찮다고 표시했다. 다리를 땅에 내려놓을 때 하얀 바지에 진흙이 튀지는 않았는지 종아리 앞뒤를 확인했다. 익숙하고 매캐한 탄내가 코를 찔렀을 때에야 소마는 고개를 들어 주위를 둘러보았다. 자신이 오랜만에 습격이 끝난 마을에 도착했음을 알 수 있었다.

"벌써 다 끝난 것인가?"

그런 것 같다고 시종장이 답했다. 모든 일은 이미 말끔하게 정리되어 있었다. 스무 채 정도의 민가가 완전히 전소되었고, 마을 중앙에 조잡하게 지어진 목조 교회 건물은 병사들에 의해 막 불이 붙고 있었다. 그 옆 공터에서는 다른 병사들이 시체를 줄지어 늘어놓고 있었다. 연기가 해롭다며 시종장이 손수건을 내밀자 소마는 그것을 받아 코와 입을 가렸다. 선두 부대를 지휘하는 장교가 달려와 소마에게 예의를 갖추었다.

그는 소마가 천천히 마을 주위를 거닐며 시찰하는 동안 옆에서 습격의 과정과 결과에 대해 소상히 보고했다. 습격 직전에 마을을 포위한 상태에서 첩보가 사실인지 확인하기 위해 잠입을 시도했다는 것과, 확실하다는 것을 확인한 후에야 습격이 진행되었음을 강조했다. 이어서 병사들에 의해 직접 살해된 자들이 마흔 명 남짓이고, 이들 중 대부분이 무기를 든 젊은 남자들이었다고 보고했다. 여성과 아이와 노인들은 교회에 피신하여 문을 걸어 잠근 상태였기 때문에 아군의 피해를 최소화하고자 굳이 문을 열지 않고 밖에서 기름을 붓고 불을 붙이는 것으로 대신했다고 덧붙였다. 보고를 듣던 소마는 자신을 뒤따르고 있던 몇몇 참모들을 뒤돌아보며 이게 조금 문제가 된다고 심드렁하게 말했다. 참모들이 귀를 기울였다.

"민간인 문제 말이야. 이제는 예전 같지가 않아. 외교적으로 부담이 돼. 적절한 방법이 있는지 알아보라고."

참모들이 놀라운 통찰이라도 얻었다는 표정으로 적극적으로 고개를 끄덕이며 서로 작게 의견을 주고받았다.

"우리 쪽 피해는?"

선두 부대의 장교가 답변했다.

"병사 두 명의 낙마 사고가 있었고, 현재 주둔지로 호송 중입니다."

소마가 잿더미가 된 살림살이들을 천천히 둘러보며 고개를 끄덕였다. 장교가 말을 이었다.

"생존하거나 도망친 자는 없는 것으로 파악되었고 포로가 한 명 있습니다."

"포로?"

소마의 물음에 장교는 소마 뒤에 선 참모들의 눈치를 잠깐 살피더니 답했다.

"숲에서 발견된 아이인데 마을의 아이인지 확인되지 않아 우선은 살려두었습니다."

소마는 아이를 보고자 했고, 장교의 안내를 받아 그곳으로 향했다.

아이는 뒷정리를 하고 있는 병사들의 혼잡한 틈바구니 속에 있었다. 비쩍 마른 여자아이였다. 소매가 너덜너덜한 더러운 모직 원피스를 입은 채 흙바닥 위에 아무렇게나 쓰러져 있었다. 발목에는 끈을 매어 길게 나무 기둥에 걸어두었는데, 아무래도 병사들이 도망가지 말라고 그렇게 해놓고는 그냥 방치해둔 것 같았다. 소마에게 가장 먼저 떠오른 생각은 아이가 정말 한 줌도 되지 않게 납작하다는 것이었다. 마치 구겨서 버린 쓰레기 뭉치처럼 아무런 무게감도 느낄 수 없었다. 소마가 허리에 차고 있던 칼을 빼 들었다. 참모들이 그의 행동을 주목했다. 소녀에게 걸어가 다리에 매여 있는 줄을 끊었다. 그리고 어깨와 허벅지 아래에 손을 넣어 그 가벼운 것을 천천히 들어 안았다.

참모 중 하나가 소마에게 충분히 들릴 만큼의 목소리로 다른 참모들에게 말했다.

"저렇게 인정이 많은 분이시라니!"

다른 참모들 역시 자신도 그렇게 생각했다며 경쟁적으로 맞장구를 쳤다. 소마는 쓸쓸해졌다.

습격은 계절이 바뀌어서도 계속되었다. 백여 개의 기독교인 마을이 불태워졌고 팔천여 명의 사람들이 살해되었다. 아침저녁으로 서리가 내리기 시작한 늦은 가을의 어느 날, 소마는 승전을 선언했다. 사열한 병사들을 향해 이렇게 말했다.

"크레도니아는 정화되었다. 오늘은 새로운 크레도니아가 시작하는 첫날이다."

이후에는 지휘관들과 공을 세운 병사들에 대한 대대적인 포상이 뒤따랐다. 나흘간 연회가 이어졌다. 귀족들이 드나들고 연일 승리를 축하하는 술을 들이켰다. 하지만 변한 것은 없었다. 몇 해 뒤부터 기독교인들은 다시 소규모 공동체 마을을 이루었고 드러나지 않는 저항을 이어갔다. 소마의 마음도 채워지지 않았다. 그는 여전히 공허하고 불안했다. 무엇이 되었든 더 가지면 채워질까 싶었지만 그럴수록 마음은 비어갔다.

결국 그는 스스로 황제의 관을 썼다. 명분보다는 실리를 얻어야 한다며, 이미 실질적인 황제시니 시민들의 반감이 큰 그 이름이 중요한 것은 아니라고, 조심스레 만류하는 참모에게 술잔까지 집어 던지며 소마는 즉위식을 강행했다. 십 년에 걸쳐 새롭게 증축한 옛 엘디귀즈의 성에서 유례없는 화려한 즉위식이 일곱 날 동안 거행되었다. 주변 국가의 유력 가문과 고위 공직자들이 초대되었다. 의회가 추천하고 소마가 수락하는 모양새를 갖추었다. 그는 크레도니아의 영원한 번영을 위해 자신이 희생하여 종신 통치를 수락하겠노라고 말했다. 금장으로 장식한 순백색의 왕실 복장을 입고 발끝까지 내려오는 붉은 벨벳 가운을 걸친 채 새로운 시대에 걸맞은 새로운 천년 황제가 탄생했음을 스스로 선언했다. 스물한 발의 축포가 터졌고 십만 정규군의 열병식과 화려한 연회가 이어졌다.

하지만 마른 샘을 되살릴 수 없고 저문 해를 되돌릴 수는 없었다. 그렇게 애를 써도, 그렇게 발버둥 쳐도 변한 것은 없었다 수마의 마음은 점차 병들어갔다. 그는 모든 것에 흥미를 잃었고 모든 것을 역겨워했다. 매일 올라오는 산해진미는 더 이상 그를 감동시키지 못했다. 훌륭한 술의 향기는 사라졌다. 누군지도 모를 여인들의 입술과 살결에 아무 감흥도 일지 않았다. 더 크고 더 화려한 것, 예전처럼 자신을 더 자극할 만한 것, 강렬하게 살아 있음을 느끼게 할 만한 것. 소마는 마실수록 갈증을 느꼈고, 먹을수록 허기를 느꼈으며, 잠들수록 피로했고, 도망칠수록 고통 속에 던져졌다.

22

이오페는 맹인이었다. 태어날 때부터 그녀의 보라색 눈동자
는 초점을 잡지 못하고 흰자위 위를 이리저리 방황했다. 농가에
일손을 보태며 기거하던 젊은 친부는 재수 없다며 자기 애가 아
니라고 부정하고는 밤을 틈타 사라져버렸다. 어머니는 먼 친척
집에 의탁해서 허드렛일을 하며 아이의 눈을 고칠 수 있는 방법
을 찾아다녔다. 마을의 어르신들에게 조언을 구하기도 하고 적
은 수입으로 좋다는 약도 써보았지만 방법을 찾을 수 없었다. 그
때 기독교인이라고 손가락질받던 다른 마을의 중년 여성이 주
님이라면 낫게 해주실지 모른다고 위로했다. 그녀는 중년 여성
이 가르쳐준 방향을 향해 집을 나섰다. 사흘 밤을 걸어 도착한
곳은 기독교인들의 공동체 마을이었다. 이곳을 이끌고 있는 이
는 오웬이라는 중년의 남성이었는데, 그는 읽지도 쓰지도 못했

지만 자신이 어린 시절 들었던 성서의 이야기를 기반으로 설교를 하는 인물이다. 모든 질병과 죽음이 사탄의 소행이라며 그는 안수기도와 금식기도를 제안했다. 하지만 그럼에도 아이의 눈이 떠질 기미가 없자, 오웬은 점차 강도를 높여 매질과 굶기기를 반복했다. 어머니는 성경에 기록된 방법이라는 말만 믿고 가슴 졸이며 아이를 방관했다.

어머니는 이번에도 아버지가 없는 아이를 배었다. 아홉 달 만에 거꾸로 들어선 아이를 낳다가 숨을 거두자, 그날부터 눈먼 아이는 마을의 천덕꾸러기가 되었다. 돌보는 이 없이 걸식하고 길에서 자며 천한 목숨을 이어갔다. 막대기 하나를 휘저으며 마을과 숲을 헤매고 다니는 더럽고 비쩍 마른 아이의 모습은 기괴하고 재수 없어, 동네 아이들은 개나 양의 똥을 집어 던지거나 막대기로 때려 쫓아내는 놀이를 했다. 근래에는 가슴에 몽우리가 잡혀 닿을 때마다 아프고 봉긋하게 올라왔는데 이를 금세 알아보고 욕정이 오른 마을의 남자 하나가 먹다 남은 것을 내어주며 만져보고 냄새 맡아보는 것이었다. 눈먼 아이는 남자가 무서워 배고파도 마을로 가지 못하고 며칠을 숲속 나무둥치에 숨어 살았다. 아이는 어려서 기도하는 법을 배웠기에 밤과 낮으로 기도를 했는데, 그것은 이제 그만 자신을 데려가달라는 것이었다.

마을 쪽에서 매캐한 냄새가 풍겨오고 비명 소리가 숲까지 울려오던 날에, 아이는 희미한 의식 속에서 꿈을 꾸고 있었다. 젊은 병사 하나가 아이를 데려다놓고 도망갈까 다리를 묶어놓았을 때도 그 꿈은 이어졌다. 소마가 들어 안았을 때 아이는 깨어났는데 처음 느껴보는 부드러운 직물의 느낌과 알 수 없는 좋은 향기 그리고 단단하고 따뜻한 손의 온기를 느끼며 이제 주님이 자신을 데리러 왔다고, 이제야 편히 쉴 수 있겠다고 깊게 안심했다.

소마는 아이의 이름을 이오페라 지어주었다. 왕실의 하녀들과 함께 생활하게 했으나 자신의 눈에 띄는 곳에 있기를 바랐다. 시종장은 그의 의중을 이해했다. 소마가 씻고 옷을 입을 때 알현하는 하녀들과 함께 아이가 생활하게 했고 그들을 거들게 했다. 몇 해가 지나, 남은 생애 동안 소마를 귀찮게 따라붙게 될 등과 다리의 통증이 시작되자, 이오페가 그를 마사지하는 역할을 맡게 되었다. 통증으로 예민해질 때마다 그녀는 신중하고 세밀하게 손으로 주무르고 문질러 소마를 깊게 잠들게 했다.

이오페는 빠르게 자랐다. 팔다리는 길어지고 허리는 곧았다. 건강한 안색과 바른 자세는 눈에 띄었고 그녀를 보는 이들로 하여금 신뢰감을 느끼게 했다. 비쩍 마른 아이가 사라진 자리에는 어느새 건강하고 단단한 여인이 있었다. 소마를 집중하게 했던 것도 그녀의 신체가 아니라 몸짓이었다. 저녁 식사를 마치고 침실에서 쉴 준비를 끝내면 그녀가 찾아왔다. 마치 눈이 보이는 사람처럼 물그릇과 무명으로 짠 타월을 양손에 들고는 문을 밀고 들어섰다. 소마를 향해 인사를 하고 기둥과 장식장을 피해 거침없이 걸어와서는 협탁 위에 물품을 올리고 소마가 준비될 때까지 기다렸다. 그럴 때면 침실의 공간과 그 안의 모든 사물과 늙은 소마는 읽힐 준비가 된 책처럼 이오페가 책장을 넘겨줄 때까지 얌전히 그의 지시를 따랐다.

마사지가 시작되면 소마는 자신도 모르게 그녀의 모습을 오랫동안 지켜보았다. 초점 없이 멈춰 있는 그녀의 눈동자는 신비하게 느껴졌다. 소마가 물었다.

"어둠을 보는가?"

그녀가 소마의 무릎에 따뜻한 물수건을 올리며 답했다.

"어둠을 보지 않습니다."

소마가 다시 물었다.

"빛을 보는가?"

"빛을 보지 않습니다."

"나는 궁금하다. 너는 무엇을 보는가? 그것은 칠흑 같은 어둠인가, 아니면 그림자 없는 새하얀 빛인가?"

이오페가 웃었다. 그러고는 답했다.

"수많은 인상을 봅니다. 귀로 듣는 것을 보고, 코로 들이마신 것을 보고, 혀에 닿는 것을 보고, 피부를 스치는 것을 봅니다. 그것은 어둠도 아니고 빛도 아닙니다. 단일한 것이 아니라 다양한 것입니다."

소마가 물었다.

"너는 내가 어떤 자인지 아는가?"

이오페가 주무르던 손을 멈추고는 고개를 숙이며 답했다.

"모릅니다."

"너는 내가 무슨 일을 했는지 아는가?"

"모릅니다."

"내 모습이 어떠한지 아는가?"

"모릅니다."

소마가 침묵하자 이오페는 기다렸다. 잠시 후 소마가 입을 열었다.

"언젠가 어떤 이가 나에 대해서 이자는 어둠이다, 혹은 이자는 빛이다라고 말할 때에도 지금처럼 답해줄 수 있겠는가?"

이오페가 그 말의 의미를 생각하더니 곧 고개를 끄덕였다.

언제부턴가 마사지가 끝난 후에도 이오페는 침실에서 나오지 않았다. 소마가 잠들 때까지 그의 침대 곁에 앉아 말동무가 되어주었다. 그들은 각자가 살고 있는 세계에 대해 알려주었다. 이오페는 소마가 들려주는 바깥세상에 대한 이야기를 사랑했다. 가도 가도 닿지 않는다는 지평선과, 머리 위를 둥글게 뒤덮고 있다는 반짝이는 밤하늘과, 때마다 색깔을 바꾼다는 나뭇잎과, 에메랄드빛 바다를 부드럽게 미끄러진다는 범선을 사랑했다. 소마는 이오페가 들려주는 내면 세계에 대한 이야기를 사랑했다. 아무리 들어도 그것을 이해할 수는 없었지만 만지는 것이 보이고, 보이는 것이 들리고, 들리는 것이 맛과 향으로 다가온다는 이야기를 사랑했다. 그들의 눈은 바깥으로, 또는 안쪽으로 서로 다른 방향을 향하고 있었기에 결코 같은 세상을 볼 수는 없었지만, 함께 이야기를 나누고 있는 동안에는 같은 세상을 보고 같은 감각을 체험했다. 가끔은 밤새도록 대화가 끊이질 않아 꿈결까지 매끄럽게 이어지는 날도 있었다. 그럴 때면 소마는 어떠한 불안도 없이 자신을 잊은 채로 침대에 누워 깊게 잠 들었다. 이오페는 침대 모서리에 기대어 광활한 대지 끝까지 자유롭게 날아가는 꿈을 꾸며 잠이 들었다. 세상에 오직 두 사람만이 던져진 것처럼 그들은 외피를 뚫고 서로의 내면으로 들어가 안식을 취했다. 수많은 이야기가 낮과 밤으로, 다시 밤과 낮으로 이어졌다. 유난히도 화창하던 어느 봄날의 아침에, 소마는 잠에서 깨어나는 이오페에게 말했다.

"진짜 바깥세상을 구경하지 않겠느냐?"

차쿠날레의 총독 마렐라가 직접 왕궁을 찾았으나 소마를 만날 수는 없었다. 소마가 모든 접견을 거부하고 새로운 별장에서 이오페와 둘만의 시간을 보내고 있었기 때문이었다. 그는 곧장 별장으로 향했으나, 대문 앞에서 친위대장에게 가로막혔다. 자신의 접견까지도 안 된다는 그의 냉담한 말에 화가 머리끝까지 오른 마렐라는 친위대장의 얼굴에 욕설을 퍼붓고는 마차를 돌려 에다에게로 향했다.

이번에 의회 상원의장에 추대된 에다는 자신의 긴 갈색 머리를 쓸어 올리며 등받이에 기대더니 차분하고도 냉소적인 표정으로 대답했다.

"제가 무슨 힘이 있겠습니까. 아버님은 저를 아들로 인정하지도 않으십니다."

마렐라가 코에 맺힌 땀을 훔쳐 윤기 나는 바지에 아무렇게나 문질렀다.

"병력 지원이 시급하다는 요청을 보시기는 한 겁니까?"

에다는 친위대장에게 전달된 것까지는 안다고 짧게 답했다. 마렐라가 미간을 찌푸렸다. 절제하고 있었지만 그의 목소리는 한껏 높아졌다.

"그럼 요청안을 거부한 것이 의회의 독자적인 판단이었단 말입니까?"

에다가 마렐라의 어깨를 다독이며 부드럽게 말했다.

"새삼스럽게 왜 그러십니까. 의회가 허수아비라는 걸 잘 아시지 않습니까? 그들은 눈치 보기에 바쁩니다. 원로들의 유일한 관심사는 자기 재산을 지키는 것밖에는 없습니다. 의회가 판단해서 거부한 것이 아니라, 의회가 판단할 수 없으니까 거부한 것입니다."

마렐라가 의자에서 일어났다. 이마를 짚고는 응접실 안을 불안하게 서성였다. 에다가 찻잔에 입을 대었다가 다시 내려놓았다. 그리고 말했다.

"저에게까지 솔직하지 않으시면 제가 도울 방법이 없습니다."

마렐라가 순간 멈춰 서서 그를 바라보았다. 에다가 느긋하게 말했다.

"아버님께서 인가하신 세율 인상안이 기존의 열에 하나 반에서 새롭게 열에 두 개 아니었습니까?"

마렐라가 다급하게 대답하려다가 말을 더듬었다.

"세, 세율은 열에 둘로 집행되었소!"

에다의 입이 빈정거리듯 올라갔다.

"여러 명목으로 더 붙이셨던데 말입니다. 실질 세율이 열에 넷까지 이른다는 말이 있습니다. 저는 모른 척하려고 해도 아는 분들은 이미 다 아시더군요. 아버님 귀에까지 들어가면 이번 봉기의 책임을 혼자 다 뒤집어쓰게 되실지도 모릅니다."

마렐라가 재빨리 에다 가까이에 의자를 당겨 앉았다. 그러고는 목소리를 한결 가다듬어 에다를 불렀다.

"의장님. 이게 저 혼자 잘되자고 그런 게 아니라는 걸 누구보다 잘 아시지 않습니까? 의원님들께 들어가는 자금이 다 어디에서 나온다고 생각하십니까?"

에다가 말을 돌렸다.

"인접국은 어떻습니까?"

마렐라가 답했다.

"세율 협의를 다시 하겠다고 잘 말해두었습니다. 그쪽에서는 봉기가 해결되면 거래를 재개할 의사가 있다고 답신을 주었습니다."

마렐라는 눈치를 보며 에다의 입에서 떨어질 말을 기다렸다. 에다는 잠시 생각에 잠겼다가 입을 열었다.

"예전의 아버님이 아니십니다. 눈먼 여자애에게 눈이 가려져 세상을 보지 않으려 하십니다."

마렐라는 침울한 표정을 지었다. 에다가 그의 어깨에 손을 올렸다.

"하지만 걱정 마십시오. 저는 이렇게 생각하고 있습니다. 마렐라 총독을 대신해 차쿠날레를 이끌 사람은 없다, 이게 저의 생각입니다."

마렐라는 에다의 눈을 보며 고개를 끄덕였다. 그리고 물었다.

"계집이 애를 배었다고요?"

에다가 착잡한 표정으로 등받이에 기대며 답했다.

"누가 알겠습니까. 다만 어쨌거나 시간문제겠지요."

마렐라가 말을 이었다.

"어머니의 걱정이 크시겠습니다."

에다가 아무렇지 않은 표정으로 대답했다.

"시간이 지날수록 복삽해질 것입니다. 지금 결단하는 것이 미래의 번거로움을 피하는 가장 수월한 길입니다."

편백나무 숲이 청명한 여름 호수에 비쳐 마치 수면 아래까지 세상이 이어진 것만 같았다. 별장의 테라스는 길게 뻗어 나와 호수의 경계까지 닿았다. 그곳에 마련된 의자에 앉아 소마와 이오페는 오전 시간 내내 지난 여행 이야기를 나누었다. 도시와 농가를 지나고 목초지와 해안을 둘러보는 마차 여행 동안에 이오페가 본 것은 아무것도 없었다. 그저 소마가 묘사해주는 말을 듣고 향기를 맡고 살갗에 닿는 바람을 느꼈을 뿐이었다. 하지만 이오페는 소마보다 더 세세한 것들을 기억했고 더 풍부하게 이해했다. 서늘했던 농가의 새벽, 버터차를 마실 때에, 동이 트는 하늘의 빛깔이 다홍빛임을 기억했다. 평원을 가로지르며, 마른 건초 냄새가 코끝을 스칠 때에, 소마의 목소리가 미세하게 떨렸음을 기억했다.

이오페의 이야기를 들으며 소마는 반대로 자신이 그런 것들을 경험했었음을 알아차렸다. 그리고 그것이 소마에게 기쁨이 되었다. 그녀가 진정으로 즐거워하는 모습이 기쁨이 되었다. 그녀가 맛있게 먹을 때, 바닷물에 발을 담그며 까르륵 웃을 때, 방금 알을 깨고 나온 새처럼 노래를 부를 때 그는 기쁨을 느꼈다.

그 만족감은 소마가 일평생 경험해보지 못한 것이었다. 아무리 들이붓고 들이부어도 채워지지 않던 자신의 텅 빈 마음은 자기 자신이 아니라 이오페가 즐거워하는 모습에 쉽게 채워졌고 충만해졌으며 흘러넘쳤다.

오후가 되어서는 서로에게 기대어 산책로를 걸었다. 늙은 소마는 이오페에게 의지하고, 눈이 먼 이오페는 소마에게 의지했다. 두 사람의 걸음은 느리고 위태로워 보였지만 그것은 외부인의 눈에만 그러했을 뿐, 두 사람의 마음은 평온하고 두려울 것이 없었다. 소마는 무엇이 그리도 재밌는지 쉬지 않고 재잘대는 그녀의 얼굴에서 눈을 떼지 못했다. 꼭 감고 있는 그녀의 눈매와 눈썹을 시선으로 부드럽게 쓸어보았다. 그러자 순간 그의 마음에 안타까운 감정이 벅차올랐다. 그 감정은 너무도 갑작스러웠지만 강렬했고 순식간에 그의 마음을 움켜쥐었다. 그는 너무도 간절해졌기에 마음속으로 외칠 수밖에 없었다.

'오. 제발 시간이 흐르지 않기를! 세상이 멈춰 서기를! 더 이상 아무것도 변하지 않기를!'

그는 고통스러웠다. 주어졌던 시간을 함부로 써버렸고, 이제 남은 시간이 얼마 남지 않았다는 사실에 가슴이 미어져 견디기 힘들었다.

'왜 나는 그 길었던 생의 시간을 낭비해버렸던가. 왜 내게 주어진 인생을 저주하며 나의 분노를 다른 이들에게 옮겨 붙였던

가. 이오페는 선물이지만, 지금에서야 이 아이를 만났다는 것은 오히려 니에게 내려진 형벌일지 모른다.'

소마의 고통은 오직 그의 내면에 머물렀고 그것이 밖으로 새어 나가지 않도록 소마는 노력했지만, 이오페는 말을 멈추었다. 미간이 찌푸려지며 걱정스러운 표정으로 소마에게 귀를 기울였다. 소마가 그 모습을 보고는 급하게 마음을 진정시켜 아무렇지도 않다는 듯 물었다.

"내가 누군지 아느냐?"

소마의 물음에 그녀는 아무 대답 없이 꼭 감은 눈으로 소마를 바라보고는 미소 지었다.

"내가 무슨 일을 했는지 아느냐?"

그녀가 팔을 뻗어 손끝으로 몇 번 더듬더니 소마의 뺨을 찾아내고는 자신의 손을 올렸다. 소마의 눈에 안타까움이 차올랐다. 그가 말했다.

"너는 내가 누군지 알고 있구나. 너만이 진실을 볼 수 있구나."

이오페가 그의 얼굴을 다독였다. 그러자 소마의 마음은 풀어지고 눈시울은 뜨거워져 그는 눈을 감을 수밖에 없었다. 목적지에 이른 여행자처럼, 추수를 끝낸 농부처럼 이제는 쉬고 싶다고 느꼈다. 이 아이와 함께라면 세상으로부터 고립되어도 좋겠다고, 가진 것을 모두 잃어도 괜찮겠다고 그는 간절하게 생각했다.

가장 중요한 것은 군의 신뢰를 얻을 수 있느냐의 문제였다. 마렐라 총독과 에다가 각기 다른 방식으로 풀어나가기로 했다. 마렐라는 군사령관과 오랜 전우인 동시에 사돈 사이였기에 그를 직접 만나 의중을 떠보기로 했다. 또 군사령관의 아들은 원로회의 의원이었으므로 에다가 접촉하기로 했다. 에다는 마렐라에게 주의를 주었다.

"혁명에 적극적으로 가담할 필요는 없습니다. 그는 그런 부담까지 지고 싶진 않을 것입니다. 우리가 원하는 건 방관입니다. 혁명 이후에도 군이 움직이지 않는다면 관료들과 의회는 이것이 군의 암묵적 인가임을 이해할 것입니다."

에다와 마렐라는 진행 상황을 공유하며 긴밀히 협력했다.

일은 빠르게 진행되었다. 군사령관과 접촉하고, 비밀 회동에서 중진 의원들의 설득까지 마친 에다는 자신감이 붙었다. 그는 긴급 의원회의를 소집했다. 사전에 들은 말이 있는 의원들은 오전부터 모여들었다. 모여드는 대로 삼삼오오 모여 자신들이 들은 이야기가 진짜인지 심각하게 정보를 나누고 견해를 주고받았다. 정오가 되어 에다가 단상에 오르자, 사람들은 입을 닫고 그의 입에서 떨어질 말에 집중했다. 의회당은 긴장감이 맴돌았다. 에다는 빠짐없이 모여든 동료 의원들을 둘러보았다. 그리고 연설이 시작됐다.

"우리는 안타까움을 느낍니다. 전설적인 영웅이 어린 계집이

나 밝히는 폭군이 되어가는 모습을 지켜본다는 것은 모두에게 고통스러운 일입니다. 나는 나의 아버지를 자랑스럽게 생각해 왔습니다. 그는 아데사의 땅을 병합했고 크레도니아의 경계를 명확히 함으로써 우리를 풍요와 번영으로 이끌었습니다. 하지만 영웅의 모습은 그때까지였습니다. 그 이후의 모습은 이 나라를 슬픔에 빠지게 만들었습니다. 그는 크레도니아 건국의 정신인 의회주의를 와해시켰고 스스로 황제의 관을 씀으로써 이 자리에 모이신 명문 가문들의 지위를 주인이 아닌 노예의 자리로 끌어내렸습니다. 또 민간에서의 저항에 공포정치로 일관함으로써 시민들의 반감을 키우고 주변 국가들과의 분쟁거리를 만들었습니다. 반대로 이번 차쿠날레항에서의 상인 봉기에는 통치자로서의 의무를 저버리고 아무런 대처를 하지 않고 있습니다. 교역량 감소와 세수입 감소는 나라의 재정을 감소시켰고 의원님들의 재산을 위태롭게 하고 있습니다."

원로들은 내심 듣고 싶은 말이었지만 이것이 매우 위험한 발언임을 잘 알고 있었다. 다만 이 발언의 주인이 다른 사람이 아니라 소마의 아들이라는 점이 그들을 안심할 수 있게 했다. 이런 분위기를 에다도 충분히 이해하고 있었다. 그는 목소리를 고른 후에 다시 입을 열었다.

"나는 슬픔을 느낍니다. 이것은 나의 아버지에 대한 모욕이기 때문입니다. 하지만 저는 아버지의 아들인 동시에 크레도니아 의회의 상원의장입니다. 크레도니아는 한 사람을 위한 나라가 아니라 원로회의 나라이고 명문 가문들의 나라입니다. 나는 이 자리에 모이신 의원님들의 가문에 결코 작은 손해도 끼치지 않을 것임을 약속드립니다. 반대로 우리가 앞으로 이루게 될 혁명은 각각의 모든 가문에 항구적인 안정을 가져올 것임을 보장합니다."

한두 명의 의원이 기립해서 박수를 쳤다. 처음에는 대다수의 의원들이 눈치를 보았다. 하지만 그 소리는 점점 커지더니 결국 의회당을 가득 채웠다.

그 시각, 별장을 호위하던 친위대장에게 전령이 도착했다. 군사령부로 급히 들어오라는 내용이었다. 친위대장은 이 명령이 확실한 것인지 의심했다. 내일 아침 일찍 소마의 왕궁 복귀가 예정되어 있었던 것이다. 다만 명령서에는 친위대 내부 인사 발령과 관련된 사항을 협의해야 한다는 구체적인 내용과 군사령관의 인장이 선명했다. 자신이 빠진 상황에서 인사 문제가 결정되어서는 안 될 일이었다.

'나중에 자리를 비운 것이 문제가 된다면 어차피 그 책임은 군사령관에게 있을 것이다.'

생각이 여기까지 미친 그는 자신의 말을 가져오게 했다. 그리고 곧장 말을 몰았다. 사령부에 도착한 그는 로비에서 체포되었다. 임무에 대한 배임과 횡령이 죄목이었다. 그는 군사재판소로 넘겨졌다.

군사령관은 곧바로 친위대장 대리를 임명했다. 소마의 인가가 필요한 사항이었지만 임시 의회의 동의안만으로 선발하여 별장으로 파견했다. 새로 임명된 친위대장 대리는 라힘이라는 자였다. 그는 원로회 진입을 노리는 야심 찬 인물로, 전쟁을 겪어보지 않은 젊은 장교였다. 별장에 도착한 그는 곧바로 친위대를 재편했다. 원래의 친위대는 왕궁으로 돌려보내고 기존에 자신이 지휘하던 부대를 복장만 갈아입혀 별장을 호위하게 했다.

이오페가 며칠만이라도 더 머물자고 했으나 소마는 마지막으로 해야 할 일이 있다고 답했다.

"차쿠날레항의 소요 문제를 미룰 수만은 없구나. 이건 내가 결정해야만 하는 일이다."

아쉬워하는 이오페의 얼굴을 보자 그의 마음엔 미안함과 고마움이 솟아났다. 그리고 다시 한번 확신했다.

'이것이 마지막이다. 이제는 그만하리라. 정녕 아무것도 하지 않으리라. 아무것도 신경 쓰지 않고 걱정하지 않으리라. 이제야 무엇이 중요하고 무엇이 중요하지 않은지 알게 되었다. 나는 물러날 것이다. 모든 권한은 의회에 이양할 것이다. 내 것인 줄 알고 주워 입었던 옷들을 벗어낼 것이다.'

소마는 자신에게 주어진 얼마 남지 않은 여생을 이오페를 위해 살아가리라 다짐했다. 더 많은 세상을 보여주리라. 함께 좋은 것을 보고, 맛있는 것을 먹고, 좋은 향을 맡고, 좋은 생각만을 하리라. 그녀가 세상이 아름답다고 기억할 수 있도록 자신이 할 수 있는 모든 일을 하겠노라 마음먹었다.

여섯 필의 말이 끄는 화려한 마차에 오를 때에 소마는 낯선 얼굴을 보았다. 그는 소마와 눈이 마주치자 고개를 떨구고 예의를 갖추었다. 소마가 그에게 친위대장은 어디에 있느냐고 물었다. 그가 답했다.

"친위대장은 왕궁에 먼저 가서 환영을 맡고, 제가 왕궁까지 모시게 되었습니다."

소마가 쏘아붙였다.

"언제부터 의전이 이렇게 엉망이 되었느냐? 이에 대한 책임을 물을 것이다."

인상을 찌푸리고는 마차에 올랐다. 친위대장 대리는 차분하게 문을 닫았다.

마차는 다른 길로 들어섰다. 시간이 한참이나 지났는데도 도착할 기미가 없자 소마는 창을 가렸던 커튼을 젖혔다. 정오 무렵이어서 해의 방향을 가늠하기 어려웠지만 무언가 잘못 가고 있음이 분명했다. 시종장이 말을 타고 달려왔다.

"호위대를 지휘하는 자를 데려오라."

잠시 후 친위대장 대리가 말 위에서 무슨 일이시냐고 물었다. 예의를 갖추지 않는 그의 태도에 소마는 화가 치밀었다.

"너는 방향을 제대로 알고 있는가?"

"잠시 후면 도착합니다."

그가 짧게 답했다.

"잠시 후에 도착한다고?"

소마가 그를 쏘아보았는데도 그는 그냥 자기 위치로 돌아가버렸다. 소마는 부아가 치밀었지만 현재로서는 할 수 있는 일이 없었다.

'도착만 하면 우선 친위대장부터 문책하리라. 그 후에는 저 버릇없는 자가 무엇을 잘못했는지 똑똑히 깨닫고 후회의 눈물을 쏟게 만드리라.'

이오페에게 한참을 투덜대고 있을 때에 마차가 멈추었다. 친위대장 대리가 제멋대로 문을 벌컥 열자 이오페가 깜짝 놀라며 짤막한 비명을 질렀다.

"마차가 진창에 빠져서 잠시 내리셔야겠습니다."

그가 눈도 마주치지 않고 심드렁하게 말하자 소마가 소리를 쳤다.

"지금 나더러 진창 위에 내리라는 것이냐?"

그가 귀찮다는 듯 대답했다.

"내리실 곳은 진창이 아닙니다."

소마가 목소리를 높였다.

"방금 마차가 진창에 빠졌다고 하지 않았느냐?"

"진창에 빠진 곳은 저쪽이고 이쪽은 괜찮습니다."

소마는 그제서야 무언가 잘못되었음을 느꼈다.

"나는 너 같은 놈의 말에는 한 발짝도 움직이지 않겠다. 가서 시종장을 불러오라."

친위대장 대리는 듣은 체도 하지 않고는 옆에 선 누군가에게 무언가를 지시했다. 소마는 마차 벽에 가려 그가 누구인지 볼 수 없었다. 지시를 받은 자가 저벅저벅 걸어서 마차 뒤로 돌았다. 소마는 그 낮고 기분 나쁜 마찰음이 신경 쓰였다. 발소리는 반대쪽 문 앞에서 멈추었다. 그리고 문이 벌컥 열렸다. 병사 하나가 이오페의 팔을 낚아채더니 강제로 끌어내렸다. 소마가 놀라 막으려 했으나 친위대장 대리가 그의 머리채를 휘어잡았다. 그러고는 마차 밖으로 패대기쳤다. 소마는 마차 문턱에 다리가 걸리며 고꾸라져 턱을 흙바닥에 크게 부딪혔다. 하지만 아픔을 느끼기도 전에 몽둥이 세례가 쏟아졌다. 그것은 자비도 인정도 없이 그의 늙은 몸뚱이 위로 퍼부어졌다. 소마는 그 와중에도 마차 밑으로 건너편을 바라보았다. 바퀴살 너머로 이오페가 주저앉아 있는 모습이 눈에 들어왔다. 하얀 드레스 표면으로 붉은 피가 번져갔다. 그녀는 몸을 웅크린 채 숨을 헐떡거렸다. 소마는 분노할 힘도 남지 않을 때까지 두들겨졌다. 의식을 잃기 바로 직전에서야 그것은 멈추었다. 누군가 그의 머리채를 잡아 끌어 올려서는 주저앉혔다. 힘없는 하얀 머리칼은 한 움큼이 빠져 바닥을 뒹굴었다. 다른 병사가 달려들어 그의 팔과 다리를 뒤로 돌려 묶었다. 소마는 정신을 차릴 수가 없었다. 그때 그의 왼쪽 눈 안으로 뜨겁고 동시에 차가운 예리한 무엇이 불쑥 들어왔다가 나가는 것이 느껴졌다. 그것은 소마가 반사적으로 비명을 지르기도 전에 다시 오른쪽 눈을 후비고 나갔다. 그때서야 소마의 입에서 짐승 같은 소리가 터져 나왔다. 눈앞에서는 누런 불빛이 기분 나쁘게 점멸하고 벌컥벌컥 뜨거운 무엇인가가 뺨과 턱을 적시며 쏟아지는 것이 느껴졌다. 이어서 소마의 입은 강제로 벌려졌다. 갈고리가 들어오더니 혀를 찍어 낚아채서는 길게 뽑았다. 예리한 칼이 거칠게 휘둘러졌고 혀와 윗입술이 잘려나갔다. 소마는 피에 물든 윗니를 그대로 드러낸 채 앞으로 고꾸라져 흙바닥에 얼굴을 처박았다. 그러자 다른 병사가 묶인 손을 잡아 들고는 양손의 엄지와 검지를 잘라내었다. 소마는 고통과 공포 속에서 주체하지 못하고 경기를 일으키듯 온몸을 바들바들 떨어댔다. 다만 의식과 분노가 남아 있어 입으로는 동물의 울음을 멈추지 않고 쏟아내었다. 그때 그의 귀 가까이에서 친위대장 대리의 목소리가 들려왔다. 그는 또렷한 목소리로 말했다.

"이렇게 전하라 하셨습니다. 소마. 억울해 마라. 이것은 나의 아버지에 대한 복수다."

병사들은 소마와 이오페를 벌판에 버려둔 채 주변으로 흩어졌다.

6부

23

말려 들어간 혀에서 새어 나온 피가 목구멍으로 울컥울컥 넘어가 숨을 제대로 쉴 수 없었다. 소마는 정신을 잃지 않으려 애쓰며 숨을 들이쉬었다가 다시 내쉬기를 반복했다. 이오페에게 괜찮냐고 소리치고자 했지만 목에서 울려 나오는 건 사람의 목소리가 아니었다. 그는 방향을 알 수 없었지만 몸을 구부렸다 폈다를 반복하며 그녀가 있는 곳으로 기어갔다. 하지만 그녀는 소마의 그 어떤 울음소리에도 반응하지 않았기에 소마는 그녀에게 닿을 수가 없었다. 한참을 땅에 긁어대고 나서야 발에 묶인 밧줄을 풀 수 있었다. 당장이라도 의식을 잃을 것만 같았지만 억지로 몸을 일으켰다. 이오페에게 잠시 기다리라고 소리쳤다. 그러고는 자신이 어디로 향하는지도 모른 채 발이 닿는 곳으로 나아갔다.

그는 소리와 냄새에 집중했다. 후들거리는 다리가 금방이라도 무너질 것 같았다. 그럼에도 이오페를 생각할 때마다 가슴이 요동쳐서 정신을 부여잡고 신중하게 바닥을 짚어나갔다. 한참을 걸었으나 마치 그녀가 곁에 있는 것처럼 다 왔다고 조금만 참으라고 소리쳤다. 하지만 자기 귀에 들리는 소리는 여전히 너무도 낯설었다.

얼마나 걸었을까. 기진맥진하여 울음을 터뜨릴 것만 같은 때에 소리를 들었다.

'사람이다. 사람의 말소리다.'

그쪽으로 발을 떼며 도와달라고 외쳤다. 그러자 소리가 멈추었다. 아무래도 두 사람인 듯하다고 생각했다. 왜 아무 소리도 들리지 않는가 해서 그는 입을 다물고 귀를 기울였다. 가만히 한참을 서 있자 대화 소리가 다시 들렸다. 낮고 무겁게 자기들끼리 들릴 만한 목소리로 그들은 분명히 대화를 나누고 있었다. 도와달라고 다시 소리쳤다. 그러자 발소리가 들렸다. 경계하는 듯 소마 쪽으로 걸어오는 발소리는 묵직했다. 도와달라고 소마는 가능한한 분명하고 침착하게 천천히 말을 만들어 뱉었다. 한 남자가 다른 남자에게 말했다.

"도둑을 만난 건가?"

소마가 뭐라고 소리 내기 전에 다른 남자가 말을 받았다.

"뭐로 만든 거지? 양모인가?"

"실크 같은데?"

소마는 처음 이것이 무슨 말인가 싶었으나 자신의 옷을 보고 하는 말이라는 생각이 들었다. 그는 차라리 반가웠다. 그들에게 자신을 도와주면 큰 보물을 내리겠다고 말했다. 하지만 그들은 울부짖는 소리에 관심이 없는 듯했다.

"어느 나라 왕인지도 모르지."

"그럼 쫓겨난 왕인가 보네."

그들이 웃었다. 둘 중 하나가 소마 뒤로 돌아와서는 그의 망토를 벗겼다. 그러고는 상의를 풀어내기 시작했다. 소마는 어쩔 줄 몰라 그저 도와달라고 되풀이할 뿐이었다. 그들은 소마를 발가 벗기고는 흉측하다며 웃었다. 그러더니 한 명이 말했다.

"장교였나?"

다른 이가 답했다.

"우리도 수많은 전쟁에 참전했었지. 그런데 우리 삶은 이 모양인데, 너는 왜 온몸에 값비싼 옷을 휘감고 있는 것인가? 나는 전쟁에서 코를 잃었는데 너는 그래도 코는 갖고 있구나."

다른 이가 말했다.

"나는 전쟁에서 귀를 잃었는데 이자는 그래도 귀는 갖고 있네."

둘은 음흉하게 웃었다. 소마는 이들이 자신을 도울 생각이 조금도 없음을, 자신에게 해코지를 하려 한다는 것을 뒤늦게나마 이해했다. 그가 몸을 돌려 다리를 끌며 허겁지겁 도망치자 그들의 웃음소리는 커졌다. 그리고 그 웃음소리는 점점 가까이 소마를 따라왔다. 한참을 소마가 도망칠 때까지 그들은 그저 따라왔다. 그러다 남자 하나가 등을 떠밀어 소마는 앞으로 자빠졌다. 무거운 몸뚱이가 그에게 올라탔다. 두꺼운 무릎이 소마의 양팔을 짓눌렀다. 남자의 시큼하고 역한 땀 냄새가 코를 찔렀다. 그는 소마의 머리카락을 움켜쥐었다. 그러고는 칼집에서 칼이 뽑히는 소리가 들리더니 소마의 콧등에 차갑고 예리한 것이 닿았다. 그것은 점점 무겁게 콧등을 짓눌렀다. 이윽고 뼈가 부러지는 소리와 함께 소마의 코는 잘려 나갔다. 남자는 소마의 머리를 옆으로 돌렸다. 나무 문을 여닫는 소리가 들리는가 싶더니 다른 누군가가 발을 끌며 서둘러 다가왔다. 그리고 귓속으로 뜨거운 무엇이 흘러들었다. 그들의 웃음소리가 점차 멀어지는 듯했다. 반대편 귀에도 밀납을 들이붓고 나서야 그들은 소마를 놓아주었다. 소마는 남은 손가락으로 그것을 파내려 했으나 그것은 나오지 않았다. 아직 일어설 힘이 간신히 남아 있었지만 이제 어디로도 나아가지 못했다. 어디로 걸음을 떼어야 할지 판단할 수 없었다. 한참을 서 있던 그는 그저 앞으로 나아갔다.

  기분 좋은 꿈을 꾸었다. 혼란하고 의미 없는 환영들이 일어나고 사라지기를 반복했지만 어째서인지 그는 웃음이 났고 그러다 잠에서 깨었을 때는 그만큼 사무치게 서러워졌다. 자신이 좁고 불편한 나무 침대 위에 누워 있음을 알아차렸다. 다만 보이는 것도 들리는 것도 없었다. 통증이 없는 곳이 없었다. 몸을 일으키고자 했으나 손바닥으로 지지하는 것조차 모든 신경이 예민하게 반응하여 온몸이 울부짖었다. 조금도 움직일 수 없었다. 어깨에 누군가의 손이 닿았을 때 소마는 자지러지게 놀랐다. 다만 손바닥은 괜찮다는 듯 그의 어깨를 천천히 두드렸다. 누구냐고 여긴 어디냐고 물었으나 자신이 무슨 소리를 내뱉는지조차 소마에게는 들리지 않았다. 몇 번 입을 벌리고 소리를 뿜어냈다. 하지만 이내 힘은 빠지고 소용없다는 무기력감이 엄습해왔다. 다시 잠에 빠져들었다.

수많은 상념이 떠돌았다. 이리저리 일어나는 환영의 꼬리를 잡으려 허우적대었다. 그러다 잠에서 깨어났다. 그는 자신이 잠을 잔 것인지 아니면 잠을 자지 못한 것인지, 그것도 아니라면 잠들지 못하는 꿈을 꾼 것인지 구분할 수 없었다. 그때 다시 손바닥이 그의 어깨를 다독였다. 그는 소리를 내어 자신이 이것을 인지했음을 표현했다. 그러자 무언가 아랫입술에 닿았다. 소마는 움찔했으나 그것이 수저임을 알 수 있었다. 눅눅한 무언가가 입 안으로 흘러들었다. 하지만 그것을 삼킬 수 없었다. 잘린 부위에 닿자 송곳으로 후비는 듯한 고통이 전해졌다. 그뿐 아니라 입 안 전체가 터지고 예민해질 대로 예민해져 기침과 함께 그것을 쏟아내고 말았다. 소마는 육체의 생생한 통증과 정신의 무기력함과 지금 앞에 있는 알 수 없는 존재에 대한 미안함이 뒤섞여 울고 싶었다. 하지만 그것은 몸부림과 짐승 같은 소리로 뿜어져 나올 뿐, 소마는 자신이 무엇을 하고 있는지도 알 수 없었다.

고네. 꿈을 꾸었다. 그녀가 앞서 걸어가는 모습을 보았다. 들판 위로 스치는 바람이 그녀의 빨간 곱슬머리를 흔들었다. 얼굴을 돌리며 주근깨 가득한 하얀 얼굴로 웃어주었다. 구름에 드리운 연분홍색 노을과 부유하는 꽃가루와 그녀의 웃음소리. 파도의 색을 머금은 그녀의 눈동자. 다시 그 모습을 보리라. 그는 잠을 청했다. 다시 꿈속으로 들어가 그녀를 따라가고자 했다. 하지만 곧 자신이 이오페를 돌보지 못했다는 생각에 가슴이 미어졌다. 그는 팔꿈치로 지지하여 일어서려고 버둥대었다. 그러나 손바닥이 다시 그를 다독였다. 그는 잠이 들었다.

자신과의 싸움이 얼마나 길었는지 소마는 알지 못했다. 육신의 고통 속에서 허우적대며 자다 깨다를 반복한 날이 며칠인지 혹은 몇 주인지 전혀 가늠할 수 없었다. 그가 알 수 있는 것이란 통증이 진정되고 이제야 정신이 돌아왔다는 것과, 더 이상 자신을 돌보는 이가 없다는 것이었다.

'누구였을까.'

소마는 생각했다.

'왜 나를 살려놓고 사라진 것일까.'

그가 남자인지 여자인지, 노인인지 아이인지, 아는 자인지 모르는 자인지 그 어떤 것도 알지 못하는 까닭에 소마는 어쩌면 그런 이는 애초에 존재하지 않았을지도 모른다고 생각했다. 하지만 이제는 움직일 만큼 호전된 팔을 천천히 올려 얼굴을 더듬어보면 누군가 있었음을 부정할 수는 없었다. 그의 얼굴과 팔다리가 기름 적신 면직물로 둘둘 말려 지압되고 있었기 때문이었다. 그렇다면 그는 이제 왜 나타나지 않는 걸까. 생각은 꼬리를 물고 이어졌다.

'왜 더 이상 핏물을 닦아주지도, 입에 음식물을 넣어주지도, 어깨를 다독이지도 않는 것일까? 그는 왜 갑자기 떠나버린 것일까? 혹시 나에게 은혜를 입은 이가 아니었을까? 스스로 생각하기에 이 정도면 보답으로 충분하다고 생각한 시점에서 떠나버린 것은 아닐까?'

소마는 자신에게 호의를 베풀 만한 이들을 하나하나 꼽아보았다. 하지만 그것은 고통스러운 일이었다. 아무리 헤아려보아도 그런 이를 찾는 것은 쉽지 않았다. 반대로 고통을 준 이들은 너무도 쉽게 떠올랐다. 그의 발아래서 죽어가던 일그러진 얼굴들이 하나하나 선명히 떠올랐다. 가족을 잃은 이의 비통한 얼굴과 공포와 두려움에 찌든 얼굴이 눈앞에 나타났다. 비굴하게 굽신대던 살찐 대신들의 얼굴과, 주인의 변덕과 짜증에 주눅 든 하인들의 얼굴이 생생하게 되살아났다. 그러자 소마에게 불안이 엄습했다.

'혹시 나를 살려둔 이는 나에게 원수를 진 이가 아닐까? 스스로 생각하기에 내가 쉽게 죽어버리는 것은 만족스럽지 않고, 이 비참한 몸뚱이로 생을 이어가는 것이 나에 대한 진정한 복수라고 여긴 것은 아닐까? 그래서 내가 죽지 않을 만큼의 시점에서 떠나버린 것은 아닐까?'

생각이 여기에 이르자 그는 호흡이 가빠지고 심장이 요동치며 한시라도 빨리 이곳에서 도망쳐야 한다는 마음으로 가득 찼다. 몸을 일으켰다. 온몸의 관절은 나무껍질을 비벼대는 것만 같았고 모든 근육이 단단하게 경직되어 힘이 들어가지 않았다. 팔을 휘저어 벽을 더듬으며 문을 향해 걸음을 뗐다. 몇 걸음 걸어가자 판자로 댄 가벼운 나무 문이 나타났다. 그는 그것을 밀고 밖으로 나섰다. 그러고는 한 발씩 앞으로 내디뎠다.

손에 닿는 아무것이나 입에 넣어 씹었고 아무 곳에나 누워 잠들었다. 기운이 나면 걸었다. 어디에 가고자 하는 것이 아니었다. 그저 도망치고 있을 뿐이었다. 무엇으로부터 도망치는지 알 수 없었지만 그것이 따라붙고 있다고 그는 생각했다. 자꾸 뒤를 돌아보았다. 몇 걸음을 내딛고는 빠르게 고개를 돌려 뒤를 주시했다. 그 행위는 외부에서 보는 이에게는 기괴하고 무의미해 보였지만 소마에게는 그렇지 않았다. 소마는 언제부턴가 자기 내면을 보고 있었다. 그의 머릿속에는 낮의 빛깔도 밤의 빛깔도 아닌 오묘한 색의 하늘이 뒤덮고 있었고, 대지는 바다처럼 출렁이는 무한히 펼쳐진 들판으로 채워져 있었으며, 바람이 불 때마다 들풀들의 새하얀 그림자가 이리저리 흔들렸다. 그가 뒤를 돌아보면 그는 내면에서 뒤를 보았다. 그곳에서 소마는 소리를 듣고 냄새를 맡았다. 때때로 그것은 분명 사람의 목소리와 유황 냄새였다. 너무도 선명했기에 없는 것을 상상해서 오해하는 것이라고는 도저히 생각할 수가 없었다. 소리는 귀 안쪽에서 들려오고 냄새는 코 안쪽에서 풍겨왔다. 모든 괴상한 것들이 뒤편의 저 멀리 흔들리는 들풀 너머에서 따라붙고 있다고 그는 확신했다.

그래서 엉거주춤한 자세로 멈춰 선 채 고개를 돌려 자신의 뒤를 오랜 시간 주목하였다. 뒤를 쫓는 그것의 모습을 보고자 했다. 들판을 지나는 바람이 땀에 젖은 그의 몸을 쓸고 지나자 내면세계의 들풀도 바람에 몸을 떨었다. 그때 소마는 분명히 보았다. 들풀 뒤로 몸을 숨기고 있는 하얀 그림자를. 소마는 등골이 오싹해졌다. 하지만 공포에 잠식당하지는 않았다. 맞서고자 했다. 그는 생각했다.

'이 정도에 주저앉아 울음을 터뜨릴 만큼 나의 삶은 가볍지 않았다.'

소마는 무릎을 살짝 구부리고는 몇 개 남지 않은 손가락을 말아 쥐었다. 그때 소리를 들었다. 무엇인가 빠르게 다가오고 있었다. 그것은 바람을 몰아대며 지평선으로부터 소마를 향해 거칠게 달려왔다. 그는 공격에 대비했다. 어금니를 강하게 깨물었다. 주먹을 뒤로 제껴 올렸다. 들풀이 폭풍에 휘둘리듯 진저리를 쳤다. 소리가 코앞까지 다가오고 대지의 진동이 발끝으로 전해졌다. 순간 들풀을 헤치며 그것이 튀어나왔다. 그에 맞춰 소마는 주먹을 내리꽂았다. 하지만 주먹은 그저 허공을 휘젓고, 균형을 잃은 그는 앞으로 고꾸라지며 흙바닥에 처박혔다. 심장이 요동쳤다.

'그것은 무엇이었나.'

분명 그것을 보았다. 그 파랗고 거대한 얼굴을, 그 거대한 얼굴에 붙은 하얀 두 눈이 맷돌처럼 돌아가더니 자신의 눈과 선명히 마주쳤음을 그는 기억해냈다. 그것은 기묘한 무엇이었으나 동시에 소마의 마음은 어쩐지 풀어지며 가슴 깊숙한 곳에서부터 알 수 없는 반가움까지 느껴지는 것이었다. 그는 흙바닥에 얼굴을 처박은 상태로 웃었다. 그 웃음은 그의 목구멍 안쪽으로부터 울려 나와 입 밖으로 흘러나갔고 들판으로 퍼져갔다.

24

세상을 떠돌았다. 그는 썩은 나뭇잎이 되어 나뒹굴며 이 사람 저 사람에게 짓밟혔다. 혐오와 두려움과 놀림의 대상이 되었다. 어디선가 돌팔매가 날아왔고 회초리와 몽둥이가 휘둘렸다. 갈증과 굶주림은 끝없이 그에게 따라붙었다. 하지만 그는 나아갔다. 달라진 것이 있다면 이제는 쫓기는 것이 아니라 그저 걷는다는 것이었다. 걷고 쉬고를 반복하는 단조로운 생활을 이어갔고, 그러한 생활이나마 지켜내기 위해 안간힘을 썼다.

수없이 계절이 바뀌는 동안에 그는 나아갔다. 길이 이어진 곳과 길이 아닌 곳을 걷고, 밤과 낮을 가로질렀다. 열 번의 봄을 걷고, 열 번의 가을을 걸었다. 오랜 시간 세상을 떠돌았다. 하지만 그 어떤 세상도 보지 못했다. 그 어떤 세상도 보지 못하였으나 그의 내면은 걷는 만큼 넓어지고 건너는 만큼 깊어졌다. 그는 광활한 내면을 경험했고 그만큼 소용돌이치던 마음도 잦아들어 어느덧 차분해졌다.

두 다리가 단단해진 어느 날에는 즐거움까지 느끼기도 했다. 어느 때부턴가는 종종 웃었으며 콧노래를 부르기도 했다. 땀에 절은 몸뚱이를 훑고 사라지는 바람은 부드러웠기에 그는 잠시 멈춰 그 짧은 환희를 온전히 체험했다. 어깨 위로 한두 방울 떨어지다가 이내 쏟아붓는 빗줄기를 맞으며 희열을 느꼈다. 마지막 힘까지 쥐어짜서 걸은 날에 지쳐 빠져드는 잠은 달콤했고, 어쩌다 배불리 먹은 날에는 그것이 또 그렇게 좋았다. 갈증과 굶주림은 더 이상 그에게 고통을 주지 않았다. 돌팔매와 회초리의 통증도 견디면 그만임을 알게 되었다.

깊은 미안함을 간직한 채 살아가는 모든 이가 그러하듯 그도 외로움을 느끼지 않았다. 외로움이 내면의 대지에서 얼굴을 내밀기도 전에 지켜주지 못했다는 미안함과 죄책감이 그것을 흙발로 흩어버렸다. 그는 변명하고 또 변명했다. 하지만 변명의 시간은 안타까움인 동시에 기쁨이 되기도 했다. 그때마다 그는 이오페에게 말을 걸었고 또 고네에게 말을 걸었던 것이다. 가끔은 네이케스에게 억울함을 호소하기도 하고 한나에게 안부를 전하기도 했다. 우만과 끌어안았고 전우들과 과거의 영광을 이야기했다. 가끔은 불러내지 않아도 찾아오는 이들이 있었는데 바가렐라도 그중 하나였다. 그는 한참을 소마의 옆에서 걸었다. 둘은 아무런 대화도 나누지 않았고 서로 눈도 마주치지도 않았다. 다만 그저 함께 걸었다. 수십만의 죽은 자들이 무리를 이루어 따라올 때면 그는 그들의 비참함에 압도되어 그날은 걷지 못하고 종일 아팠다.

내면세계에도 계절의 변화는 있었다. 그곳에서 하늘과 대지의 빛깔을 바꾸며 거대한 순환을 만들어내는 힘은 살갗에 닿는 온도였다. 바람 속에 서늘함이 묻어나고 눈꽃이 피부에 닿자 내면의 대지는 흰 눈에 뒤덮였다. 그는 잠시 멈춰 섰다. 고개를 들어 하늘을 향했다. 살갗에 점점이 내려앉는 차가움을 느꼈다. 그때마다 소마의 내면에서 그것은 하얀 눈송이로 떨어졌다. 그날 바람은 없었다. 눈은 고요하게 소마의 몸뚱이 위로 쌓여갔다. 완전한 적막에 귀를 기울였다. 멀리 무게를 이겨내지 못한 나뭇가지에서 눈이 쏟아지는 소리를 소마는 상상했다. 그쪽으로 고개를 돌렸다. 그러자 멀리 그 모습이 보였다. 숨을 들이마시자 차디찬 공기가 폐를 식히고 혀가 없어 텅 빈 입을 통해 빠져나갔다. 그는 공중으로 퍼져나가는 하얀 입김을 상상했다. 그러자 눈앞에 그 모습이 보였다.

눈송이는 점차 무거워지더니 이내 퍼부었다. 눈을 피할 곳을 찾아 진득하게 나아갔으나 그날따라 적당한 장소를 찾지 못했다. 쉬이 손이 닿는 나무둥치도 바위 그늘도 흙무더기도 짚더미도 그날따라 나타나지 않았다. 눈은 빠르게 대지 위로 쌓여가고 헝겊으로 감싼 소마의 젖은 발은 점점 얼어붙었다. 반나절을 더 걸어 겨우 닿은 곳은 아래로 경사진 비탈이었다.

'내려갈 수 있으려나.'

쪼그리고 앉아 나무 지팡이를 휘둘러 비탈의 길이를 가늠했으나 그것이 잠깐의 내리막인지 혹은 절벽인지 알 길이 없었다. 몸은 주체할 수 없이 떨리고 관절은 뻣뻣했다. 그는 무릎을 짚고 일어서려다가 중심을 잃고 경사 아래로 굴러떨어질 뻔했다. 추위는 더 이상 참기 어려웠다. 그는 지칠 대로 지쳐 있었다.

'다른 방법이 없지 않은가.'

내려가 보기로 했다. 엉덩이를 뒤로 빼어 몸을 한껏 낮추고 신중하게 경사로에 발을 디뎠다. 지팡이를 휘둘러 주위를 살피며 한 발 한 발 내려갔다.

오래지 않아 소마는 지팡이 끝이 닿지 않는 빈 공간을 발견했다. 몸을 기울여 그 안을 손으로 더듬어본 그는 크게 안심이 되었다.

'운이 좋았구나.'

비탈 중간에 뚫린 동굴이었다. 서너 걸음을 들어갔을까. 깊이 들어가지 않았는데도 얼굴 위에는 더 이상 눈송이가 떨어지지 않았다. 천천히 손을 짚어 동굴의 벽을 확인하고는 몸을 구부려 등을 대고 앉았다. 젖은 옷부터 벗어냈다. 얼어붙은 가운과 머릿수건을 벗었다. 땀에 젖은 상의도 벗었다. 찬기가 등과 배에 닿자 소마는 어깨와 턱을 덜덜 떨어냈다. 상의를 비틀어 물기를 짜냈다. 발을 감쌌던 헝겊도 벗겨냈다. 눈과 얼음이 엉겨 붙어 잘 떨어지지 않았다. 발이 드러났을 때 아무런 느낌도 없다는 것을 알 수 있었다. 소마는 상의를 털어서 다시 걸치고 가운으로 발을 덮은 뒤에 손으로 몇 번 주물렀다. 하지만 그것을 오래 할 수는 없었다. 추운 가운데도 너무나 피로하고 졸렸던 것이다. 앉은 채로 졸다가 얼마 뒤에는 옆으로 천천히 쓰러져 잠이 들었다. 추위에 잠깐잠깐 깨긴 했으나 그는 오래 잤다. 낮과 밤이 없고 날씨와 환경의 변화도 없는 자기만의 세계 속에서 소마는 스스로 깨어날 때까지 아무런 방해도 받지 않고 깊게 잠들었다.

정신이 들었을 때 그는 이제 자신이 더는 걸을 수 없으리란 것을 알았다. 기력은 쇠할 대로 쇠했고 팔다리는 차가웠다. 늙고 병든 몸뚱아리를 이제 쓸 만큼 충분히 썼다고 느꼈다. 소마는 비쩍 마르고 상처로 가득한 안쓰러운 그것을 둥글게 말아 두 팔로 껴안았다. 자신에게는 아무것도 남지 않았다고 생각했었다. 하지만 걷는 것마저 잃어버린 지금은 알게 되었다.

'나는 걸을 수 있었구나. 나는 그것을 알지 못하였구나. 아마도 이곳에서 마지막을 맞게 되리라.'

마음이 편안해졌다. 하지만 그는 곧 깨닫게 되었다. 다리가 없어도 걸을 수 있음을. 어차피 내면세계를 걷고 있지 않았던가. 자기의 내면을 걷는 것은 다리가 없어도 할 수 있는 일임을 새삼스레 알게 되었다.

그래서 소마는 걸었다. 어려운 일이 아니었다. 첫걸음을 떼자 끝없는 들판이 펼쳐졌다. 들판을 가로질렀다. 다리로 걷던 속도에 맞춰 그는 마음의 보폭을 맞추고 걸음을 느끼고 발바닥에 전해지는 단단함을 느꼈다. 그렇게 다시 세상을 떠돌았다. 계곡을 넘었으며 산의 정상에 섰다. 떠오르는 태양과 바다처럼 펼쳐진 구름과 달의 어스름을 보았다. 그것은 아주 오랜 여정이었다. 그는 서두르지 않았다. 시간과 공간의 대지를 천천히 밟았다. 보고 싶은 것을 보고, 듣고 싶은 것을 듣고, 닿고 싶은 곳에 닿았다. 차쿠날레 항구에서 빛나는 바다를 보았고 자신의 왕궁을 둘러보았으며 하스코보 평원을 가로질렀다. 기사단의 연병장을 걷고 상페나 시장의 활기를 둘러본 후에 아데사의 저택을 지나쳤다.

소마는 더 나아갔다. 시간을 거슬러 더 나아갈 수 없는 곳까지 나아갔다. 경계에 닿았을 때, 그 너머는 깊게 잠들어 있었다. 색깔도 없고 형태도 없는 그곳은 있는 것도 아니고 없는 것도 아닌 곳이었다. 기억의 저편, 잊혀진 기억들의 세계. 그는 망설임 없이 경계 너머로 발을 내디뎠다. 시간과 공간을 비롯한 존재의 모든 원형이 하나의 방울로 농축되어 저 머나먼 끝에서 희미하게 빛을 내고 있었다. 그는 나아갔다. 거리는 무한했으나 두려워할 것은 없었다. 시간은 영원하기에. 그는 진득하게 나아갔다. 세상이 태어나고 무너지고, 다시 태어나고 무너지는 기나긴 시간의 모든 찰나를 강렬히 체험하며 그는 참을성 있게 걸음을 떼었다. 어느 순간 빛은 가까워지고, 홀연히 경계를 넘었을 때 세상은 깨어나 다시 색깔과 형태를 되찾았다.

그는 눈앞에 펼쳐진 세상을 바라보았다. 지평선 경계에 머물던 구름이 어느새 설산처럼 자라나 서쪽 하늘 높이 솟아올라 있었다. 그의 다리는 참으로 가볍고 기분은 좋았다. 끝없이 펼쳐진 초원을, 야생화 지대를, 흙과 자갈의 벌판을, 관목 숲을 가로질렀다. 관목 숲을 빠져나왔을 때 배 속이 텅 빈 가젤의 사체가 놓여 있었다. 그는 놀라지 않았다. 그것을 지나 앞으로 나아갔다.

얼마나 걸었을까. 멀리 언덕의 중턱으로 마을의 황토색 지붕들이 눈에 들어왔다. 소마는 멈춰 서서 한참을 바라보았다. 반갑지도 낯설지도 않았다. 기쁘지도 슬프지도 않았다. 아무런 기억에도 없는 저 모습에서 아련함과 친근함의 감정이 일어나는 것을 그저 묵묵히 받아들였다. 그러다 갑자기 무엇인가 기억난 사람처럼 뒤를 돌아보았다. 광활하게 펼쳐진 평원과 하늘과 맞닿은 지평선이 눈에 들어왔다. 멀리 저수지 위로 새들이 모였다 흩어졌다를 반복했다. 그는 자신의 손바닥을 내려다보았다. 그 비어 있는 손바닥을 보고 다시 고개를 들어 평원을 바라보았다.

'무엇을 놓고 왔던가.'

그는 마을로 이어진 언덕길을 터벅터벅 올라갔다.

마을은 숲의 그림자에 잠겨 있었다. 키 작은 담장과 나무와 돌로 지은 작은 집들이 옹기종기 모여 있었다. 사람들의 모습은 보이지 않았지만 집집마다의 굴뚝에서 아침 연기가 오르고 있었다. 깨끗하게 텅 빈 골목을 천천히 걸었다. 골목의 끝에 큼직한 회색빛 건물이 눈에 들어왔다. 소마는 그곳까지 걸어갔다. 둥근 회벽을 따라 건물의 뒤로 돌았다. 뒤편에 객사처럼 붙은 낡은 흙집이 있었다. 문을 열고 들어섰다. 단출한 세간살이와 가구들과 너무도 익숙한 면직물의 냄새가 그를 맞았다. 소마는 등받이가 없는 낡은 의자를 발견하고는 그곳에 앉았다. 어쩐지 아쉬웠다. 시간이 다 되었다는 생각이 들었기 때문이었다. 무엇이 다 되었는지 알 수 없고 궁금하지도 않았지만, 소마는 고집을 부리는 아이처럼 아무것도 하지 않은 채 그렇게 앉아 시간을 끌었다. 주변을 둘러보았다. 거실이라 부르기도 민망할 만큼 탁자 하나 놓인 작은 공간이었다. 탁자 너머 저편으로 작은 문이 눈에 들어왔다. 몸을 일으켜 그곳으로 향했다. 그리고 천천히 문을 열고 밖으로 나갔다.

문은 밤하늘과 이어져 있었다. 소마는 어느새 밤하늘의 한가운데 있었다. 이제 자신에게 마지막으로 남아 있던 피부의 감촉마저 사라졌음을 그는 이해했다.

'이제 삶과 연결된 것은 아무것도 없다. 눈도 귀도 입도 코도 감촉도 이제는 나의 것이 아니다.'

소마는 가벼워졌다. 다만 궁금한 것은 자신이 아직도 그 늙고 병든 몸뚱이 안에 있는가 하는 점이었다.

'나는 아직 몸 안에 남아 있는 것인가? 왜 아직도 이 안에 담겨 있는 것인가?'

그나마 다행인 것은 고통과 피로는 몸의 것이지, 그의 것이 아니라는 점이었다. 그는 적막과 고요 속에 편안히 머물렀다.

그렇게 깬 것도 잠든 것도 아닌 경계에 앉아 소마는 꿈을 꾸었다. 꿈은 다섯 날 동안 이어졌다. 첫날에 그는 다섯 감각의 잔재들이 사라지는 꿈을 꾸었다. 그릇에 남은 음식물을 비워내는 것처럼 신체와 정신을 이어주던 미세한 통로들에 남은 찌꺼기는 깨끗하게 비워졌다.

둘째 날에 그는 기억과 이름이 사라지는 꿈을 꾸었다. 다섯 감각으로 쌓아 올린 소마라는 세상이 무너져 내렸다. 보았던 것들과 들었던 것들이 남김없이 사라졌다. 냄새 맡았던 것들과 말했던 것들과 느꼈던 모든 것들이 녹아 없어졌다. 사람들이 자기 멋

374

대로 뒤집어씌웠던 수많은 지위와 관계와 이름이 증발했다. 남은 것이라고는 더 이상 소마라고 부를 수 없는, 소마 안에 앉아서 이 꿈을 꾸는 자뿐이었다.

셋째 날에 그는 의지가 사라지는 꿈을 꾸었다. 무엇인가에 닿고자 하고 이루고자 하고 요동치고자 하는, 부풀 대로 부풀었던 그 충동과 욕망 자체가 점차 오그라들더니 결국 말라 죽어버렸다. 더는 하고자 하는 것도 하지 않고자 하는 것도, 생성하려 하는 것도 소멸하려 하는 것도 남지 않았다.

넷째 날에 그는 자기의 의식을 보았다. 내면의 주인, 내면 안에 앉은 자, 내면 그 자체와 대면했다. 그것은 있는 것도 아니고 없는 것도 아니었다. 생겨나는 것도 아니고 소멸하는 것도 아니었다. 영원한 것도 아니고 사라지는 것도 아니었다. 가는 것도 아니고 오는 것도 아니었다. 그것은 그저 세상의 구심점이고 세상을 일으킬 준비가 되어 있는 그 상태 자체였다. 그저 존재하지 않는 얇은 경계로 구획되어 있는 무엇. 그것이 자기의 의식이고 그것이 바로 자기 자신이었다.

마지막 다섯째 날에 경계는 사라졌다. 거품이 터지듯 자아의 경계는 사라지고 그것은 곧 세계 자체가 되었다. 이제 자아는 없고, 자아 아닌 것도 없었다. 안도 없고 밖도 없으며, 존재도 아니고 부재도 아니었다. 그것은 단일자이면서 최초의 시작이고 동시에 다자이면서 최후의 끝이었다. 극단은 구부러져 맞닿고, 그

맞닿은 면에 경계는 드러나지 않았다. 시간과 공간을 넘어선 그 초월 속에서 그것은 머물렀고 쉬었으며 침묵했다.

25

닷새 동안의 꿈에서 깨어났을 때 그는 기분이 좋았다. 다만 자신이 몸으로 돌아왔다는 것이, 아직도 감옥 같은 고장 난 몸뚱이 안에 갇혀 있다는 것이 그를 슬프게 했다.

'이것은 너무나 가혹하지 않은가. 고통은 왜 멈추지 않는가. 왜 이리도 끈질기게 나의 삶에 눌어붙어 있는가.'

하지만 그는 알고 있었다. 쥐고 있는 것이 자신임을. 매달리고 있는 것이 자신임을. 그리고 때가 무르익었음을. 이제야 오래전에 했어야 하는 말을, 너무도 긴 시간 동안 미뤄왔던 말을 해야 할 때라고 그는 강렬히 느꼈다. 그래서 그는 비로소 말했다.

"해는 서쪽 언덕으로 넘어갔다. 강은 바다에 이르렀다. 코요테와 까마귀는 떠났고, 숲에 사는 짐승들은 보금자리로 돌아갔다. 수레는 멈추었다. 이제 여행자는 여정의 끝에 도달했다."

그는 잠시 침묵했다. 침묵의 시간 동안 마음을 단단히 했다. 그러고는 내면을 향해 다시 입을 열었다.

"고단하고 외로운 삶이었다. 이제 나는 지쳤으니, 나를 데려가 다오."

이 말을 마지막으로 그는 입을 열지 않았다. 그저 기다렸다. 정신은 점차 미끄러졌으나 끊어질 듯 끊어질 듯 미세하게 이어졌다. 그 미세함은 너무도 미세하여 그것의 긴장은 완전한 끊어짐에 수렴하고 있었다.

'이것이 마지막인가.'

그때 겨드랑이 사이로 들어온 커다란 손이 그를 익숙하게 들어 올렸다. 아버지의 품에 안기자 그는 안심했다. 단단한 팔에 안겨 말했다.

"아버지, 저는 화살을 찾지 못했습니다. 저는 어른이 되지 못했습니다. 늑대처럼 빠르지 않았습니다."

아버지의 얼굴은 빛을 등지고 있어 눈이 부셨지만 그가 인자한 표정으로 자신을 바라보고 있음을 소마는 분명히 알 수 있었다. 아버지는 몇 걸음을 옮겨 언덕 위에 섰다. 그가 향한 시선을 따라 소마도 얼굴을 돌렸다. 언덕 아래로 끝없이 펼쳐진 광활한 대지가 눈에 들어왔다. 봄의 싱그러움으로 가득 찬 대지의 끝에 지평선이 거대한 호를 그으며 이어져 있었다. 소마는 그 거대함에 압도되지 않았다. 저 너머에 무엇이 있는지, 세계의 끝에 무엇이 있는지 충분히 보고 온 느낌이었다. 아버지가 말했다.

"잘 다듬어진 화살은 궤적 위에서 방향을 틀지 않는다. 올곧은 여행자는 자신의 여정 중에 길을 바꾸지 않는다. 소마는 잘 다듬어진 화살이고 올곧은 여행자다. 누구나 삶의 여정 어딘가에서 길을 잃고 헤매게 된다. 하지만 언젠가는 본래 자신의 길을 찾게 되지. 그러니 걱정의 시간도 후회의 시간도 너무 길어질 필요는 없다. 화살이 아니라 화살을 찾아가는 과정이 너를 담대하게 하고, 너를 어른으로 만든다. 그것을 잊어서는 안 된다."

아버지의 말은 입에서 나와 소마의 귀로 들어간 것이 아니었다. 아버지의 뜻은 소마의 내면으로 어떤 중간 과정도 없이 직접 가서 닿았다. 그것은 이내 뿌리를 내리고 꽃을 피웠다. 그럴 수 있었던 것은 소마의 삶 때문이었다. 길고 고단했던 인생의 여정은 소마의 대지를 기름지게 했고 풍요롭게 가꾸었던 것이다. 소마는 가벼워짐을 느꼈다.

"이제 기다리고 있는 이들에게로 가자."

아버지는 언덕 아래로 이어진 길을 걸어 마을로 향했다. 소마는 그 품에 안겨 아버지의 귀를 만져보기도 하고 검은 머리칼을 손가락으로 비벼보기도 하면서 장난을 쳤다. 아버지가 물었다.

"무엇을 배웠느냐?"

소마는 답하지 않았다. 아버지가 물었다.

"다시 한 번의 삶을 원하느냐?"

소마는 답하지 않았다.

밤이 깊어 쏟아지던 눈이 멈추었다. 눈은 작은 소리까지 빨아들여 세상은 온전히 적막했다. 구름이 걷히며 두껍게 쌓인 눈 위로 달빛이 비추었다. 어둠 속에서도 세상이 새하얗게 빛났다. 종일 굶은 코요테 서너 마리가 어지러이 발자국을 찍으며 두껍게 얼어붙은 강을 건너왔다. 공복에 후각은 예민해져 몇몇은 흥분하기 시작했다. 노인의 시체를 찾은 건 강을 건넌 지 얼마 되지 않아서였다. 강의 비탈에 뚫린 동굴 속에서 코요테들은 비쩍 마른 노인의 별로 든 것도 없는 홀쭉한 배를 파헤쳤다. 얼어붙은 피도 피인지라 살 속에 이빨을 박아 넣을 때마다 코요테들은 흥분했고 자기들끼리 경쟁하느라 이리저리 물고 늘어져 노인의 몸통과 팔다리는 여기저기 흩어졌고 동굴 밖으로 굴러떨어졌다. 봄이 올 때까지 남은 찌꺼기는 들개가 파먹고 까마귀 떼가 뜯어갔다. 몇 번의 비가 오고 겨우내 잠들었던 대지가 깨어나 새로운 풀들이 머리를 들이밀 때쯤이 되어서는 하얀 백골만이 군데군데 흩어져 파리가 잠깐 와서 앉거나 들쥐가 냄새를 맡아보거나 할 뿐이었다. 다만 몇 해 동안 메말랐던 저수지에는 어쩐 일인지 올해는 물이 가득 차올랐고 아침저녁으로 햇살을 받아 눈부시게 반짝였다.

그즈음 북쪽 평원에서 다시 늑대가 나타났다는 소문이 돌
았다.